군림천하 17

개정판 1쇄 발행 2012년 5월 14일
개정판 3쇄 발행 2020년 1월 6일

지은이 | **용대운**
발행인 | 신현호
편집장 | 이환진
편집부 | 이호준 송영규 최종건 정재웅 박건순 양동훈 곽원호
편집디자인 | 한방울
영업·관리 | 김민원 조은걸 조인희

펴낸곳 | ㈜디앤씨미디어
등록 | 2002년 4월 25일 제20-260호
주소 | 서울시 구로구 디지털로 26길 111 JnK디지털타워 503호
전화 | 02-333-2513(대표)
팩시밀리 | 02-333-2514
E-mail | papy_dnc@dncmedia.co.kr
홈페이지 | www.ipapyrus.co.kr

값 9,000원

ⓒ 용대운, 2012

ISBN 978-89-267-1552-9 04810
ISBN 978-89-267-1535-2 (SET)

* 저자와 협의하여 인지는 붙이지 않습니다.
* 이 책은 ㈜디앤씨미디어(파피루스)가 저작권자와의 계약에 따라 발행한 것으로 본사와 저자의 허락 없이는 어떠한 형태나 수단으로도 내용을 이용할 수 없습니다.

용대운 대하소설
군림천하
3부 군림의 꿈 [君臨之夢]

君臨天下

17

재출강호(再出江湖) 편

PAPYRUS
파피루스

目次

제167장 춘기만산(春氣滿山)   9
제168장 살수난입(殺手亂入)   39
제169장 춘야지연(春夜之宴)   63
제170장 월하검무(月下劍舞)   91
제171장 위락운천(渭洛雲天)   109
제172장 강변주풍(江邊酒風)   133
제173장 심야혈풍(深夜血風)   163
제174장 위수풍운(渭水風雲)   201
제175장 수상혈투(水上血鬪)   225
제176장 신거살인(神車殺人)   249
제177장 심야격변(深夜激變)   269

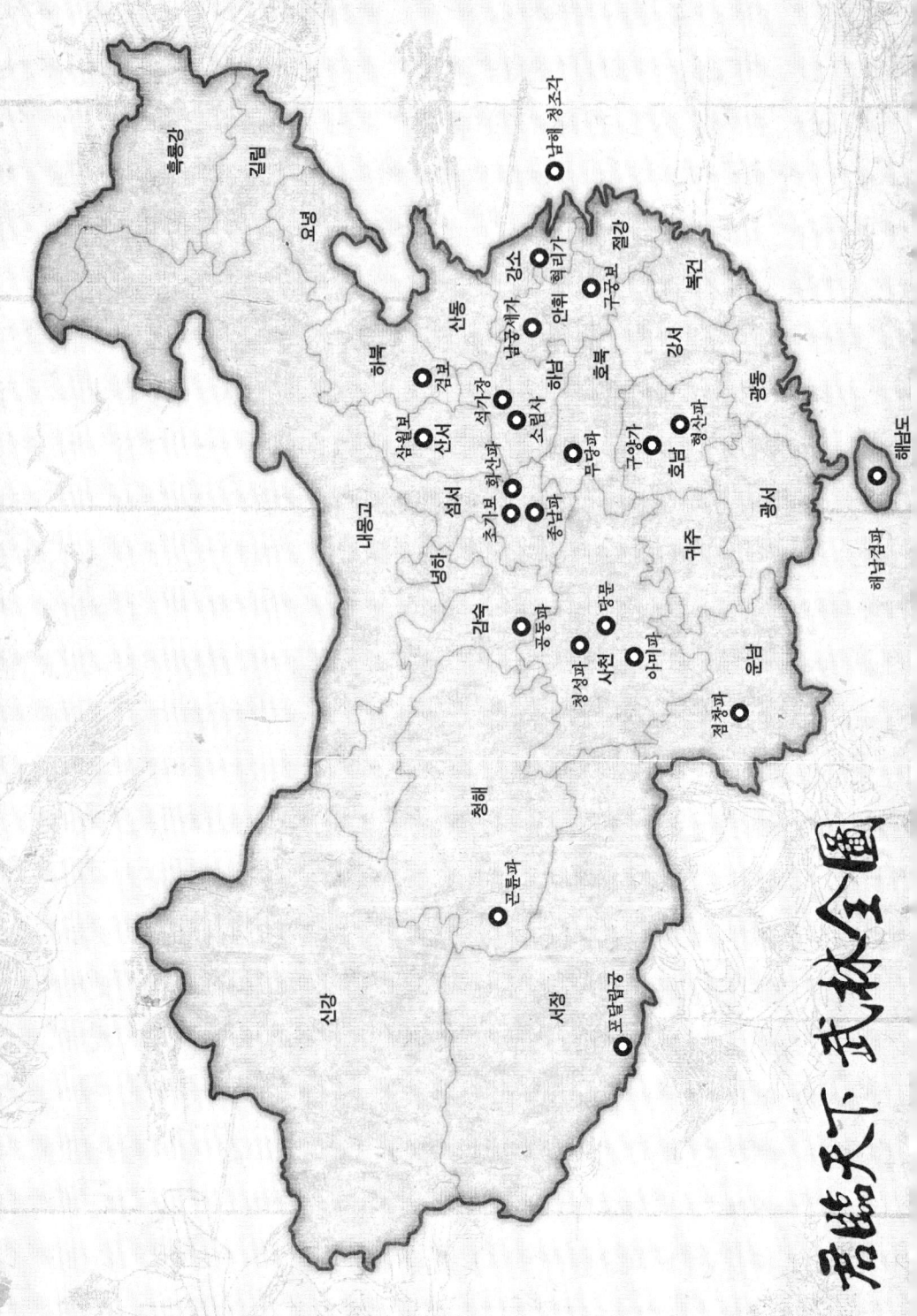

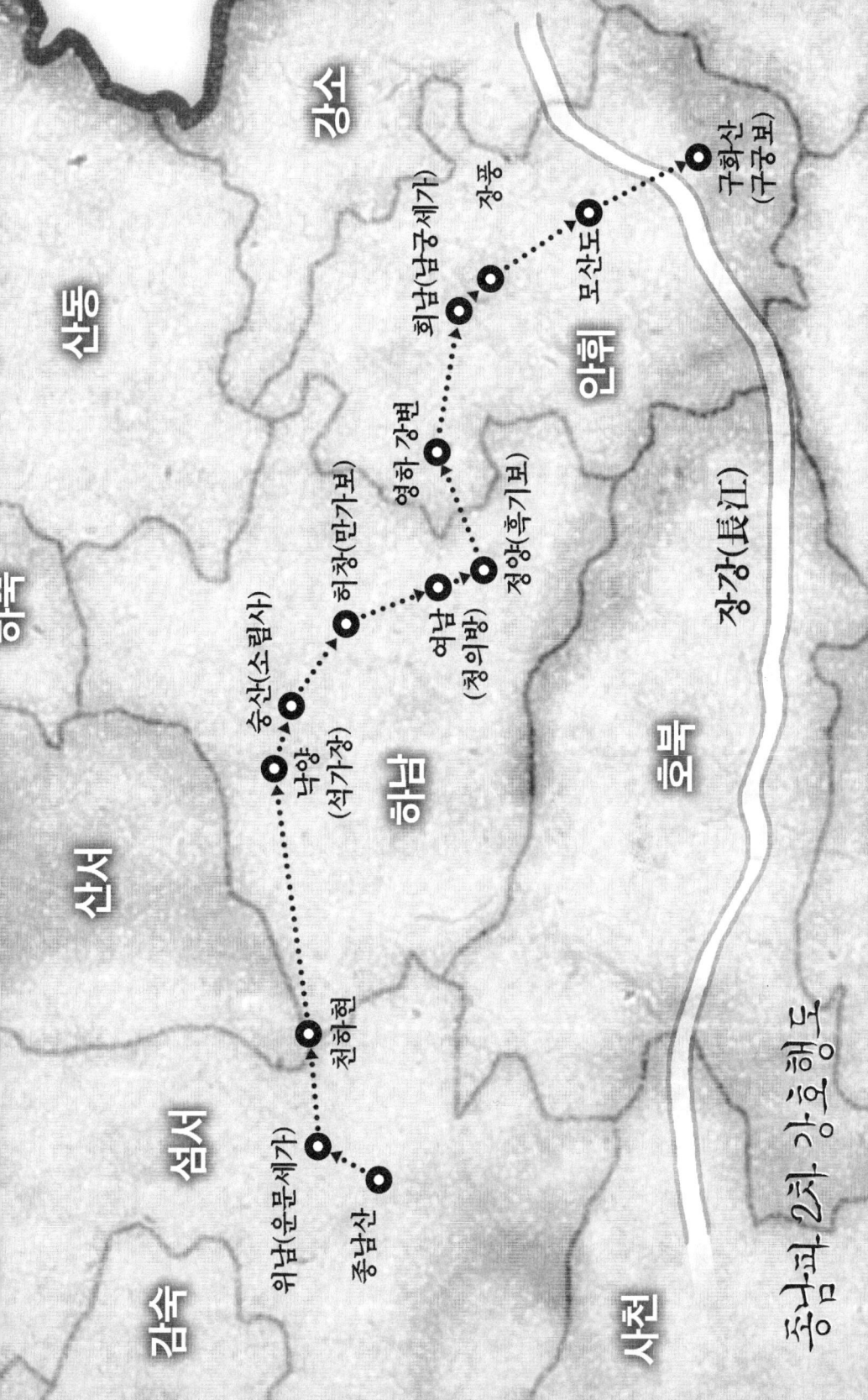

제167장 춘기만산(春氣滿山)

겨울의 냉기가 사라진 산구릉에는 노란 산수유(山茱萸)가 흐드러지게 피어 있었다.

진산월(陳山月)은 산 중턱에 솟아 있는 바위에 걸터앉은 채 노란 물감을 뿌려 놓은 듯 산구릉 여기저기에 피어 있는 산수유 꽃들을 가만히 바라보고 있었다.

별다른 이유가 있어서 그런 것은 아니었다. 그저 종남파의 건물에만 며칠째 묻혀 있다 보니 불현듯 신선한 바람과 숲의 향기를 맡고 싶었을 뿐이다.

막상 밖으로 나와 보니 산천은 이미 춘색(春色)이 완연했다. 군데군데 쌓여 있던 눈 더미도 씻은 듯이 사라져 있었고, 꽃향기가 온 산에 퍼져 있어 숨을 들이쉬기만 해도 몸속까지 노란색으로 물들어 버릴 것만 같았다.

쪼로롱!

어디선가 울어 대는 산새의 울음소리가 봄바람에 섞여 귓전을 울리자 무언지 모를 묘한 감상(感傷)이 마음 한구석을 소리 없이 뒤흔들었다.

문득 정신이 들어 주위를 둘러보았을 때는 이미 서산(西山)으로 붉은 해가 저물어 가고 있는 석양 무렵이었다. 진산월은 자신이 한 시진 넘게 그 자리에 앉아 있었음을 깨닫고 쓸쓸한 웃음을 흘리며 몸을 일으켰다.

바위에서 일어나 가파른 비탈길을 내려오니 멀지 않은 곳에 태화전의 붉은 지붕이 눈에 들어왔다. 진산월을 찾고 있었는지 태화전 한쪽 모퉁이에서 방취아(龐醉兒)가 뛰어나오더니 빠른 몸놀림으로 그의 앞으로 다가왔다.

"장문 사형, 어디를 갔다 오셨어요?"

"잠시 주위를 한 바퀴 둘러보았다."

"아까부터 동 사질이 장문 사형을 찾고 있었어요."

"왜?"

방취아의 얼굴에 망설이는 표정이 떠올랐다.

"동 사질에게 직접 물어보세요."

그녀가 말하기 곤란한 듯 고개를 흔들자 진산월은 의아한 생각이 들었다. 방취아는 웬만해서는 마음속의 생각을 좀처럼 숨기지 않는 편이었다. 특히 진산월에게는 지나치게 솔직해서 가끔은 진산월이 오히려 난처할 때도 있었다. 그런데 지금은 무언가 할 말이 있는 듯하면서도 동중산(董重山)에게 떠넘기고 있으니 진산월로서는 어리둥절하지 않을 수 없었다.

그 의문은 때마침 동중산이 나타남으로써 곧 해결되었다.

"장문인, 이곳에 계셨군요."

"무슨 일이냐?"

동중산은 조용하고 차분한 음성으로 입을 열었다.

"아무래도 이번 중원행에 갈 인원을 빨리 결정해야 할 듯싶습니다."

"무슨 일이 있느냐?"

동중산의 얼굴에 약간 난감해 하는 표정이 떠올랐다.

"사제들이 영 마음이 들떠서 수련에 제대로 집중하지 못하고 있습니다. 그리고 태사조(太師祖)께서도……."

태사조라면 현재 종남파의 최고 어른이자 동중산에게는 삼 대조(三代祖)인 질풍검 전풍개(典風開)를 가리키는 말이었다.

"사숙조께서 무어라고 하셨느냐?"

"제자께 언제 출발할 예정인지 알아보라고 하셨습니다. 눈치를 보아하니 태사조께서도 동행하실 의향이 있는 것 같습니다."

그 말을 듣자 진산월도 곤혹스럽기는 마찬가지였다.

진산월이 이번에 다시 중원에 나가려는 것은 사 년 전과는 전혀 다른 상황이었다. 당시에는 서장 무림의 중원 침공에 대비하여 무림첩이 발송되었기 때문에 그 기회를 이용하여 종남파의 건재를 알리려는 뜻이 있었다.

그것은 어느 개인의 영달(榮達)을 위해서가 아니라 문파 전체를 위하려는 의도였고, 모든 제자들이 그 일에 대해 나름대로 최선을 기울였다. 당연히 중원행을 떠났던 제자들과 종남산에 남아 있던 제자들 사이에 어떠한 갈등도 존재하지 않았다. 각자가 자신에게 주어진 임무를 충실히 수행하는 것이 진정으로 문파를 위하는 길임을 모두들 알고 있었기 때문이다.

하지만 이번에 떠나려는 중원행은 어찌 보면 진산월 개인에 국한된 문제를 해결하기 위함이었다. 그런데 진산월이 중원으로 가게 된 것을 알아차린 대부분의 종남파 문하들이 그를 따라나서겠다고 벌써부터 수선을 피우고 있었다. 심지어는 종남파의 최고 어른이자 진산월에게는 사숙조가 되는 전풍개마저 동행할 움직임을 보이니 진산월로서는 절로 한숨이 나올 수밖에 없었다.

모두 따라온다면 대체 문파는 누가 지킨단 말인가?

그렇다고 그들의 심정을 모르는 바도 아니었다.

초가보와의 처절한 사투(死鬪) 이후 비로소 종남파는 외부의 위협에서 벗어나 자신들의 생존에 대한 확신을 가질 수 있었다. 얼마 되지 않은 시간이었지만 종남파는 지금 문파로서의 체제를 정비하여 차츰 체계적인 틀을 갖추어 나가고 있는 중이었다. 앞으로 남은 것은 문파의 내실(內實)을 다지며 힘을 비축하는 것이었고, 그것은 오랜 세월의 기다림이 필요한 일이었다.

그러니 한창 나이의 젊은 제자들로서는 이번 기회에 장문인과 함께 강호를 종횡(縱橫)하며 협의(俠義)를 펼치고 자신의 이름을 널리 알리고 싶은 욕구가 드는 것이 지극히 당연한 일일 것이다.

솔직히 진산월은 이번 강호행에 낙일방(駱一方)과 동중산만을 대동할 생각이었다. 무공이 일취월장하고 있는 낙일방에게는 보다 다양한 고수들과의 만남을 통해 절정 고수가 될 수 있는 바탕을 만들어 주고, 지략이 뛰어나고 강호 경험이 풍부한 동중산에게는 길 안내를 맡길 심산이었다.

그런데 상황을 보아하니 그랬다가는 다른 사람들의 불만이 적지 않을 게 뻔했다.

한동안 생각에 잠겨 있던 진산월은 동중산에게 시선을 돌렸다.

"중산, 내일 저녁에 본 파의 모든 제자들을 소집해라."

동중산은 외눈을 번쩍 빛냈다.

"사숙님들과 사조님들도 말입니까?"

"그래. 밖에 나가 있는 사람들까지 모두 연락하여 한 사람도 빠짐없이 참석하도록 조치해라."

옆에서 듣고 있던 방취아가 조금 긴장된 표정으로 물었다.

"장문 사형, 갑자기 무슨 일로……."

진산월의 얼굴에 빙긋 한 줄기 미소가 걸렸다.

"무슨 일은. 본 파도 안정되었으니 모처럼 모두 모여서 저녁이나 먹자는 거지."

방취아는 진산월의 의중이 단순히 밥 한 끼 같이 먹자는 것이 아님을 알고 있었지만 내색하지 않고 짐짓 얼굴을 활짝 펴고 진산월을 따라 배시시 웃었다.

"그래요. 그러고 보니 초가보와의 일이 끝나면 정식으로 제대로 된 연회를 하기로 했잖아요. 마침 새로 입문한 제자들도 있으니 모처럼 연회다운 연회를 벌이도록 해요."

"이번에는 제대로 장 형의 신세를 져야겠다."

방취아는 조금 전보다 한층 밝아진 얼굴로 뛰어갔다.

"제가 장 대가(張大哥)에게 가서 말을 해 놓을게요."

경쾌하면서도 유연한 동작으로 멀어져 가는 그녀의 뒷모습은 한 마리 나비를 연상하게 했다. 신형이 몇 번 움직이지도 않았는데 그녀의 몸은 어느새 태화전 너머로 사라지고 있었다. 동중산은 그 광경을 가만히 바라보고 있다가 나직한 감탄성을 발했다.

"사고의 신법은 날이 갈수록 놀라워지는 것 같습니다. 저 정도면 강호의 십대신법대가들에 비해도 결코 뒤지지 않을 만한 수준이 아닐까요?"

진산월은 의외로 생각할 것도 없다는 듯 즉시 고개를 저었다.

"사매의 신법이 본 파에서 제일 뛰어나긴 하지만 아직 그들에 미치지는 못한다."

동중산은 진산월이 단호한 음성으로 잘라 말하자 다소 의아한 표정으로 그를 응시했다. 진산월이 이런 식의 말투는 좀처럼 사용하지 않는 성격임을 알고 있기 때문이었다.

"나는 몇 년 전에 우연히 매신(魅神) 종리궁도(鍾里宮道)가 신법을 펼치는 광경을 본 적이 있었다. 그때 그의 몸놀림은 정말 놀라운 것이었지."

진산월의 말을 듣고 나서야 동중산은 진산월이 왜 그토록 단정적으로 말했는지 짐작할 수 있었다.

매신 종리궁도는 강호의 십대신법대가 중 하나로 손꼽히는 절세의 고수로, 특히 신체의 불구를 극복한 입지전적인 인물로 널리 알려져 있었다.

"종리궁도의 신법은 어느 정도였습니까?"

"십 장 밖에서라면 천하의 누구도 그를 해칠 수 없을 것이다."

동중산은 흠칫 놀라더니 재차 물었다.

"지금 장문인의 실력으로도 말입니까?"

"그렇다."

"십 장 안에서라면 어떻습니까?"

진산월의 눈빛이 유달리 낮게 가라앉았다.

"그가 피하기만 한다면 오십초 이내에는 쓰러뜨리기 힘들 것이다. 하지만 만약에 그가 반격을 해 온다면 십초가 넘지 않을 것이다."

동중산은 자신도 모르게 탄식을 토해 냈다.

"종리궁도의 신법은 정말 대단한 것이로군요."

동중산은 초가보의 내로라하는 절정 고수들도 진산월의 손에서 십초를 넘긴 자가 거의 없다는 것을 알고 있었다. 그런 진산월이 단순히 피하기만 하는 종리궁도를 쓰러뜨리기 위해 오십초나 출수해야 한다는 것은 종리궁도의 신법이 얼마나 놀라운 것인지를 여실히 나타내 주는 것이었다. 반면에 반격을 해 왔을 때 오히려 단숨에 승부를 가를 수 있다는 말은, 신법을 제외한 종리궁도의 다른 무공은 그다지 뛰어나지 않다는 뜻이기도 했다.

진산월은 당시 종리궁도의 수중에 사로잡히는 고초를 당했을 뿐 아니라 그 와중에 그의 기경할 신법을 몸으로 직접 겪었기 때문에 그 심정이 각별할 수밖에 없었다. 진산월은 당시의 기억을 잠시 떠올려 보고는 다시 한 번 중얼거리듯 말했다.

"종리궁도의 매영보(魅影步)는 능히 강호 일절(江湖一絕)이라 할 만하다. 실로 무영지경(無影之境)이라 불러도 손색이 없을 것이다."

동중산은 종리궁도의 명성은 익히 들어왔지만 그의 무공을 실제로 본 적은 한 번도 없었기에 절로 호기심이 일었다. 진산월 같은 절세의 검객이 말하는 '무영지경'이란 대체 어느 정도의 수준일지 변변찮은 무공의 소유자인 그로서는 상상조차 되지 않았다.

동중산은 잠시 머뭇거리다가 물었다.

"본 파의 신법에 비하면 어떻습니까?"

"본 파의 비연신법이나 이어룡은 표홀하고 쾌속하지만, 신법 본연의 위력은 매영보에 미치지 못한다."

진산월의 솔직한 말에 동중산은 괜한 것을 물었나 하는 생각이 들었다. 하나 그의 마음을 짐작하고 있는 듯 진산월은 담담한 음성으로 말을 이었다.

"오래전에 실전(失傳)된 무염보라면 충분히 매영보와 겨루어 볼 만하겠지. 하지만 그런 식의 비교는 탁상공론(卓上空論)에 불과하다. 무공이란 어떤 것을 익혔느냐가 아니라 어떻게 익혔느냐에 따라 고하(高下)가 가려지는 법이다."

아무리 뛰어난 무공이라도 제대로 익히지 않았다면 그보다 떨어진 무공을 충실히 소화한 것보다 못할 수밖에 없었다. 무인에게 있어 진정으로 중요한 것은 무공 자체가 아니라 그 숙련도에 있다는 것이 진산월의 일관된 지론(持論)이었다.

"명심하겠습니다."

동중산이 자신의 경솔한 질문을 자책하며 충심에서 우러나오는 마음으로 허리를 숙이자, 진산월이 그의 어깨를 가볍게 두드렸다.

"네가 지금도 밤마다 하루도 빼놓지 않고 천하삼십육검을 연마하고 있다는 것을 알고 있다. 비록 네 나이가 적지 않아 절정에 이르기는 쉽지 않겠지만, 그렇다고 그 일이 불가능한 것만은 아니다. 무인의 수련이란 평생을 두고 계속되는 것이기에 시작의 늦고 빠름이나 성취의 크고 작음은 그다지 신경 쓰지 않는 것이 좋다."

동중산은 얼굴에 부드러운 미소를 머금었다.

"제자도 당장 무슨 성과를 보려고 하는 일은 아닙니다. 다만 어린 사제들의 진경(進境)이 워낙 대단해서 사형으로서 그들에게 못난 모습은 보이지 말아야겠다는 생각일 뿐입니다."

확실히 동중산의 말마따나 최근에 입문한 종남파의 이십이 대제자들은 어디에 내놓아도 손색이 없는 뛰어난 인재들이었다.

서문연상(西門燕裳)은 말할 것도 없고 유소응(劉小鷹)은 나이답지 않는 침착함과 끈기를 지녔으며, 방화(方華) 또한 소심한 성격과는 달리 무학에는 상당한 재능을 나타내고 있었다.

무엇보다 놀라운 것은 가장 나이가 어린 단리상(段里翔)이었다.

동중산은 지금도 단리상이 종남파에 입문하여 처음 자신들 앞에서 무공을 시전했을 때의 놀라움을 생생하게 기억하고 있었다.

그때 단리상은 진산월의 지시로 종남파의 선배 고수들 앞에서 자신이 그동안 익힌 가전 무공들을 펼쳐 보였는데, 그것은 도저히 아홉 살 꼬맹이의 수준이라고는 볼 수 없는 탁월한 것이었다. 자세의 완벽함은 말할 것도 없고 연결 동작과 기세 또한 강호의 일류 고수에 못지않아서 지켜보고 있던 사람들은 그저 벌린 입을 다물지 못할 뿐이었다.

한 치의 흐트러짐도 없이 일각 가까이 펼쳐진 단리상의 시무(試武)가 끝나자 한쪽에서 말없이 보고 있던 전풍개가 혼잣말처럼 중얼거렸다.

"강일비(姜一飛) 같은 놈이 또 있었군."

강일비는 진산월의 사부인 임장홍의 사형으로, 전풍개에게는 사질(師姪)이 되는 인물이었다. 당시 그의 기재(奇才)는 실로 놀라운 것이어서 전풍개 등 종남삼검을 비롯한 종남파의 선배 고수들은 그에게 크나큰 기대를 걸고 있었다.

나중에 그가 아무런 사연도 남기지 않고 사라져 버렸을 때 종남파 고수들의 실망감과 상실감은 말로 형용할 수 없는 것이었다. 임장홍은 죽기 전까지도 입버릇처럼 '강 사형이 그렇게 실종되지만 않았다면 종남파의 역사가 달라졌을 것이다.' 라며 아쉬워하곤 했었다.

전풍개는 단리상의 재질이 천하의 기재였던 강일비에 못지않다고 판단한 것이다.

동중산 또한 강호에서 많은 고수들을 보았지만, 단리상 같은 나이에 그 정도의 재질을 지닌 어린아이는 아직 만난 적이 없다. 자신과 나이 차이가 한참이나 나는 어린 사제들이 하나둘씩 늘어가는 것은 무어라 표현하기 힘들 만큼 뿌듯한 감정이 들게 했지만, 반면에 자신의 실력이 그들에게 모범이 되기 힘들 정도로 미약하다는 것은 두고두고 아쉬움을 남겨 주었다.

'소응과 방화 녀석만 해도 나보다 훨씬 재질이 뛰어나다고 생각했었는데 단리상, 그 꼬마 녀석은 정말 대단하다는 말밖에는 할 수가 없군.'

문득 동중산은 무슨 생각을 했는지 피식 웃고 말았다.

'그러고 보면 가장 늦게 들어온 손풍(孫豊)이 그래도 나와 가장 어울릴 만한 수준인 셈인가?'

게으른 데다 여자를 밝히고 불평만 일삼는 손풍의 부어터진 얼굴이 떠오르자 동중산은 치밀어 오르는 웃음을 참을 수가 없었다.

오늘 오전에도 손풍은 쓸데없이 서문연상에게 치근덕거리다가 다시 한 차례 쓴맛을 당하고는 자리에 누워 있는 중이었다. 서문연상은 실실거리며 '사저의 무공 좀 구경합시다.' 하고 접근해 온 손풍을 호되게 몰아붙여 아직 몸도 성치 않은 그를 또다시 기절시켜 버렸다.

전신이 붕대투성이여서 때릴 곳도 없어 보이는 사람을 인정사정 두지 않고 두들겨 패는 서문연상도 대단하지만, 그렇게 맞고도 정신이 들면 일어나 어김없이 그녀에게 다시 시비를 거는 손풍도 참으로 쉽게 만나기 힘든 인물임에는 틀림없었다.

동중산은 두 사람 중 누가 먼저 상대에게 질릴지 궁금하기도 했으나, 손풍이 진짜 골병이 들기 전에 그를 제지해야겠다고 생각했다. 아무리 손풍이 보기 드문 강골(强骨)을 자랑한다고 해도 계속 그런 식으로 맞았다가는 조만간에 몸을 크게 상할 게 분명했다.

한동안 사제들에 대한 생각에 잠겨 있던 동중산은 자신도 모르게 한 차례 깊은 심호흡을 했다.

초가보의 눈을 피해 홀로 종남산의 후미진 곳을 숨어 다닐 때가 엊그제 같았는데, 어느새 초가보를 물리치고 자신에게는 다섯 명의 사제들이 생겼다는 생각을 하자 한 줄기 감회가 솟구치는 것을 억제하기 힘들었던 것이다. 그 사제들이 하나같이 독특한 개성을 소유한 젊은 인재들이라는 사실이 그토록 마음 든든할 수가 없었다.

진산월은 동중산의 얼굴 표정만 보고도 그의 마음을 짐작할 수 있었기에 말없이 그를 지켜보고만 있었다. 평소에는 좀처럼 표정의 변화가 없던 동중산이었지만, 지금은 마음속의 격동을 억누르기 힘든 듯 여러 차례 안색이 변하고 있었다.

동중산에 대한 진산월의 신뢰는 각별한 것이었다.

동중산이 종남파에 입문한 동기는 비록 불순한 것이었지만, 지난 세월 동안 그는 종남파의 제자로서 한 치의 부끄럼이 없도록 처신해 왔다. 진산월보다 훨씬 많은 나이임에도 불구하고 존장(尊長)에 대한 예우를 잃지 않았고, 종남파가 어려운 시기에 처했을 때는 자신의 모든 것을 바쳐 종남파의 재건을 위해 전력을 기울여 왔다. 이제 여섯 명이나 되는 이십이 대 제자들의 대사형(大師兄)으로서 나이 어리고 제각각인 사제들을 잘 이끌고 있는 그를 보게 되니 절로 믿음직하고 고마운 생각이 들지 않을 수 없었다.

복잡한 상념에 잠겨 있던 동중산이 문득 정색을 했다.

"한 가지 우려되는 것이 있습니다."

"말해 보아라."

"단리 사제는 뛰어난 재질만큼이나 호승심(好勝心)이 강합니다."

"그 나이 또래의 아이들은 대체로 그런 편이지."

동중산의 얼굴에 쓴웃음이 떠올랐다.

"저도 단리 사제 같은 기재에게 호승심이 있다는 건 나쁜 일이 아니라고 생각합니다. 오히려 자만하지 않고 성장하는데 좋은 작용을 할 수도 있겠지요. 다만······."

진산월이 쳐다보자 동중산은 평소의 그답지 않게 약간 머뭇거렸다.

"단리 사제는 특히 유 사제에게 그런 감정을 강하게 느끼고 있는 것 같습니다."

진산월은 충분히 그럴 것이라고 생각했다.

단리상은 어려서부터 서안 일대에서 신동으로 소문이 자자한 아이였다. 주변의 많은 기대와 칭찬을 받고 자란 만큼 남들보다 호승심이 강한 것은 어쩔 수가 없을 것이다.

특히 종남파에 뒤늦게 입문하여 자기 위에 몇 명의 사형들이 있다는 걸 알게 되자 그들에게 뒤질 수 없다는 생각이 간절했을 것이다. 더구나 다른 사형들과는 나이 차이가 적지 않았지만, 유소응은 그보다 불과 두 살이 많을 뿐이었다. 그러니 단리상이 유독 유소응에게 불같은 경쟁심을 느끼는 것은 당연한 일이라고 할 수 있었다.

"문제는 단리 사제가 유 사제를 자신의 사형이 아니라 밟고 올라가야 할 경쟁 상대로만 생각한다는 것입니다. 처음 입문해서 얼마간은 그래도 주변의 눈치를 보느라 조용히 지냈습니다만, 며칠 전부터는 노골적으로 유 사제의 신경을 건드리며 그를 자극하고 있습니다."

"흠……."

"저도 처음에는 그 나이 또래의 아이들이라면 의당 그럴 수도 있겠다고 대수롭지 않게 생각했습니다만, 요즘 들어 두 아이 사이의 분위기가 심상치 않아서 조금씩 걱정이 되고 있습니다."

동중산이 진산월에게 언급할 정도면 단순히 심상치 않은 정도가 아니라 상당히 심각한 수준임이 틀림없었다.

그들 나이에서는 두 살 차이란 적지 않은 것이어서, 일반적으로는 쉽게 우열이 판가름이 나고 서열이 정해지는 법이었다. 하지만 단리상의 재질이 매우 뛰어나다는 것이 문제였다. 단리상은 유소응이 비록 자신보다 나이도 많고 먼저 입문하기는 했으나 무공 실력은 자신이 훨씬 낫다고 생각하여 그를 사형으로 순순히 인정하지 않으려는 모양이었다.

유소응은 나이답지 않게 과묵하고 침착했으나, 그런 만큼 마음속의 자긍심(自矜心)은 다른 누구보다 강한 아이였다. 단리상의 그런 태도가 유소응에게는 적지 않은 상처가 되고 있을 게 분명했다.

진산월은 동중산의 걱정 어린 얼굴을 보고는 잠시 생각에 잠겨 있더니 이내 담담한 표정으로 입을 열었다.

"잠시 후에 그들을 연무장으로 오도록 해라."

"알겠습니다."

동중산은 공손하게 머리를 조아리기는 했으나, 진산월이 어떤 처방을 내릴지 마음속으로는 궁금하기 짝이 없었다. 자신도 몇 번인가 나서려 했으나, 자칫하면 민감한 나이의 아이들에게 예상치 못한 상처를 줄까 두려워 묵묵히 지켜보기만 했던 것이다.

'장문인이라면 틀림없이 합당한 조치를 내리실 것이다.'

동중산은 진산월에 대한 신심(信心)이 두터웠기 때문에 그동안의 불안감을 모두 씻어 버릴 수 있었다.

*　*　*

진산월은 자신의 앞에 나란히 서 있는 두 명의 소년들을 바라보았다.

유소응과 단리상은 여러 가지 면에서 판이하게 달랐다.

유소응이 조실부모(早失父母)하여 외할아버지 밑에서 힘든 유년 시절을 보낸 반면, 단리상은 서안의 유력한 명문 세가 출신에 양친(兩親)이 모두 살아 계신 최상의 조건 속에서 성장해 왔다. 유소응이 거친 대초원의 바람을 맞으며 자라 온 잡초라면, 단리상은 온실 속에서 많은 관심과 혜택을 받으며 자라 온 화초라고 할 수 있을 것이다.

두 사람의 외모 또한 비슷한 구석이 한 군데도 없어 보였다.

유소응은 몽고인의 피를 이어받은 혼혈이어서인지 눈이 유달리 작고 피부는 거칠었으며, 체구도 왜소한 편이었다. 그에 비해 단리상은 여자처럼 하얀 피부에 두 눈에는 총기가 번뜩였고, 어려서부터 체계적인 수련을 해 온 탓에 신체의 발달도 잘 이루어져 있었다.

혈통부터 성장 과정과 외모, 심지어는 성격마저 전혀 다른 두 소년이 어깨를 맞댄 채 나란히 서 있는 광경은 보는 것만으로도 색다른 재미가 느껴질 정도였다.

주변에는 부르지도 않았는데 동중산을 비롯해 방화와 서문연상이 서성거리고 있었고, 전흠(典欽)은 아예 한쪽 벽에 걸터앉아 호기심 어린 표정으로 장내를 주시하고 있었다. 소지산(蘇遲山)과 방취아도 어깨를 나란히 한 채 지켜보고 있는 것으로 보아 그동안 두 소년 사이에서 벌어진 신경전이 얼마나 종남파 사람들의 관심을 끌었는지 어렵지 않게 짐작할 수 있었다.

진산월의 물처럼 고요한 시선과 마주친 두 소년은 전혀 다른 반응을 나타냈다.

유소응은 별다른 표정의 변화가 없이 침착한 표정을 유지하고 있는 데 비해, 단리상은 얼굴이 약간 상기된 채 도발적이리만치 강한 눈빛으로 진산월을 마주 응시하고 있었다. 그 모습은 마치 자신의 가치를 제대로 평가해 달라는 무언(無言)의 요구 같았다.

진산월은 한동안 두 소년을 찬찬히 바라보고 있다가 특유의 나직한 음성으로 입을 열었다.

"내가 조만간에 중원으로 나간다는 것은 너희들도 알고 있을 것이다."

두 소년은 진산월이 자신들을 부른 이유를 대충 짐작하고 있었기 때문에 나름대로 긴장해 있었는데, 그가 전혀 뜻밖의 말을 하자 약간은 의아하고 약간은 당혹스런 표정을 지었다. 두 소년뿐 아니라 주위에 모여 있던 사람들도 모두 귀를 쫑긋 세우는 모습들이었다.

"그때 너희 둘 중 한 명을 데려갈 생각이다. 너희들 의견은 어떠하냐?"

그 말에 두 소년뿐 아니라 중인들의 눈이 일제히 크게 뜨였다. 설마 진산월이 이런 말을 하리라고는 누구도 예상치 못했던 것이다.

진산월은 소년들의 얼굴에 놀란 표정이 떠오르는 광경을 지켜보고 있다가 먼저 유소응에게 시선을 던졌다.

유소응은 그와 시선이 마주치자 이내 공손하게 머리를 조아렸다.

"사부님께서 허락해 주신다면 제자는 따라가고 싶습니다."

진산월의 시선이 그 옆에 있는 단리상에게로 향했다.

단리상은 마른침을 꿀꺽 삼키더니 아이답지 않은 당찬 표정을 지어 보였다.

"저도 물론 가고 싶습니다. 강호로 나가는 것이 꼭 좋아서만은 아니고, 좀 더 사부님 곁에 가까이 있고 싶기 때문입니다."

아홉 살짜리 아이의 말이라고는 믿기지 않을 정도로 야무진 대답에 놀랐는지 중인들 중 누군가가 나직하게 혀를 차는 소리가 들렸다. 진산월은 한 차례 더 단리상을 응시하더니 이내 고개를 끄덕이며 담담한 음성으로 말했다.

"두 사람 모두 따라가고 싶다니 그렇다면 공평하게 결정하도록 하마. 비무(比武)를 하여 이긴 사람을 데려가도록 하겠다."

유소응의 표정은 별로 변하지 않은 데 비해 단리상의 얼굴은 눈에 띄게 밝아졌다. 그러다 무슨 생각이 들었는지 황급히 물었다.

"비무에서 꼭 본 파의 무공만 사용해야 하는지요?"

진산월은 고개를 저었다.

"암수(暗手)를 쓰지만 않는다면 어떤 무공을 펼치든 상관없다."

"알겠습니다."

고개를 끄덕이는 단리상의 얼굴에는 자신에 찬 표정이 떠올라 있었다.

단리상은 종남파에 입문한 지 얼마 되지 않았기 때문에 아직 제대로 펼칠 줄 아는 종남파의 무공이 별로 없었다. 그러니 진산월의 말은 그의 유일한 약점을 해결해 준 것이나 다름없었다. 최소한 단리상은 그렇게 생각했다.

그래서 비무를 위해 유소응과 마주 보고 섰을 때도 그의 안색에는 별다른 긴장의 빛이 보이지 않았다.

단리상은 다섯 살 때부터 조부인 단리정천에게서 직접 무공의 기초를 배웠으며, 그 뒤로 단 하루도 무공 연마에 소홀히 한 적이 없었다. 계절마다 몸에 좋은 보약을 복용했고, 한 달에 한 번은 반드시 추궁과혈(推宮過穴)로 혈맥을 넓혀 탄탄한 기반을 닦았다.

단리상은 적어도 비슷한 또래에서는 천하의 누구와 겨루어도 패하지 않을 자신이 있었다. 게다가 듣기로는 유소응은 불과 얼마 전까지만 해도 무공을 익히기는커녕 대초원 일대를 떠돌아다니던 고아 신세였다고 하지 않았는가?

비록 자신보다 종남파에 입문이 몇 달 빠르기는 했으나, 무공이란 절대로 일조일석(一朝一夕)에 이루어지는 것이 아님은 단리상 자신이 누구보다도 잘 알고 있었다. 그래서 단리상은 이번 비무가 자신의 승리가 될 것임을 믿어 의심치 않았다.

어쩌면 사부님이 이번 강호행에 자신을 떳떳하게 데리고 나가기 위해 일부러 이런 비무를 제안했는지도 모른다고 생각했다. 자신이 사부의 입장이라고 해도 떠돌이였던 유소응보다는 명문가의 후예이자 뛰어난 무재(武才)를 지닌 자신을 더 총애할 것이 분명하리라 생각하는 단리상이었다.

이런 생각은 다른 사람들도 비슷한지 비무를 하러 나가는 유소응을 바라보는 중인들의 시선에는 안쓰러운 기색이 담겨 있었다. 비록 단리상이 보기 드문 기재라고 해도 그동안 함께 고난을 겪어 와서인지 유소응에게 더 정이 가는 것은 어쩔 수가 없었다.

그런 중인들의 심정을 아는지 모르는지 유소응은 단리상의 앞에 조용히 다가섰다. 별다른 말도 없었고, 별다른 표정도 없어서 어찌 보면 이번 승부를 포기한 것처럼 보이기도 했다.

단리상은 형식적으로 유소응을 향해 인사를 했다.

"잘 부탁합니다."

조금 떨어진 곳에서 이 광경을 보고 있던 동중산은 씁쓸하게 웃고 말았다.

'저 녀석…… 끝까지 사형이란 말은 하지 않는군.'

두 소년이 서로 마주 보고 서자 장내에는 제법 팽팽한 긴장감이 감돌았다. 비록 나이 어린 소년들이었지만 비무에 임하는 자세와 기백만큼은 강호의 여느 고수들 못지않았다.

먼저 공격한 사람은 단리상이었다. 단리상은 처음부터 가전무공인 풍한팔식(風漢八式) 중 천풍신격(天風迅擊)을 권으로 변형시켜 유소응의 가슴을 찔러 왔다. 풍한팔식은 단리가문의 절학인 풍뢰도법을 익히기 위한 입문 무공(入門武功)으로, 단리상은 일곱 살 때 조부인 단리정천에게서 직접 이 무공을 전수받았다.

비록 도(刀)가 아닌 맨손으로 펼치는 상황이었으나, 유소응의 앞가슴을 향해 빠르게 날아드는 주먹은 결코 아홉 살 소년의 솜씨라고는 보기 힘든 매서운 것이었다.

유소응은 단리상의 날카로운 공격에 압도당했는지 그 자리에 가만히 선 채 아무런 움직임이 없었다. 중인들은 유소응이 단 한 초식도 받아 내지 못할까 봐 절로 조마조마한 심정이 되었다.

막 단리상의 주먹이 유소응의 가슴을 가격하려는 순간, 갑자기 유소응이 슬쩍 옆으로 한 걸음 비켜섰다. 언뜻 보기에는 사납게 날아오는 단리상의 주먹을 피하기 위한 무의식적인 행동 같았으나, 진산월은 그것이 어설프게나마 장괘장권구식 중 천성탈두(天星奪斗)를 펼치기 위한 기수식(起手式)임을 알아보았다.

아니나 다를까?

시기적절하게 옆으로 이동하여 단리상의 주먹을 피하자마자, 유소응은 재빨리 단리상의 앞쪽으로 다가서며 그의 아랫배를 손등으로 가격했다. 단리상은 비쩍 마른 체구에 비실해 보이는 유소응이 의외로 날카로운 반격을 가하자 흠칫 놀랐으나, 이내 눈을 반짝이며 양손을 교차로 움직였다.

단리상은 왼손으로 유소응의 손등을 막음과 동시에 오른 주먹으로 그의 옆구리를 가격해 갔다. 이번의 일식은 풍권천운(風捲穿雲)이라는 것으로, 한 번에 각기 다른 두 가지 변화를 일으켜 상대를 공격하는 수법이었다.

단리상의 공수(攻守)를 겸한 초식 운용은 어린아이답지 않은 노련한 것이어서 지켜보는 사람으로 하여금 절로 감탄성을 발하게 했다.

유소응은 뒤로 주춤 물러나 간신히 단리상의 주먹을 피했으나 대신에 앞가슴이 환하게 노출되어 버렸다. 단리상은 조금도 망설이지 않고 내뻗었던 오른 주먹을 끌어당기며 팔꿈치로 유소응의 가슴팍을 찔러 갔다. 그 초식의 변화는 물 흐르듯 매끄럽기 그지없었다.

동중산은 이번에야말로 유소응이 당하고 말 거라고 생각했다. 동중산 자신도 저런 상황이라면 완벽하게 피할 자신이 없었던 것이다.

그 다급한 순간에 유소응은 돌연 왼손을 쭈욱 내뻗어 손바닥으로 단리상의 팔꿈치를 막음과 동시에 슬쩍 위로 추켜올렸다. 그 바람에 단리상의 팔이 오히려 자신의 얼굴을 치는 격이 되어 버렸다.

"엇?"

단리상은 순간적으로 당황하여 황급히 몸을 옆으로 비켜서려 했다. 그 순간, 어느 사이에 유소응의 오른손이 그의 앞가슴을 때리고 지나갔다.

팍!

"음......"

단리상은 가슴이 빠개지는 듯한 통증을 느끼고 인상을 찡그리며 뒤로 주춤 물러났다. 하나 이내 이를 악물며 다시 유소응을 향해 덤벼들려 했다.

"됐다. 그만 멈추어라."

진산월이 제지하자 단리상은 준수한 얼굴이 빨갛게 상기된 채 소리쳤다.

"저는 아직 더 할 수 있습니다."

진산월의 음성은 담담했으나 거역할 수 없는 힘이 담겨 있었다.

"이미 승부는 판가름 났다."

단리상은 얼굴이 붉으락푸르락하게 변한 채 거친 숨을 몇 차례 몰아쉬더니 이내 힘없이 고개를 떨구고 말았다.

"크윽!"

마음속의 상심이 적지 않은 듯 조그만 얼굴에 비통함이 가득했다.

어찌 그렇지 않겠는가?

당연히 자신이 이길 줄 알고 있었는데, 제대로 실력도 발휘해 보지 못하고 불과 몇 수만에 패하고 말았으니, 한편으로는 어이없기도 하고 한편으로는 수치스러워서 가슴이 터져 버릴 것만 같았다. 또래에는 자신의 적수가 없을 거라는 자부심이 산산이 깨어져 버린 것이다.

진산월은 고개를 숙인 채 어깨를 가늘게 떨고 있는 단리상을 가만히 바라보다가 조용한 음성으로 물었다.

"네가 펼친 무공의 이름이 무엇이냐?"

단리상은 기어 들어가는 듯한 음성으로 대답했다.

"풍한팔식이라고 합니다……."

"단리세가의 무공이냐?"

"그렇습니다."

"팔식을 모두 익혔느냐?"

진산월의 질문이 계속되자 단리상은 조금씩 마음이 가라앉는지 목소리가 안정을 되찾았다. 하나 착잡한 빛을 완전히 거두지는 못했다.

"예……."

"너의 풍한팔식은 제법 쓸 만했다. 보아하니 초식을 아주 제대로 익혔더구나."

뜻밖의 칭찬에 단리상은 고개를 들어 진산월을 올려다보았다. 단리세가에서 몇 년씩이나 무공을 익힌 자신이 종남파에 입문한 지 두세 달밖에 되지 않는 신출내기에게 패했는데도 사부가 자신의 무공을 비꼬거나 폄하하지 않는 게 의아했던 것이다.

사부는 보통 사람보다 머리통 하나는 더 큰 신장이어서 아직 어린 단리상으로서는 한참을 올려다보아야만 했다. 게다가 비쩍 마르고 강퍅한 얼굴에는 별다른 표정이 떠올라 있지 않아서 단리

제167장 춘기만산(春氣滿山) 33

상은 처음 보았을 때부터 그가 어렵고 엄해 보였다.

그런데 지금 올려다본 사부의 얼굴은 여전히 무심하고 덤덤했으나 눈빛만큼은 무어라 형용할 수 없을 만큼 온화하고 부드러웠다.

단리상은 한참 동안이나 진산월의 얼굴을 우두커니 올려다보았다. 마치 그의 말속에 숨은 진위를 찾으려는 듯이.

"네 무공은 나쁘지 않았다. 그런데 왜 패했는지 아느냐?"

단리상은 무언가에 홀린 사람처럼 계속 진산월을 응시하며 고개를 저었다.

"모르겠습니다."

"너는 소응이 본 파의 무공을 얼마나 익혔는지 아느냐?"

"모릅니다."

"소응이 본 파 무공의 가장 기초가 되는 장괘장권구식을 익히기 시작한 것은 불과 한 달도 되지 않는다. 게다가 내가 좀처럼 시간을 낼 수 없어서 장괘장권구식 중 세 개의 초식만을 간신히 가르쳤을 뿐이다."

단리상의 눈이 크게 뜨였다.

"그가 배운 게 겨우 세 초식뿐이라고요?"

"그렇다. 천성탈두와 영양괘각(羚羊卦角), 그리고 단봉조양(丹鳳朝陽)이 바로 그것이다."

단리상은 믿기지 않았으나, 그렇다고 사부가 자신에게 거짓말을 했다고는 더더욱 생각지 않았다. 단지 무공을 익힌 지 한 달도 안 되었고, 게다가 아는 초식이라고는 달랑 세 개뿐인 유소응에게 자신이 졌다는 것이 도무지 이해가 되지 않았을 뿐이다.

진산월은 단리상의 경악에 찬 얼굴을 가만히 내려 보고 있다가 담담하면서도 차분한 음성으로 말을 이었다.

"너를 보니 네 할아버지가 얼마나 정성을 들여 너를 키웠는지 알겠더구나. 아마 그동안 네가 배운 무공은 열 가지도 넘을 것이고, 알고 있는 초식 또한 수백 개는 족히 될 것이다."

단리상은 부인하지 않았다.

"그렇습니다."

"그런데도 단 세 개의 초식만을 익힌 소응에게 네가 패한 것은 오직 한 가지 이유 때문이다."

단리상은 자신도 모르게 황급히 물었다.

"그게 무엇입니까?"

"소응은 그 세 초식을 완벽하게 이해하고 있다. 언제 어떤 상황에서 써야 하는지를 정확하게 파악하고 있었지. 하지만 너는 그러지 못했다."

단리상은 아직도 영문을 모르겠다는 표정이었다.

자신이 그동안 얼마나 열심히 무공을 익혔는데 초식을 이해하지 못하고 있다니…… 풍한팔식의 여덟 초식들은 눈을 감고도 시전할 수 있을 만큼 능숙하게 펼칠 자신이 있었다.

하나 진산월이 말하는 것은 단순히 초식의 능숙함이 아니었다.

"소응은 처음부터 너와 오래 싸울 생각이 없었다. 자신이 아는 초식이 단 세 개뿐이므로 오래 싸우면 반드시 패할 수밖에 없다는 것을 잘 알고 있었지. 그래서 그는 자신에게는 단 한 번의 기회밖에 없고, 절대로 그것을 놓치면 안 된다고 생각했을 것이다. 그가 어떻게 기회를 노리고 그것을 잡았는지 들어 보겠느냐?"

"예."

"소응은 처음부터 너에게 선공(先攻)을 양보했다. 세 초식만 알고 있는 그로서는 먼저 공격하여 너를 쓰러뜨린다는 게 불가능한 일이었지. 그래서 네가 먼저 손을 쓸 때까지 그는 묵묵히 기다렸다. 네가 선공을 가하자 그는 천성탈두의 식으로 반격을 해 왔다. 천성탈두는 비록 빠르고 날카롭지만 투로(套路)가 단순하여 상대에게 역습을 당할 위험이 있는 초식이지."

진산월의 말마따나 단리상은 어렵지 않게 유소응의 반격을 막고 오히려 풍권천운의 식으로 그를 궁지에 몰아넣었다. 아니, 궁지에 몰아넣었다고 생각했다.

"그때 네 대응은 충분히 공감할 만한 것이었다. 소응은 버티지 못하고 가슴팍에 허점을 드러냈고, 너는 놓치지 않고 그 허점을 공격해 들어갔지. 하지만 그것이 바로 소응이 노리고 있던 기회였다."

"……!"

"네가 소응을 팔꿈치로 공격했을 때, 소응은 영양괘각의 수법으로 막으며 오히려 네 품속으로 뛰어들어 단봉조양을 펼친 것이다. 일단 이 연환식(連環式)에 걸려들면 일류 고수라 해도 피하기가 힘들다."

"그럼 그가 허점을 드러낸 것이 일부러 그랬단 말씀입니까?"

"일부러 드러냈을 수도 있고, 네 반격이 날카로워서 그랬을 수도 있겠지. 중요한 것은 소응이 자신의 허점을 이용하여 완벽한 기회를 잡았다는 것이다. 그래서 너는 그동안 익힌 그 많은 무공들을 제대로 펼쳐 보지도 못하고 그의 손에 패하고 만 것이다."

단리상은 그의 말을 곱씹어 보듯이 진지한 표정으로 그의 말에 귀를 기울이고 있었다.

"단 세 개의 초식뿐이었지만 소응은 자신이 익힌 초식들의 묘용(妙用)을 충분히 파악하고 있었다. 그래서 그는 반격을 당하기 쉬운 천성탈두를 먼저 사용하여 너를 유인했고, 수비력이 좋은 영양괘각으로 너의 공격을 막은 후 가장 빠르고 날카로운 단봉조양으로 단숨에 승부를 가른 것이다. 그가 펼친 수법들의 순서와 운용 방법을 곰곰이 되짚어 보면 그의 초식에 대한 이해가 얼마나 탁월한지 알 수 있을 것이다."

진산월은 부드러운 눈으로 그를 바라보았다.

"이제 내가 말한 것이 무슨 의미였는지 알겠느냐?"

단리상은 한참 동안이나 심각한 얼굴로 생각에 잠겨 있더니 이윽고 공손하게 머리를 조아렸다.

"제가 초식을 완전히 이해하지 못하고 있다는 사부님의 말씀을 이제야 알겠습니다. 제가 배운 무공에도 틀림없이 그 초식들처럼 상대를 빠져나올 수 없게 만드는 연환식들이 있을 겁니다. 제가 알고 있는 초식의 수가 많으니 훨씬 더 많이 있겠지요. 그런데도 저는 그런 것을 알지 못하고 오히려 유 사형의 단 하나뿐인 연환식에 당하고 말았으니, 무공을 배우기만 했지 제대로 파악하지 못하고 있던 셈입니다."

정연한 단리상의 말에 진산월의 입가에 언뜻 엷은 미소가 스치고 지나갔다.

 "알았으면 됐다. 앞으로 너는 본 파의 무공을 배움에 있어 그러한 점을 잊지 말고 최선을 다해야 할 것이다."

 "각골명심하겠습니다."

 진산월은 단리상에게는 패인을 자세히 분석해 준 반면, 유소응에게는 특별한 말을 하지 않았다. 단지 그의 작은 어깨를 가볍게 두드려 주었을 뿐이다. 그것만으로도 유소응은 만족을 했는지 작은 얼굴에 좀처럼 보기 힘든 엷은 미소가 떠올라 있었다.

 동중산은 진산월과 함께 멀어져 가는 두 소년의 모습을 지켜보고 있다가 빙긋 웃고 말았다.

 '결국 패한 다음에야 사형 소리를 하는구나. 그나저나 소응도 승부 근성이 참으로 대단하군. 앞으로 저 두 녀석들을 지켜보는 재미가 무궁무진하겠는걸.'

 동중산은 어깨를 들썩이며 소리 없는 웃음을 허공에 흘려보냈다.

제168장 살수난입(殺手亂入)

"기분이 이상하군."

손 노태야는 침상에서 몸을 뒤척거렸다.

깊은 잠에 빠졌던 그는 요의(尿意)를 느끼고 자리에서 일어났다. 그런데 그 뒤로 좀처럼 잠이 오지 않는 것이다.

그렇다고 아직 동이 트려면 멀었는데 벌써부터 일어나서 주위를 서성거릴 수도 없었다.

손 노태야는 무공을 익히지 않은 대신 자신의 건강에는 각별히 신경을 기울이고 있었다. 계절마다 다른 보약(補藥)을 복용했고, 가급적이면 규칙적인 생활을 하려고 노력했다.

그가 특히 신경 쓰는 것은 잠과 식사였다. 소식(小食)을 하되 천하의 진미(珍味)를 위주로 식단(食單)을 짜서 입맛이 없어지는 걸 경계했고, 하루 네 시진씩은 어떤 일이 있어도 숙면(熟眠)을 취하려고 애를 썼다. 그래서인지 무공도 모르는 노인치고는 상당히 건강한 축에 속했다.

천하의 후레자식인 손풍에게는 무척이나 비통한 일이 되겠지만, 손 노태야는 적어도 앞으로 이십 년간은 끄떡없이 살 자신이 있었다.

설사 그 전에 죽는다 해도 손풍에게는 단 한 푼도 남겨 줄 마음이 없었다. 그때는 차라리 천하에서 가장 큰 고아원을 만들어서 그곳에 자신의 전 재산을 기증할 생각이었고, 벌써 그 사전 준비도 은밀히 해 오고 있었다.

손 노태야가 잠을 이루지 못하고 뒤척거리고 있을 때였다.

방문이 소리도 없이 열리며 누군가가 안으로 불쑥 들어왔다.

손 노태야는 침상에 누운 채로 살짝 눈을 떠 방에 들어온 인영을 조심스레 살펴보았다. 전신에 검은 야행복(夜行服)을 걸친 사내 하나가 날이 시퍼렇게 선 장검을 든 채 침상 쪽으로 다가오고 있었다. 그 행동이 어찌나 민첩하고 날렵했던지 그가 방문을 열고 침상 가까이 다가올 때까지 아무런 소리도 들리지 않았다.

손 노태야는 한눈에 상대가 전문적인 살수(殺手)임을 알아차리고는 살짝 눈살을 찌푸렸다. 살수가 자신의 방까지 들어온 것은 근래 몇 년 만에 처음 있는 일이었다.

'이런 허수아비 같은 놈들…….'

손 노태야는 두려움보다는 짜증이 먼저 일었다. 적지 않은 돈을 들여서 상당한 실력의 호위 무사들을 고용해 자신의 방을 경비하도록 했는데, 살수는 태연히 방 안까지 들어온 것이다. 살수의 침입을 막는 것은 고사하고 경보(警報)조차 울리지 못했으니, 호위 무사들은 그야말로 무용지물이나 마찬가지였다. 손 노태야는 호위 무사들의 나태함보다는 그런 쓸모없는 놈들에게 그동안 투자한 돈이 아까워서 더 가슴이 쓰렸다.

살수는 이미 침상에서 일 장 떨어진 곳까지 와 있었다. 손 노태야는 더 이상 잠든 척하는 걸 포기하고 천천히 몸을 일으켜 살수를 쏘아보았다.

살수는 손 노태야의 그런 행동이 뜻밖이었는지 다가서던 동작을 멈추었다. 손 노태야는 침상에 앉은 채로 살수를 노려보며 특유의 느릿느릿한 음성으로 물었다.

"누가 시켰느냐?"

살수는 말없이 손 노태야를 응시하더니 수중의 검을 들어 올렸다. 쓸데없는 말을 지껄이기보다는 당장 손을 쓰겠다는 무언의 대꾸였으나, 손 노태야의 주름진 얼굴에는 별다른 표정의 변화가 없었다.

손 노태야의 태연한 모습에 살수의 눈빛이 순간적으로 조금 흔들렸다. 손 노태야가 무공을 익히지 않았다는 것은 서안에 사는 사람이라면 누구나가 알고 있는 사실이었다. 그리고 이 방을 지키는 네 명의 호위 무사는 이미 자신의 손에 모두 제거되지 않았는가?

그런데도 손 노태야가 평온을 유지하고 있다는 것은 한 가지 사실을 뜻하는 것이었다. 생각이 그에 미치기가 무섭게 살수는 전력을 다해 손 노태야를 향해 달려들었다. 하나 그의 행동은 조금 늦은 것이었다.

갑자기 천장에서 하나의 인영이 살수의 머리 위로 떨어져 내렸다. 그와 함께 차가운 검광이 살수의 목덜미를 향해 날아왔다.

땅!

살수는 간신히 수중의 장검으로 검광을 막았으나, 검광에 실린 역도를 감당하지 못하고 뒤로 세 걸음이나 물러났다. 살수의 앞에는 어느새 비쩍 마른 체구에 눈빛이 날카로운 중년인이 우뚝 서 있었다. 그 중년인의 손에는 쇠꼬챙이를 연상하게 하는 기형검(奇形劍)이 쥐여 있었는데, 차갑고 냉정한 중년인의 외모와 몹시 잘 어울려 보였다.

살수는 중년인을 보자마자 품속으로 손을 집어넣었다가 세차게 뿌렸다. 그와 동시에 그의 신형은 어느새 방문을 박차고 밖으로 움직이고 있었다.

쐐애액!

두 줄기의 섬광이 각각 중년인과 손 노태야를 향해 무서운 속도로 날아갔다. 중년인의 손에 들린 기형검이 소리도 없이 움직이더니 이내 두 개의 섬광이 박살 나 버렸다.

그와 함께 중년인의 몸은 방문 밖으로 달아나는 살수의 뒤를 바짝 추격하고 있었다. 그야말로 눈부시다고 표현할 수밖에 없는 신속한 몸놀림이었다. 하나 살수의 동작도 그에 못지않게 빨라서 단시간 내에 뒤를 잡힐 것 같지는 않았다.

두 사람이 사라진 방 안은 그야말로 난장판이었다. 박살 난 비수의 파편이 사방에 박혀 있었고, 부서진 방문으로 차가운 밤공기가 사정없이 밀려 들어와서 황량함을 느낄 정도였다.

"더 이상 잠자기는 틀린 것 같군."

손 노태야는 혼잣말처럼 중얼거리며 천천히 침상에서 일어났다. 한데 그가 막 침상을 빠져나오려 할 때 다시 하나의 인영이 방 안으로 뛰어들었다. 먼젓번과 같이 검은 옷을 입은 살수였다.

천하의 손 노태야도 이번만큼은 안색이 굳어졌다. 설마 또 다른 살수가 숨어 있다가 두 번째 공격을 가해 올 줄은 미처 예상치 못했던 것이다. 더구나 지금은 자신이 가장 믿고 있던 일전검(一電劍) 마익산(馬益山)마저도 살수를 뒤쫓아 밖으로 나간 상태가 아닌가?

두 번째 나타난 살수는 조금의 머뭇거림도 없이 곧장 손 노태야를 향해 달려왔다. 살수의 손에 들린 장검에서 흘러나오는 검광이 손 노태야에게는 죽음을 부르는 사신의 괴기스런 눈빛처럼 보였다.

바로 그때 어디선가 도자기 하나가 살수의 얼굴로 날아들었다. 막 손 노태야의 목덜미를 찔러 오던 살수의 장검이 그 바람에 크게 흔들렸다.

콰창!

도자기는 산산이 박살 났으나, 덕분에 손 노태야는 목덜미를 꿰뚫리는 참변을 피할 수 있었다. 살수가 멈칫하는 순간, 거친 숨소리와 함께 누군가가 검을 들고 살수의 옆에서 달려들었다. 일언반구도 없이 자신에게 덤벼드는 상대의 맹렬한 기세에 살수는 어쩔 수 없이 손 노태야에게 향했던 검을 그쪽으로 움직여야만 했다.

깡!

검과 검이 마주치며 날카로운 마찰음이 터져 나왔다. 살수를 가로막은 사람은 머리를 빡빡 깎은 이십 대 초반의 청년이었다. 청년의 번들거리는 두 눈을 보자 살수는 자신도 모르게 마른침을 꿀꺽 삼켰다. 괴이한 살기로 이글거리는 그 눈은 정상적인 사람처럼 보이지 않았다.

빡빡머리 청년은 거친 동작으로 검을 내밀어 살수를 후퇴시키더니 조금 전보다 더욱 사나운 기세로 살수를 몰아치기 시작했다.

팍팍팍!

마치 도끼질을 하듯 수중의 장검을 미친 듯이 난무하는 빡빡머리 청년의 기세에 눌려 살수는 뒤로 주춤 물러날 수밖에 없었다. 하나 덕분에 빡빡머리 청년의 움직이는 모습을 한눈에 알아볼 수 있었다.

'절름발이?'

살수는 자신을 매섭게 몰아치는 빡빡머리 청년의 발동작이 무언가 어색함을 알아차리고는 이내 날카로운 반격을 가하기 시작했다. 검을 휘두르는 기세와 힘은 빡빡머리 청년이 월등했으나, 대적하는 경험과 예리함은 살수가 더 뛰어났다. 더구나 살수가 청년이 한쪽 다리를 제대로 쓰지 못하는 불구임을 알고는 빠른 몸놀림으로 청년의 좌우측을 돌며 공격을 하는 바람에 빡빡머리 청년이 쉽게 우위를 점하지 못하고 있었다.

두 사람이 치열하게 공방(攻防)을 하고 있을 때, 소리도 없이 세 번째 살수가 나타났다.

그는 맹렬하게 검을 부딪치고 있는 두 사람은 본 척도 하지 않고 곧장 손 노태야를 향해 무서운 속도로 달려들었다. 손 노태야가 세 번째 살수의 기척을 알아차렸을 때는 이미 살수의 검이 손 노태야의 이마를 향해 쏘아져 오고 있었다.

이번에야말로 손 노태야는 죽음을 피할 수 없을 것 같았다. 그런데 이번에도 손 노태야는 무사할 수 있었다. 제삼(第三)의 구원자가 나타났기 때문은 아니었다.

두 번째 살수와 싸우고 있던 빡빡머리 청년이 갑자기 들고 있던 장검을 세 번째 살수에게 집어 던진 것이다. 덕분에 손 노태야는 당장의 죽음을 면할 수 있었으나, 방 안의 사태는 더욱 심각해졌다.

빡빡머리 청년이 세 번째 살수에게 장검을 던진 순간, 두 번째 살수의 검은 한 치의 착오도 없이 빡빡머리 청년의 가슴을 파고들었다. 생사를 다투는 와중에 수중의 장검을 엉뚱한 쪽으로 내던진다는 것은 죽음을 자초한 것이나 다름없었다.

막 살수의 검이 가슴을 쑤시고 들어오는 순간, 빡빡머리 청년은 멀쩡한 오른 다리를 축(軸)으로 하여 맹렬하게 몸을 회전시켰다.

파악!

그 바람에 그의 가슴을 찔러 왔던 검은 그의 어깨와 등짝을 가르고 지나갔다. 핏물이 분수처럼 뿜어져 나왔으나 덕분에 빡빡머리 청년은 가슴이 꿰뚫리는 참변을 피할 수 있었다. 회전하는 탄력을 이용해서 빡빡머리 청년은 두 번째 살수의 앞쪽으로 바짝 다가섰다.

"엇?"

두 번째 살수가 움찔 놀라 황급히 내뻗었던 장검을 회수하려던 찰나, 빡빡머리 청년은 그의 머리를 사정없이 들이받았다.

뻑!

뼈와 뼈가 부딪히는 소리와 함께 두 번째 살수가 휘청거리며 뒤로 물러났다. 빡빡머리 청년의 이마도 깨어져 피가 샘물처럼 흘러내렸다. 하나 빡빡머리 청년은 조금도 주저하지 않고 두 번째 살수의 앞가슴으로 뛰어들며 그의 오른쪽 옆구리를 있는 힘껏 후려쳤다.

콰직!

갈비뼈가 으스러지는 소리가 들리며 두 번째 살수의 입에서 시커먼 핏물이 흘러나왔다. 두 번째 살수가 옆구리가 으스러지는 통증에 허리를 부여잡고 쓰러지는 순간, 빡빡머리 청년은 어느새 세 번째 살수를 향해 몸을 날리고 있었다. 그때 세 번째 살수는 막 자신에게 날아온 장검을 쳐 내고 다시 손 노태야를 향해 검을 휘두르려던 참이었다. 빡빡머리 청년이 검도 없이 맨손으로 자신을 향해 달려들자 세 번째 살수는 주저 없이 검을 그에게로 돌렸다.

파팟!

세 번째 살수의 실력은 이전의 두 사람보다 훨씬 뛰어난 것이었다. 단순히 검을 앞으로 내뻗은 것 같았는데, 빗발 같은 검광이 빡빡머리 청년의 상반신을 갈가리 찢어 놓을 듯 무섭게 휘몰아쳤다.

삽시간에 빡빡머리 청년은 가슴과 어깨에 이검(二劍)을 맞고 피투성이가 되었다. 하나 빡빡머리 청년은 물러서기는커녕 오히려 두 눈을 번뜩이며 세 번째 살수를 향해 정면으로 돌진해 들어왔다. 왼쪽 다리를 거의 움직이지 못하는 절름발이임에도 불구하고 그의 움직임은 조금도 거침이 없어서 선불 맞은 멧돼지를 연상하게 했다.

세 번째 살수는 빡빡머리 청년이 검을 맞으면서도 자신의 앞으로 맹렬하게 달려들자 순간적으로 눈빛이 차갑게 굳어졌다.

'미친놈……!'

세 번째 살수는 주저 없이 빡빡머리 청년의 목덜미를 향해 검을 내찔렀다. 그의 검이 어찌나 빨랐던지 한 줄기 빛살이 그의 손에서 빡빡머리 청년의 목으로 쏘아져 나가는 것 같았다.

"헛!"

빡빡머리 청년의 뒤에 서 있던 손 노태야의 입에서 짤막한 침음성이 흘러나왔다. 빡빡머리 청년이 영락없이 그 검에 목을 꿰뚫린 것으로 생각했던 것이다.

세 번째 살수의 검은 확실히 날카로웠다. 아마 빡빡머리 청년의 두 다리가 멀쩡했더라도 그 일검을 피하기는 어려웠을 것이다.

빡빡머리 청년도 이를 알았는지 가뜩이나 매섭게 생긴 얼굴이 험상궂게 일그러졌다. 그의 눈동자가 붉은색으로 번들거리더니 달려들던 몸을 피하지 않고 계속 돌진해 오며 왼손을 앞으로 쭈욱 내뻗었다. 빡빡머리 청년의 목을 찔러 오던 세 번째 살수의 검은 한 치의 착오도 없이 청년의 왼손을 그대로 관통해 버렸다.

"크흡!"

손바닥이 꿰뚫리는 통증에 빡빡머리 청년의 눈이 부릅떠졌다. 하나 덕분에 그는 상대의 치명적인 일검을 간신히 막을 수 있었다.

세 번째 살수는 설마 상대가 맨손으로 자신의 검을 막을 줄은 몰랐는지 순간적으로 움찔하다가 황급히 검을 회수하려 했다. 빡빡머리 청년은 물러서기는커녕 오히려 자신의 손바닥을 뚫고 나간 장검의 검날을 힘껏 움켜잡으며 앞으로 끌어당겼다.

세 번째 살수의 몸이 순간적으로 한 걸음 앞으로 움직였다. 그러자 빡빡머리 청년은 세 번째 살수의 가슴팍으로 사력을 다해 돌진해 들어갔다. 그야말로 몸을 던졌다고 해야 옳을 것이다.

세 번째 살수가 자신의 실수를 깨달았을 때는 이미 빡빡머리 청년의 어깨가 그의 가슴에 거의 도달한 상태였다.

쾅!

벼락 치는 듯한 음향과 함께 세 번째 살수의 몸이 뒤로 주르르 밀려났다. 빡빡머리 청년의 어깨 공격은 상당히 위력적인 것이어서 세 번째 살수는 가슴뼈가 으스러지는 듯한 통증에 정신이 아득해졌다.

그의 입과 코에서 뜨거운 핏물이 뿜어져 나왔다. 그는 통증을 억누르며 빡빡머리 청년의 손을 꿰뚫었던 장검을 움직이려 했으나, 그때 빡빡머리 청년의 이마가 그의 눈앞으로 바짝 다가왔다.

빠악!

빡빡머리 청년의 이마가 세 번째 살수의 콧등을 완전히 으스러뜨려 놓았다. 그와 함께 빡빡머리 청년은 검에 꿰뚫린 자신의 왼손을 빙글 돌리며 세차게 앞으로 내뻗었다.

순간, 세 번째 살수는 무언가 차갑고 예리한 것이 자신의 목덜미를 뚫고 들어옴을 느끼고 두 눈을 찢어질 듯 부릅떴다. 빡빡머리 청년의 손바닥을 관통했던 자신의 검이 어느새 자신의 목을 뚫고 반대쪽으로 뚫고 나갔던 것이다.

비명 한마디 지르지 못하고 세 번째 살수는 빡빡머리 청년을 노려보다가 그대로 허물어지듯 바닥에 쓰러지고 말았다.

"헉헉……."

그제야 빡빡머리 청년은 가쁜 숨을 몰아쉬며 허물어지듯 바닥에 주저앉고 말았다.

두 번째 살수가 방 안에 뛰어들어 왔을 때부터 빡빡머리 청년이 그의 앞을 막아서고, 다시 세 번째 살수가 들어와서 그의 손에 쓰러질 때까지는 그야말로 숨 몇 번 내쉴 시간밖에 흐르지 않았다. 그만큼 장내의 싸움은 격렬하고 흉험했다. 평생 동안 수도 없이 험악한 일을 겪었던 손 노태야도 지금처럼 살벌한 싸움은 보지 못했는지 낯빛이 무겁게 굳어져 있었다.

그때 다시 한 사람이 방 안으로 뛰어 들어왔다. 그는 첫 번째 살수의 뒤를 쫓았던 차가운 인상의 중년인이었다. 중년인은 피바다로 변한 장내의 광경을 일견하고는 가뜩이나 차가운 인상이 철갑처럼 딱딱하게 변해 버렸다.

그때 손 노태야가 바닥에서 바둥거리고 일어나려던 두 번째 살수를 턱으로 가리켰다.

"저놈을 잡아라."

중년인은 황급히 두 번째 살수에게 다가갔다. 두 번째 살수는 이마가 으스러지고 오른쪽 갈비뼈가 모두 부러져 숨도 제대로 쉬지 못하고 헐떡거리고 있다가 중년인이 다가오자 이를 악물었다. 중년인이 무언가 심상치 않음을 느꼈을 때는 두 번째 살수는 시커먼 피를 토하며 숨이 끊어진 후였다.

중년인은 두 번째 살수의 몸을 살펴보더니 손 노태야를 향해 고개를 흔들었다.

"자결했습니다. 아마도 입안에 독단(毒丹)을 숨겨 놓았다가 깨문 것 같습니다."

손 노태야는 별반 표정 없는 얼굴로 그에게 물었다.

"먼저 쫓아간 놈은?"

"너무 반항이 심하기에 어쩔 수 없이 목을 베었습니다."

손 노태야는 한동안 가만히 죽은 살수의 얼굴을 내려다보더니 나직한 음성으로 입을 열었다.

"이놈들의 정체를 아느냐?"

중년인은 고개를 저었다.

"처음 보는 자들입니다."

손 노태야의 시선이 세 번째 살수의 시신을 향했다.

"저놈도 모르겠느냐?"

중년인은 자신의 장검에 목을 꿰뚫린 채 쓰러져 있는 세 번째 살수의 모습이 특이했는지 눈을 빛내며 그의 시신을 살펴보았다. 그러다 이내 짤막한 경호성을 터뜨렸다.

"아! 이자는 일전에 본 적이 있습니다."

"누구냐?"

"전귀(錢鬼) 막고(莫古)라는 자입니다. 돈만 주면 어떤 일이든 한다고 해서 붙은 이름입니다. 그래도 검술 실력이 상당히 뛰어나서 장안 일대에서는 최고의 살수 중 하나로 꼽히고 있습니다."

"전귀라…… 들어 본 적이 있는 것도 같군. 소속된 방파는?"

"특별한 곳은 없을 겁니다. 주로 혼자 활동하면서 그때그때 조건에 맞는 일을 한다고 들었습니다."

손 노태야는 더 이상 묻지 않고 무언가 상념에 잠겼다.

중년인은 일전검 마익산이란 인물로, 십여 년 전부터 손 노태야를 그림자처럼 호위해 오고 있었다. 그는 비단 무공이 높았을 뿐 아니라 냉정하고 판단력이 뛰어나서 손 노태야의 두터운 신임을 받고 있었다.

손 노태야는 갑자기 살수들에 대한 흥미를 잃어버렸는지 심드렁한 표정으로 걸음을 옮겼다. 그는 한쪽 구석에 주저앉은 채 거친 숨을 헐떡이고 있는 빡빡머리 청년에게 다가가더니 무심한 시선으로 그를 내려 보았다.

빡빡머리 청년은 이마가 깨어지고 여기저기에 검상을 입어 전신이 피투성이였다. 게다가 전귀 막고의 검에 꿰뚫린 왼쪽 손은 억지로 검날을 잡고 있던 탓에 손바닥뿐 아니라 손가락마저 모두 베여 뼈가 드러나 보일 정도였다. 급히 지혈은 했으나 빨리 치료를 받지 않으면 정상적인 상태로 돌아올 수 없을 게 뻔했다.

손 노태야는 차가운 눈으로 그를 내려 보더니 냉랭한 음성으로 입을 열었다.

"바보 같은 놈, 네가 조금 전에 집어던진 도자기가 어떤 것인 줄 아느냐? 남송(南宋) 때의 보물인 청화당초문대병(靑花唐草紋大瓶)이란 말이다."

빡빡머리 청년은 통증을 억누르느라 비오듯 땀을 흘리면서도 공손하게 머리를 조아렸다.

"도자기 값은 제 급료에서 공제해 주십시오."

손 노태야의 얼굴이 얼음장처럼 냉랭해졌다.

"정신 나간 놈, 청화당초문대병이 얼마짜리인 줄 아느냐? 황금 오십 냥이 넘는 것이다. 네놈이 평생 벌어도 갚지 못한단 말이다."

빡빡머리 청년은 머리를 숙인 채로 말했다.

"갚을 수 있을 겁니다."

"네놈이 무슨 재주로? 일전에 말했다시피 네 급료는 한 달에 은자 열 냥이다."

빡빡머리 청년은 천천히 고개를 쳐들었다. 손 노태야와 시선이 마주치자 그는 땀과 핏물에 젖은 얼굴로 하얀 이를 드러내며 웃었다.

"노야(老爺)께선 신상필벌(信賞必罰)에 엄격한 분이라고 들었습니다. 그게 사실이라면 제 급료는 앞으로 계속 오를 겁니다."

손 노태야의 주름진 얼굴이 살짝 찌푸려졌다.

"무얼 믿고 그리 자신하는 거냐?"

빡빡머리 청년, 응계성(鷹戒星)의 얼굴에 떠올라 있는 미소가 더욱 짙어졌다.

"제 자신을 믿고 있습니다."

* * *

손풍은 고개를 갸웃거렸다.
'이상한데?'
이른 아침이었다.
평상시라면 연무장을 제외하고는 쥐 죽은 듯 조용할 텐데, 오늘따라 유달리 주위가 소란스러웠다. 새벽마다 무공을 연마하는 몇몇 제자들을 제외하고는 아침부터 소란을 피울 만한 사람은 적어도 종남파에는 없었다.
'아니지. 그 여우 같은 마녀(魔女)와 털북숭이 곰 아저씨는 무슨 일을 저질러도 이상할 게 없는 사람들이지.'
손풍은 독살스런 서문연상과 호탕한 웃음을 잘 짓는 장승표의 우악스런 표정을 떠올리고는 자신도 모르게 인상을 찡그렸다.
그의 이십 평생에 요즘처럼 힘들고 괴로운 나날들은 일찍이 없었다.
아버지인 손 노태야 밑에서 세상 무서운 줄 모르고 살아온 자신이 날이면 날마다 자기보다 나이 어린 계집애에게 두들겨 맞고 기절하는 인생을 살게 될 줄이야 어찌 상상이나 했겠는가?
게다가 더욱 얄미운 건 장승표라는 산적 비슷한 작자였다.
그가 그 계집애의 손에 맞을 때마다 옆에서 어찌나 배꼽을 잡고 웃어 대는지 아픈 것보다 약이 올라서 기절하는 경우가 더 많을 지경이었다. 그러면서도 얼굴만 마주치면, '자네, 제법 배짱이 있군. 마음에 들었어. 몸이 다 나으면 술이나 한잔하자구.' 라며 솥뚜껑 같은 손으로 등짝을 두들겨 대서 속이 다 울렁거릴 지경이었다.

술이라면 손풍도 어지간히 좋아하는 사람이었고, 자신보다 두 배 가까이 나이가 많은 사람들과도 곧잘 어울리고는 했다. 하지만 그것도 정도가 있지, 어떻게 하면 그 얄미운 계집애에게 본때를 보여 주나 하고 노심초사하고 있는 사람에게 눈이 마주칠 때마다 실실거리며 약을 올리는 자와는 같이 술 마시고 싶은 생각이 추호도 없었다.

"어이구……"

손풍은 억지로 몸을 일으키다가 앓는 소리를 내며 다시 침상 위에 누워 버렸다.

그동안은 순전히 악으로 버텼으나 오늘도 어제처럼 맞았다가는 도저히 견뎌 내기 힘들 것 같았다. 그렇다고 이대로 당하고 참기에는 너무나 억울했다.

손풍은 갑자기 한숨을 푹푹 내쉬었다.

'어쩌다 내 팔자가 이렇게 됐지?'

난데없이 생전 처음 보는 여자에게 말 한마디 걸었다가 정신없이 두들겨 맞고 종남파에 끌려온 것이 악몽(惡夢)의 시작이었다. 그 뒤로 눈 뜨고 일어나면 주먹질이요, 입만 벙긋하면 발길질이었다.

그것도 자기보다 몇 살이나 어린 계집애에게 그런 꼴을 당하고 있으니 스스로 자신이 호협(豪俠)하다고 생각했던 손풍으로서는 분노가 폭발할 일이 아닐 수 없었다.

종남파의 제자가 된 것까지는 그런대로 참을 수 있었다. 비록 예전보다는 못해도 요즘 들어와서 종남파의 이름을 여기저기서 귀동냥을 한 탓에 새롭게 일어서는 종남파에 적(籍)을 두는 것도 그다지 나쁘지는 않다고 생각했다. 최근에 강호에 나타난 검객들 중 자타가 공인하는 최고의 실력자를 사부로 모시게 되었다는 것에는 약간의 흡족한 마음이 들기도 했다.

하지만 이렇게 맞고 사는 한심한 꼴이 되리라고는 꿈에도 생각해 본 적이 없었다. 이건 도저히 용납할 수가 없는 일이었다.

'무슨 놈의 문파가 사람 맞는 꼴을 보고서도 말릴 생각도 안 하고 그저 멀거니 쳐다보고만 있는 거냐? 이놈의 종남파는 문파의 기본적인 규율도 없단 말인가?'

손풍은 생각할수록 울화통이 치밀어 올랐으나 지금으로선 다른 뾰족한 수가 없었다. 말을 들으니 자신은 아버지에게서도 버림받은 것이 확실했고, 일단 제자로 입문한 이상 종남파를 떠나려 해도 순순히 보내 줄 리가 만무했다.

'제길. 그때 그 애꾸가 타이른다고 넙죽 입문하는 것이 아니었어.'

손풍은 얼마 전에 서문연상에게 맞고 기절을 했었다. 간신히 정신을 차렸을 때, 자신을 보살펴 주었던 동중산의 유혹에 넘어가 선뜻 종남파에 입문하겠다고 했던 것이다. 그는 이것을 후회했으나 이미 엎질러진 물이었다.

오늘도 그 계집애에게 당할 게 분명한데, 그걸 알면서도 자리에서 일어나려니 몸이 움직여지지 않았다. 손풍이 침상 위에서 이리저리 데굴거리고 있을 때였다.

똑똑…….

문 두드리는 소리와 함께 한 사람이 방문을 열고 들어왔다.

"일어났나?"

공교롭게도 들어온 사람은 마침 손풍이 투덜거리고 있던 대상인 동중산이었다. 손풍은 동중산을 보고도 침상에 비스듬히 누운 채 일어나지 않고 시큰둥한 표정을 지었다.

"무슨 일이오?"

버르장머리라고는 눈을 씻고 보아도 찾을 수 없는 무례한 모습이었으나, 동중산은 화를 내지 않고 오히려 빙긋 웃었다.

"오늘은 안색이 좋아 보이는군. 일어나게. 할 일이 있네."

손풍은 붕대를 감은 자신의 팔을 들어 보이며 퉁명스럽게 쏘아붙였다.

"이게 좋아 보인다니 한쪽 눈이 없다고 제대로 보지도 못하는 모양이군. 난 꼼짝도 할 수 없으니, 할 일이고 나발이고 당신이 알아서 하시오."

동중산의 얼굴에서 미소가 걷혔다. 동중산은 아무 말 없이 외눈을 번뜩인 채 손풍을 가만히 내려다보았다. 손풍은 평소의 습관대로 입에서 나오는 대로 지껄였으나, 막상 동중산이 묵묵히 쏘아보고만 있자 공연히 마음이 거북해졌다.

'제길. 말이 조금 심했나?'

손풍은 내심 찝찝한 구석이 없지 않았으나, 이내 불쑥 오기가 솟구쳐 올랐다.

'내가 언제 남들 눈치 보면서 살았단 말인가? 이제 두들겨 맞는 것도 모자라서 말 한마디까지 일일이 신경 써야 한다면 차라리 죽는 게 나을 거다.'

손풍은 자신에게 입을 막고 손을 묶는다면 그건 살아도 살아 있는 게 아니라고 생각했다. 그래서 손풍은 무서운 눈길로 자신을 쳐다보는 동중산을 무시하고 몸을 돌리며 이불을 머리끝까지 뒤집어썼다.

"장문인이 찾거든 아파서 누워 있다고 하시오. 아니면 나를 이 꼴로 만든 그 계집애를 시키든지."

손풍은 그 말을 끝으로 눈을 질끈 감고 억지로 잠을 청해 버렸다.

그런데 동중산에게서 아무런 반응도 없는 게 아닌가? 불같이 화를 내지는 않더라도 욕설 한마디쯤 하거나 아니면 주먹이라도 날아올 것을 각오했는데 당최 말 한마디 없는 것이다.

손풍은 한동안 누워 있다가 일부러 뒤척이는 척하며 고개를 힐끔 돌아보았다.

그런데 웬걸? 동중산은 언제 밖으로 나갔는지 방 안에 없었다.

막상 이렇게 되니 손풍은 맥이 풀려 버렸다.

"이거 뭐 이래? 저 애꾸는 사람만 좋은 바보인가?"

손풍이 고개를 갸우뚱거리고 있을 때였다. 문이 다시 열리며 동중산이 들어왔다. 손풍은 그러면 그렇지 하고 그가 이번에는 어떻게 나올까 기다렸는데, 방에 들어온 동중산은 냅다 그를 향해 물을 뿌려 대는 것이 아닌가? 이제 보니 나갔다가 들어온 동중산의 손에는 물이 가득 든 커다란 양동이가 들려 있었던 것이다.

"어푸! 이게 뭐야?"

꼼짝없이 침상 위에서 물벼락을 맞은 손풍은 기겁을 하고 놀라 몸을 벌떡 일으켰다. 이미 침상이고 바닥이고 온통 물바다였고, 전신에 붕대를 감고 있던 손풍의 몸은 흠뻑 젖어서 그야말로 물에 빠진 생쥐 꼴이 되고 말았다.

손풍은 그야말로 화가 머리끝까지 치밀어 버럭 소리를 질렀다.

"대체 이게 무슨 짓이냐, 이 애꾸야?"

동중산은 화를 내지도 않고 그렇다고 웃음기도 없는 무표정한 얼굴로 입을 열었다.

"오늘은 본 파에서 대청소를 하는 날이다. 원래 네 몸이 성치 않아서 연무장이나 쓸도록 하려 했는데, 이제 보니 방 안이 엉망이로구나. 너는 밖에 나올 것 없이 네 방이나 치우도록 해라."

그러고는 손풍의 대답도 듣지 않고 휑하니 밖으로 나가 버렸다.

손풍은 이를 부드득 갈며 그의 뒷등을 노려보았으나 굳게 닫힌 방문만이 시야에 들어올 뿐이었다.

"이런 망할……."

봄기운이 완연하다고 해도 아직 아침의 날씨는 쌀쌀하기 그지없었다. 그런 상태에서 차가운 물에 흠뻑 젖어 버렸으니 냉기가 치밀어 온몸이 덜덜 떨려 왔다. 게다가 상처를 치료한답시고 알몸에 붕대만 감고 있다가 물벼락을 맞았으니, 아예 옷을 벗고 있는 것보다 더 추웠다.

"이놈의 문파는 어찌 된 게 정말 갖은 방법으로 사람을 괴롭히는구나……."

손풍은 화를 낼 기력도 없어서 입술을 부들부들 떨면서 붕대를 풀기 시작했다. 우선 붕대라도 마른 것으로 바꿔야 춘삼월에 얼어 죽는 꼴을 피할 수 있을 것 같았다.

그러다 방 안을 둘러보고는 자신도 모르게 한숨을 내쉬었다.

이불은 물론이고 바닥에 있던 옷가지와 가재도구들까지 모두 젖어 있어서 방 안은 그야말로 난장판이 따로 없었다. 아픈 몸을 쉬고 싶어도 누울 곳이 보이지 않았다. 쉬려면 어쩔 수 없이 이 난장판을 치워야 하는데, 그 생각을 하니 벌써부터 눈앞이 아득해지는 손풍이었다.

제 169 장
춘야지연(春夜之宴)

제169장 춘야지연(春夜之宴)

종남파의 모든 제자들이 아침부터 서두른 덕분에 대청소는 미시 무렵에 끝이 났다.

구석구석까지 쓸고 닦고 정리하느라 모두들 얼굴에 검댕이 묻고 머리는 까치집이 되어 버렸다. 서로 그 모습을 보고 킬킬거리다가 목욕을 하고 다시 모였을 때는 어느덧 신시가 가까워 오고 있었다.

때마침 주루를 경영하느라 서안에 내려가 있던 노해광(盧解廣)과 정해(程解) 부부도 종남산에 올라와서 다시 한 차례 반가운 인사를 하느라 다들 정신이 없었다. 정해는 종남산에서 가까운 서안 남쪽에 신혼집을 꾸몄는데, 최근에는 서안 일대에 산재해 있는 종남파의 오래된 토지들을 둘러보느라 사오 일에 한 번씩밖에는 종남파에 들르지 못했다.

그때부터는 또다시 음식을 장만하느라 분주해졌다. 종남파에서 모처럼 벌어지는 연회인지라 제대로 차리기 위해서인지 요리를 만들고 음식을 나르느라 또 한 차례 야단법석이 벌어졌다. 장승표는 오늘에야말로 자신의 진짜 실력을 보여 주겠다고 큰소리를 팡팡 쳤고, 서문연상은 그를 졸졸 따라다니며 이걸 만들어 달라, 저걸 만들어 달라 하며 갖은 요구를 늘어놓았다.

모두들 정신없이 바쁘게 움직이는 가운데, 태평각에 있는 진산월의 거처로 한 사람이 찾아왔다.

연회가 벌어질 태화전 일대가 온통 요란법석인 반면, 태평각은 산새의 울음소리도 들을 수 있을 만큼 고요한 정적에 싸여 있었다.

"장문인, 잠깐 시간 좀 내줄 수 있소?"

진산월의 방문을 두드린 사람은 전흠이었다. 처음 종남파에 올 때만 해도 거칠고 투박하기만 했던 전흠도 크고 작은 몇 차례의 혈전을 거치면서 많이 성숙해진 모습이었다.

진산월은 흔쾌히 고개를 끄덕였다.

"들어오너라."

전흠은 방 안으로 들어와서 진산월의 맞은편 의자에 가서 앉았다. 그는 진산월의 방은 처음 들어와 보는지라 한 차례 주위를 둘러보고는 진심이 담긴 음성으로 말했다.

"정말 편안한 방이로군."

진산월은 조용히 웃었다.

"일파의 장문인이 머무르는 곳치고는 너무 소박하다고 생각하는 건 아니냐?"

전흠의 메마른 얼굴에도 언뜻 미소가 스치고 지나갔다.

"예전이라면 아마 그렇게 생각했을 거요. 하지만 지금은 장문인이 외양의 화려함보다는 내실을 더 중시하는 사람이라는 걸 알고 있기 때문에 별로 놀랍지는 않소."

"너도 말솜씨가 많이 늘었구나."

전흠은 씁쓸한 표정을 지어 보였다.

"이게 모두 종남파에 와서 워낙 여러 사람에게 시달림을 당한 탓 아니겠소?"

"그래, 무슨 일이냐?"

전흠은 몇 차례 헛기침을 하더니 조금은 무거운 표정으로 말을 꺼냈다.

"조부님에 관해서요."

"사숙조께 무슨 일이라도 생겼느냐?"

전흠은 평소의 그답지 않게 약간 망설이는 듯하더니 이내 결심을 했는지 빠른 음성으로 입을 열었다.

"장문인은 조만간에 중원으로 나간다고 알고 있소. 아마 오늘 연회도 정식으로 그 사실을 공표하기 위해서라고 생각하오."

진산월은 부인하지 않았다. 확실히 연회를 벌이는 것에는 자신의 강호행으로 마음이 들떠 있는 제자들을 다독거리고 약간은 흐트러진 문파의 분위기를 다시 바로 세우려는 의도가 있었던 것이다.

"조부께서는 당신도 장문인의 중원행에 함께하겠다며 며칠 전부터 몹시 기대하고 계시오. 조부님이 원한다면 장문인도 거절하지 못할 테니, 사실 그분의 중원행은 거의 결정된 거나 마찬가지인 셈이오."

"……!"

"문제는 내가 그분의 중원행을 원치 않는다는 데 있소."

뜻밖의 말에 진산월이 전흠의 얼굴을 똑바로 쳐다보았다. 전흠의 표정은 딱딱하게 굳어 있었고, 눈가에는 한 줄기 시름의 빛이 감돌고 있었다.

"초가보와의 싸움에서 조부님은 냉구유의 현음신장에 커다란 내상을 입으셨소. 그 이후 계속 상처를 치료했지만, 기력이 예전만 못하시고 몸 상태가 좀처럼 정상으로 회복되지 않고 있소."

당시 전풍개의 상세가 얼마나 심각했는지는 진산월도 잘 알고 있었다. 제갈외가 없었다면 전풍개는 목숨을 잃었거나 운이 좋아 살아났다 해도 영원히 무공을 쓰지 못하는 몸이 되고 말았을 것이다.

진산월은 전풍개가 얼마 전부터 활기찬 모습으로 돌아다니는 것을 보았기에 그의 몸이 완벽하게 회복된 줄로만 알고 있었다. 그런데 전흠의 말은 그것이 사실이 아님을 나타내고 있었다.

"나도 처음에는 조부님의 연치(年齒)가 너무 많으셔서 단순히 회복이 늦는 것으로만 생각했었소. 그런데 아무래도 조부님의 상태가 심상치 않은 듯하여 제갈 노인을 찾아가 보았소. 제갈 노인의 말씀으로는 현음기(玄陰氣)에 진원지기(眞元之氣)가 손상당해서, 앞으로도 영영 예전 상태로는 돌아가지 못할 거라고 하더이다."

진산월은 가슴이 덜컥 내려앉았다.

전풍개는 누가 뭐라 해도 현 종남파의 최고 어른일 뿐 아니라 진산월을 제외하고는 가장 실력이 뛰어난 절정 고수였다. 종남파가 풍비박산의 위기에 처해 있을 때 수천 리 먼 길을 달려와 주었고, 초가보와의 처절한 혈투에서 누구 못지않은 커다란 역할을 해 주었다.

단지 무공뿐 아니라 전풍개의 존재 자체가 진산월에게는 더할 나위 없이 든든한 버팀목이었다.

그런데 전풍개가 두 번 다시 예전의 모습으로 돌아갈 수 없다니 어찌 놀라고 당혹스럽지 않겠는가?

진산월은 혹시나 하는 마음에 황급히 물어보았다.

"영약(靈藥)의 도움을 받거나 내공으로 치유하는 방법은 없다고 하느냐?"

전흠의 음성은 우울한 장송곡처럼 들렸다.

"그것도 물어보았소. 젊은 사람이라면 모르지만 조부님의 연세에는 별 도움이 안 된다고 하더군. 오히려 세월이 흐를수록 급격히 노쇠해지고 기력이 떨어질 확률이 높으니 조심하라고 신신당부하기까지 했소."

"며칠 전에 그분이 방화가 천하삼십육검을 연무하는 것을 도와주시기에 완전히 쾌유되신 줄로만 알았는데……."

"조부님께선 혹시라도 당신의 몸이 정상이 아님을 장문인이 알게 되면 중원행을 말릴까 봐 일부러 정상인 듯 움직이신 거요. 하지만 방으로 돌아오시면 몹시 힘들어 하시곤 했소. 무엇보다도 걱정스러운 것은……."

전흠의 표정은 침울하게 가라앉아 있었다.

"시력이 그전보다 떨어져서인지는 모르지만 무공을 보는 안목이 예전과 같지 않으시다는 거요. 어제 나는 조부님 앞에서 성라검법의 낙성빈분을 펼쳐 보였소. 낙성빈분은 모두 열여섯 개의 변화가 있는데, 나는 일부러 그중 두 개의 변화를 일으키지 않았소. 그런데도 조부님께선 '네 무공의 기세가 많이 매서워졌구나.' 라며 오히려 칭찬을 하셨소. 아마 예전이었다면 두 개의 변화가 빠진 걸 알아차리시고 불같은 호통을 치셨을 거요."

전흠은 걱정이 가득 담긴 눈으로 진산월을 쳐다보았다.

"조부님은 장문인과 함께 중원으로 가면 반드시 형산파에 들르려고 할 거요. 이십 년 전의 복수를 위해서 말이오. 하지만 지금 조부님의 상태로는 오히려 과거보다 더욱 참혹한 일을 당할지도 모르오. 나는 그런 일이 벌어질 것이 다른 무엇보다 두렵소."

진산월은 한동안 침음한 채 아무런 말도 하지 않았다.

전흠의 말이 그에게 적지 않은 충격을 준 것은 분명했다. 한참 후에 진산월은 조용한 음성으로 물었다.

"내가 어떻게 해 주었으면 좋겠느냐?"

전흠의 음성 속에는 간절한 염원이 담겨 있었다.

"조부님이 이번 중원행에 가지 못하도록 그분을 설득시켜 주시오."

"그게 말처럼 쉽지 않다는 것은 너도 알고 있을 것이다."

물론 전흠도 알고 있었다.

전풍개는 결코 자신이 약해졌다는 것을 수긍하지 않을 것이며, 천하의 누구라도 그의 면전(面前)에서 그의 몸이 예전 같지 않으니 중원행에 갈 수 없다는 말을 할 수 없을 것이다. 설사 진산월이라 할지라도 말이다.

전흠은 절실한 눈으로 진산월을 바라보았다.

"하지만 장문인 외에는 그 일을 할 수 있는 사람이 없다는 것도 사실 아니오?"

진산월의 대답은 전흠의 기대에 어긋나지 않는 것이었다.

"내가 방법을 모색해 보마."

* * *

연회는 즐거웠다.

모두들 마음껏 웃고 떠들며 먹고 마셔 댔다. 그중에서도 장승표의 목소리가 가장 크고 시끄러웠다.

"글쎄 정말이라니까. 그때 내가 구해 주지 않았으면 너희 장문인은 더 이상 세상 구경을 못할 뻔했단 말이다."

눈을 동그랗게 뜬 채 그의 말을 듣고 있던 서문연상이 입술을 삐죽거렸다.

"또 그 말도 안 되는 허풍을 떠는군요. 장문인의 무공이 얼마나 높은데 그깟 바위에서 미끄러져 절벽으로 떨어질 뻔했단 말이에요? 그리고 장문인이 떨어질 정도의 절벽이라면 털보 아저씨 실력으로는 죽었다 깨어나도 장문인을 구하지 못했을 거예요."

장승표는 답답한지 자신의 가슴을 탁탁 쳤다.

"정말 미치겠구나. 너는 왜 내 말은 무조건 믿지 않는 거냐?"

"말이 되는 소리를 해야 믿죠. 털보 아저씨는 그런 허풍이 통하리라고 생각하는 모양인데, 그건 털보 아저씨가 무공을 전혀 모르기 때문에 그런 거예요. 장문인 정도의 무공이라면 산에서 미끄러져 절벽으로 떨어질 리도 없고, 진짜로 떨어졌다면 장문인보다 신법이 뛰어나지 않는 한 구할 수 없단 말이에요."

"심보를 그렇게 쓰다가는 너는 시집가서도 구박만 받을 거다. 그때 너희 장문인은 절벽의 중턱에 매달려 있었으니, 내가 밧줄을 내려 주지 않았다면 힘이 빠져서 결국은 떨어지고 말았을 게 아니냐?"

서문연상의 눈이 샐쭉하게 찢어졌다.

"거기서 시집 얘기가 왜 나와요? 나 좋다는 남자들이 얼마나 많은데……."

"하긴. 네 성격에 구박하는 시늉이라도 했다가는 시댁에 무슨 풍파가 불어닥칠지 모르니…… 아무튼 내 말은 한 톨의 거짓도 없는 진짜이니 너는 무조건 믿어라."

"귀는 그냥 장난삼아 뚫어 둔 거예요? 내가 말했잖아요. 장문인 실력이면 절벽에 매달려 있었더라도 벽호공(劈虎功)을 쓰든지 해서라도 혼자 올라왔을 거라구요. 게다가 한겨울에 장문인이 화산에는 왜 갔겠어요? 그리고…… 느닷없이 밧줄은 또 어디서 난 거예요?"

장승표의 수염투성이 얼굴이 시뻘겋게 변했다.

"어이구. 이 아가씨가 정말 생사람 잡겠군. 내가 무엇 때문에 없던 일을 만들어서 거짓말을 한단 말이냐? 밧줄은 산에 익숙한 사냥꾼이라면 누구나가 가지고 다닌다. 산에서 무슨 일을 당할지 모르니 최소한의 생명줄로 가지고 다니는 것이다."

"피…… 거짓말."

장승표가 고리눈을 부릅떴다.

"한 번만 더 내 말을 거짓말이라고 하면 앞으로 두 번 다시 내가 만든 음식을 먹을 생각하지 마라."

"치사하게 먹는 거 가지고 협박하기는. 그럼 믿어 줄 테니 내일 홍배웅장을 만들어 줘요."

"아니, 지금 어디 가서 곰을 잡아 온단 말이냐? 더구나 그걸 만들려면 최소한 삼 일 이상 걸린다고 하지 않았느냐?"

"싫으면 말아요. 나도 안 믿을 테니까."

서문연상이 휑하니 고개를 돌려 버리자 장승표가 바짝 약이 올라 숨소리가 거칠어졌다.

서문연상도 장승표가 거짓말을 하고 있다고는 생각하지 않았다. 장승표는 허풍이 심하긴 하지만 있지도 않은 일을 만들어 낼 사람은 아니었다. 다만 그의 반응이 매우 직선적이어서 이런 식으로 그를 놀려 먹는 게 재미있기에 그의 말을 믿지 않는 척할 뿐이었다.

주위에서 그들의 대화를 듣고 있던 사람들도 이런 속사정을 짐작하고 있기에 모두 낄낄거리고 있었다. 겉모습과는 달리 순진한 장승표만이 답답한 듯 화를 냈다가 한숨을 내쉬었다가 하며 안절부절못하고 있을 뿐이었다.

서문연상은 몇 차례 더 그를 놀려 주려다 장승표가 무척 실망하고 있는 것 같아서, 생각을 바꾸어 그를 위로해 주었다.

"걱정 말아요. 털보 아저씨가 눈 덮인 겨울 산에서 길을 잃고 있는 장문인을 만나 도와주었다는 정도는 믿을 테니까요. 어쨌든 그렇게 장문인과 처음 알게 되었단 말이죠?"

장승표는 너무 속상해서 더 말을 할 기운도 없는지 아무런 대꾸도 하지 않았다. 그러자 서문연상이 생글생글 웃으며 조잘거렸다.

"얼굴 풀어요. 가뜩이나 험상궂게 생긴 사람이 그런 표정을 하고 있으니까 음식이 목구멍으로 넘어가지 않잖아요."

말은 그렇게 하면서도 그녀는 앞에 놓인 음식을 잘도 먹어 댔다.

"이거 정말 맛있네. 이 요리 이름이 뭐랬죠?"

장승표는 여전히 입을 굳게 다문 채 표정이 풀어지지 않았다.

서문연상은 앞에 놓인 음식을 얄밉도록 맛있게 실컷 먹고는, 그때까지도 화가 풀어지지 않고 있는 장승표를 힐끗 바라보더니 술잔을 내밀었다.

"털보 아저씨는 그런 표정이 어울리지 않는다니까요. 어린아이처럼 그렇게 토라져 있지 말고 술이나 한 잔 받으세요."

장승표는 참으려고 했으나 어느새 손이 먼저 움직여 그녀에게서 술잔을 받고 있었다. 그녀는 술을 따르면서 하얀 이를 드러내며 배시시 웃었다.

"영광인 줄 아세요. 검보에서도 내가 술 시중을 든 사람은 아버님과 할아버지밖에는 없으니까 말이에요."

그녀가 술을 절반쯤 따르고 술병을 거두자 장승표가 퉁명스런 음성으로 말했다.

"왜 따르다가 마느냐? 가득 부어라."

"하도 말을 안 하기에 입이 고장 나서 술도 못 마시는 줄 알았더니 그건 아니군요."

옆에서 듣고 있던 방화가 키득거렸고, 장승표의 털북숭이 얼굴에도 순간적으로 붉은 기가 감돌았다. 장승표는 한 차례 헛기침을 하더니 이내 눈을 슬쩍 치켜떴다.

"나보고 술도 마시지 말라는 건 아예 죽으라는 소리다. 빨리 술이나 마저 따르도록 해라."

"어련하시려고요."

서문연상이 술을 따르자 장승표는 단숨에 술잔을 들이켰다.

"크, 좋군. 한 잔 더 따라 봐라."

서문연상은 순순히 술을 따랐다. 장승표는 그렇게 연거푸 석 잔을 들이켜고 나서야 간신히 얼굴의 화기가 풀렸다. 서문연상은 눈을 초롱초롱하게 반짝이며 장승표의 얼굴을 빤히 쳐다보았다.

"뭘 그렇게 보느냐?"

장승표가 의아한 듯 묻자 서문연상은 눈도 깜빡이지 않고 장승표를 쳐다보고 있더니 갑자기 탄식을 토하는 것이었다.

"이렇게 사내답게 생긴 사람이 여자보다 더 잘 삐친다니…… 아마 밖에 나가 이 말을 하면 아무도 내 말을 믿지 않을 거야."

"무슨 쓸데없는 헛소리를 하는 거냐? 술잔 빈 거 안 보여? 아무 말 말고 술이나 따라라."

장승표는 그녀가 또 무슨 말을 해서 자신의 속을 뒤집어 놓을지 불안하여 술이나 따르라고 채근했으나, 서문연상은 아랑곳하지 않고 계속 한숨을 폭폭 내쉬며 중얼거리듯 말했다.

"여자들이 사내답고 씩씩한 겉모습만 보고 반해서 털보 아저씨

한테 시집온다고 하면 그가 얼마나 속이 좁고 화를 잘 내는 술고래인지 말해 주어야겠다. 같은 여자로서 불행의 구렁텅이 속으로 빠져드는 걸 어떻게 지켜보고만 있겠는가?"

장승표의 얼굴이 대추처럼 붉어졌다.

"정말 계속 그럴 거냐?"

서문연상은 짐짓 눈을 동그랗게 떴다.

"어머. 속으로 중얼거렸는데 들렸어요? 이제 보니 귀가 제 역할을 하긴 하는 모양이네요. 사내다운 용모에 귀까지 밝다니…… 정말 모르는 여자들은 넘어가기 딱 좋네."

장승표는 우거지상을 하며 손을 내저었다.

"됐다. 날이 풀리면 나가서 곰이라도 잡아 올 테니 제발 그만하거라."

그제야 서문연상은 혀를 날름거리며 배시시 웃는 것이었다.

"그러게 진작 말할 때 승낙했으면 위신도 서고 얼마나 좋아요? 아무튼 주는 복도 못 받아먹는다니까."

장승표의 얼굴이 다시 한 번 사정없이 구겨졌다. 하나 그가 무어라고 대꾸하기도 전에 서문연상이 갑자기 주위를 두리번거렸다.

"그런데 그놈이 안 보이네."

"그놈이라니? 여자가 그게 무슨 말버릇이냐?"

서문연상은 별걸 다 간섭한다는 눈으로 장승표를 꼬나보았다.

"그렇게 부를 만하니까 그러는 거죠. 그럼 내가 사제한테 존댓말이라도 써야 된단 말이에요? 더구나 그런 개망나니 같은 자식한테?"

서문연상의 얼굴에 사나운 빛이 떠오르자 장승표는 자신에게 불똥이 떨어질까 봐 재빨리 머리를 흔들었다.

"아니다. 나도 그 녀석 얼굴이 왜 안 보일까 궁금하던 참이다."

때마침 서문연상이 말하던 '그놈'이 어슬렁거리며 장내에 나타났다.

제일 늦게 입문하여 문파에서도 가장 막내 항렬인 손풍이 연회의 중반쯤에 모습을 드러내자 중인들은 한심하다는 모습들이었다. 개중에는 고개를 절레절레 흔드는 사람도 있었다. 남들이 그러거나 말거나 손풍은 심드렁한 표정으로 연회장을 쓸어 보더니 아무 데나 가서 털썩 앉았다. 마침 그곳은 서문연상의 맞은편 자리였다.

서문연상의 꽃같이 고운 얼굴이 얼음장처럼 차갑게 변했다.

"일어나라."

그 음성이 어찌나 싸늘했던지 장승표의 가슴이 섬뜩해질 정도였다. 손풍은 이 계집애가 왜 또 시비를 거나 싶어 그녀를 쳐다보았다.

"나는 밥도 먹지 말라는 거요?"

서문연상은 칼로 찌를 듯 예리한 시선으로 손풍을 쏘아보았다.

"자리에서 일어나 장문인과 선배 어르신들에게 먼저 문안을 드려라. 그런 다음 저 끝에 가서 공손하게 앉아서 조용히 처먹어라. 그게 예의라는 거다."

손풍이 입을 열려는 순간, 서문연상의 단호한 음성이 이어졌다.

"만약 네놈이 그렇게 하지 않는다면 이번에는 반드시 팔다리 중 하나를 잘라 버리겠다."

손풍은 비록 막되어 먹고 제멋대로이긴 했으나, 그렇다고 눈치가 아주 없는 바보는 아니었다. 그는 그녀의 심상치 않은 표정을 보고 그녀의 협박이 거짓이 아님을 직감적으로 알아차리고는 아무 말도 하지 않고 자리에서 일어났다.

항상 오만불손했던 손풍이 서문연상의 추상같은 말에 고분고분 따르자 옆에서 지켜보던 장승표와 방화는 어안이 벙벙한 모습이었다. 하나 손풍의 속마음은 조금 귀찮고 성가셔도 인사를 하고 마음 편히 있는 게 낫지, 잔뜩 독이 올라 있는 암고양이의 성질을 일부러 건드릴 필요는 없다는 것이었다. 사지(四肢) 중 하나가 잘린다는 건 몇 대 맞는 것과는 차원이 다른 문제였다.

손풍은 중앙의 상석에 앉아 있는 진산월의 앞으로 가서 넙죽 허리를 굽혀 인사를 했다.

"장문인을 뵙니다."

제 딴에는 공손하게 인사를 한다고 했으나, 남들 눈에는 천하에 버릇없는 행동이었다. 진산월은 아직도 상반신을 온통 붕대로 감싸고 있는 손풍을 찬찬히 바라보더니 천천히 입을 열었다.

"늦었구나. 몸은 움직일 만하냐?"

손풍은 어깨를 으쓱해 보였다.

"보시다시피 견딜 만합니다. 소싯적부터 제법 주먹질로 단련이 돼서 이 정도 상처는 별로 신경도 쓰지 않습니다."

그의 말을 듣고 있던 중인들이 어이가 없는지 입을 딱 벌렸다.

문파의 막내 제자가 하늘 같은 장문인에게 하는 말 치고는 건방지기 이를 데 없는 소리였다.

전풍개는 꼴도 보기 싫은지 아예 고개를 돌린 채 엉뚱한 곳을 쳐다보았고, 진산월의 우측에 앉아 있던 노해광만이 흥미 있는 시선으로 손풍을 응시했다.

노해광은 손풍의 입문식 때 오지 않았기 때문에 그를 처음 보는 셈이었다.

한동안 손풍을 이리저리 살펴보던 노해광이 얼굴에 의미심장한 미소를 띠었다.

"네놈이 바로 그 손 노태야의 망나니 아들 녀석이군. 듣던 대로 뱃심은 제법 있어 보이는구나."

손풍은 인상을 찡그리며 못마땅한 표정으로 노해광을 쏘아보았다.

"당신은 누군데 남의 집 귀한 아들을 망나니라고 부르는 거요?"

종남파의 제자들이 그 버르장머리 없는 모습에 발연 대노했으나 노해광은 오히려 껄껄 웃었다.

"하하…… 성질과 말버릇이 하도 개차반이라서 손 노태야도 학을 떼었다더니 소문이 사실이로구나. 이놈아! 나는 네놈에게는 사숙조가 되는 노해광이라는 어른이시다. 내 앞에서 한 번만 더 그런 모습을 보였다가는 제발 죽여 달라고 빌도록 만들어 줄 테니 의심나면 한번 해 보도록 해라."

노해광은 여전히 빙글빙글 웃으며 말했으나, 그의 시선을 받자 손풍은 뱀을 본 생쥐처럼 삽시간에 안색이 창백하게 굳어졌다. 처음 볼 때는 단순히 마음씨 좋은 장사꾼 같았던 노해광의 인상이 얼굴에 미소를 띠면 띨수록 점차 살벌해져서 천하에 다시없는 흉신악살(凶神惡殺)처럼 보였던 것이다.

손풍은 어려서부터 서안의 뒷골목을 누비고 다니며 각양각색의 사람들을 만나 보았기 때문에 이런 웃음을 짓고 있는 부류야말로 쉽게 건드릴 수 없는 정말 무서운 사람이라는 것을 잘 알고 있었다. 이 부류의 사람들은 자신보다 훨씬 더 심한 파락호 짓을 했으며, 몇 번이나 죽음의 문턱을 넘나드는 경험을 해서 자신의 생사를 별로 신경 쓰지 않는 족속들이었다. 자기 목숨도 아까워하지 않는 사람이 남의 목숨 빼앗는 걸 주저할 리가 없으니, 잘못 건드리면 그대로 황천길로 직행할 가능성이 농후한 자들이었다.

손풍은 즉시 그를 향해 정중하게 포권을 했다.

"이제 보니 사숙조님이셨군요. 손풍이 사숙조님을 뵈옵니다."

진산월을 대할 때와는 천양지차였다. 노해광에게 더할 나위 없이 예의 바르게 인사를 하자 중인들은 어처구니가 없어 실소가 나올 지경이었다.

노해광은 여전히 입가의 미소를 그치지 않으며 고개를 끄덕였다.

"오냐. 앞으로 자주 볼 일은 없겠지만, 내 귀에 네놈이 본 파에 와서도 예전 버릇을 고치지 못했다는 소문이 들리면 만나게 될 것이다. 그때 무슨 일이 벌어질지 기대해 보아라."

손풍은 몸을 한 차례 흠칫 떨더니 억지로 웃어 보였다.

"제자는 이미 종남파에 온 뒤로 새사람이 되었습니다. 누가 무슨 헛소문을 퍼뜨릴지 모르지만, 사숙조님께 폐를 끼치는 일은 없을 겁니다."

손풍을 조금이라도 아는 사람이라면 그의 입에서 나온 것이라고는 도저히 믿을 수 없을 만큼 공손한 말이었다. 중인들의 불신(不信)에 찬 시선을 아는지 모르는지 노해광은 부드럽게 웃었다.

"그거야 앞으로 지내 보면 자연히 알게 되겠지. 시장할 텐데 그만 가 보도록 해라."

"예, 사숙조님."

손풍은 노해광에게 다시 한 번 공손하게 인사를 하고는 잠깐 머뭇거리다 진산월과 전풍개에게도 차례로 머리를 숙였다. 그러고는 올 때와는 딴판인 의젓한 걸음걸이로 한쪽 구석에 가서 앉는 것이었다.

마치 사람이 달라진 듯한 그 모습에 전풍개가 냉랭한 코웃음을 날렸다.

"흥! 천둥벌거숭이 같은 놈이로군. 단단히 쓴맛을 봐야 정신을 차릴 것이다."

노해광은 점잖게 웃었다.

"귀엽게 봐 주십시오. 저 녀석도 나름대로 사연이 많은 놈이랍니다."

전풍개의 칼날 같은 검미가 꿈틀거렸다.

"저놈에 대해서 제법 잘 알고 있는 모양이구나?"

"일전에 손 노태야에 대해 조사를 한 적이 있습니다. 그때 조금 알게 된 것뿐입니다."

노해광은 사람 사귀기를 좋아하고 호탕한 겉모습과는 달리 의외로 꼼꼼하고 치밀한 성격을 지니고 있었다. 그래서 서안에 자리를 잡을 때도 사전에 서안 일대의 유력 인사들의 뒷조사를 철저히 했던 것이다.

실제로 노해광은 서안 일대에서 가장 발이 넓고 소식이 정통한 인물이라고 할 수 있었다. 배짱이 좋고 안면이 넓어서 철면호(鐵面狐)라는 별호가 붙기도 했고, 모르는 소식이 없다고 하여 순이통(順耳通)이라 부르는 사람도 있었다.

노해광은 자신이 알고 있는 손풍의 이야기를 했다.

"손 노태야는 깐깐한 인물입니다. 자기 자신은 물론이고 자식에게도 비정하리만치 철저하고 엄격했지요. 결국 큰 아들은 상인들의 암투에서 전면에 나섰다가 희생되고 말았습니다. 하지만 손풍에게는 달랐습니다. 형과는 달리 어려서부터 끔찍이도 아꼈지요."

그것에는 이유가 있었다.

원래 손풍은 세상에 나오지 못할 뻔했었다. 손풍의 어머니가 만삭이었을 때 사고를 당해 치명적인 부상을 입었기 때문이다.

당시 손 노태야는 워낙 장사에 바빠서 아내가 사경(死境)을 헤매는 것도 알지 못했다. 그가 소식을 듣고 집으로 달려갔을 때는 이미 아내는 숨이 끊어진 후였다. 손풍은 죽은 어머니의 배 속에서 기적적으로 살아 나왔지만, 그 때문에 어려서부터 잔병에 시달려야만 했다.

손 노태야는 아내에 대한 미안한 마음을 손풍에게 갚으려는지 그에게 지극정성을 베풀었다. 온갖 크고 작은 병에 시달리는 손풍을 위해 좋은 영약을 아낌없이 구입했고, 손풍이 원하는 것은 무엇이든지 해 주었다. 덕분에 손풍이 유아기를 지났을 때는 몸뚱이 하나만큼은 더할 수 없이 튼튼해져 있었다.

손풍이 열다섯 살 때 손풍의 아홉 살 많은 형인 손화가 살수의 암습을 당해 죽고 말았다. 그때부터 손 노태야의 손풍에 대한 애정은 과도할 정도로 강해졌고, 그에 비례하여 손풍의 망나니짓도 점차 심해졌다. 그로부터 삼 년 후에 손 노태야는 자신이 그토록 애지중지했던 하나 남은 아들이 천하의 인간 말종(人間末種)임을 알게 되었다.

"손 노태야는 아직 여태 투자했던 사업마다 단 한 번도 실패한 적이 없었습니다. 유일한 실패가 바로 자식들에 대한 투자지요. 한 명은 너무 엄격하게 다루어서 남의 손에 죽고 말았고, 다른 한 명은 너무 품에 감싸 안아서 자기 손으로 내쫓은 격이 되고 말았으니 말입니다."

전풍개는 묵묵히 노해광의 말을 듣고 있다가 특유의 카랑카랑한 음성으로 냉랭하게 말했다.

"동정할 가치가 하나도 없는 놈이로군. 호강에 겨워 스스로 나락에 빠져든 한심하기 짝이 없는 놈이다."

평생을 기울여 가는 문파의 재건에 노심초사했던 전풍개로서는 서안 최고의 부자인 아버지에게서 극진한 보살핌을 받고도 방탕한 생활을 했던 손풍을 좋게 보려야 도저히 좋게 볼 수가 없었다.

노해광은 그런 전풍개의 심정을 누구보다도 잘 알고 있기에 선뜻 수긍을 했다.

"물론입니다. 동정이라니 당치 않은 말이지요. 다만 저는 저놈이 천하의 망나니이긴 하지만 그래도 가르치기 여하에 따라서는 제법 쓸모 있는 구석도 있다는 말씀을 드리려고 했던 것뿐입니다."

"저런 놈에게 그런 게 있을 리 있느냐?"

노해광은 소리 없이 웃었다.

"장점이 없는 사람이 어디 있겠습니까?"

전풍개는 여전히 못마땅한 눈으로 노해광을 흘겨보았다.

"저놈에게는 해당되지 않는 말이다."

"손풍은 장안에서 파락호 짓을 하면서 남과 다투기도 많이 했습니다. 하지만 그런 와중에도 단 한 번도 아버지인 손 노태야에게 도움을 청한 적이 없었습니다. 때리든 맞든 항상 자기 선에서 끝을 냈지요."

"그런 것도 장점이냐?"

노해광은 서슴없이 고개를 끄덕였다.

"큰 장점이지요. 유력 인물을 아버지로 두고도 그 배경을 사용하지 않고 혼자 힘으로 자신의 일을 해결한다는 것은 쉽지 않은 일입니다. 원래 배경이란 없는 사람보다 있는 사람에게 더욱 큰 유혹이니 말입니다."

전풍개는 시큰둥한 표정이었다.

"그래서 그놈이 아까 소싯적부터 주먹질을 했다고 떠들어 댔군. 그 말을 들었을 때 하도 가소로워서 진짜 주먹질이 어떤 것인지를 보여 주려고 했다."

"하하…… 사숙께서 저런 애송이에게 직접 손을 쓰시다니 당치 않으십니다. 저런 아이들이 말하는 주먹질은 말 그대로 시정 뒷골목의 드잡이질이니 말입니다."

"저놈이 자기 아버지 위세를 빌리지 않고 제 앞가림을 한 것도 장점이라고 치자. 그것 말고 또 다른 게 있느냐?"

"제가 듣기로는 손풍은 지금까지 단 한 번도 남에게 빌어 본 적이 없다고 하더군요."

그 말에 전풍개는 어처구니가 없는지 눈을 치켜떴다.

"그건 또 무슨 말이냐?"

"사실 파락호 짓도 쉬운 게 아닙니다. 그런 생활을 하다 보면 꼭 만나는 부류들이 정해져 있지요. 그런 부류들과 어울리다 보면 필연적으로 폭력과 온갖 지저분한 협잡, 함정 같은 것에 노출되게 됩니다. 물론 사숙님에게는 그런 것들이 모두 치졸하기 짝이 없는 것으로 보이겠지만, 그들 세계에서는 그것도 무시하지 못할 위협이 됩니다. 손풍이라고 그런 폭력이나 협박에 시달리지 않았겠습니까? 그런데 손풍은 아무리 심하게 얻어맞고 험한 꼴을 당해도 남에게 머리를 숙이지 않았다고 합니다. 제법 강단이 있다는 말이지요."

"자랑할 게 없으니 별게 다 자랑이군. 그런데 조금 전에 네놈을 대할 때의 태도를 보니 꼭 그런 것만도 아닌 것 같구나."

노해광의 얼굴에 떠올라 있는 미소가 조금 더 짙어졌다.

"좋게 생각하십시오. 굽혀야 할 때를 알고 있으니 앞뒤가 꽉 막힌 놈은 아니라는 증거 아닙니까?"

"꿈보다 해몽이 좋구나."

"그 외에도 손풍은 여자를 밝히기는 하지만, 강압적으로 취하지 않을 뿐 아니라 손찌검을 해 본 적도 없다고 합니다. 어설프게나마 풍류가 무엇인지 안다는 말이지요."

"허……!"

"하하…… 물론 손풍이 제 나이 정도 되는 중년이라면 그런 게 어찌 장점이 되겠습니까만, 한창 나이에 색을 밝히면서도 자제를 한다는 건 생각만큼 쉬운 일이 아닙니다. 그리고 사숙께서도 보셔서 아시겠지만, 어려서부터 손 노태야가 별의별 영약을 마구 먹인 탓인지 무공을 익히기에 더할 나위 없이 좋은 체질을 가지고 있습니다. 비록 늦기는 했으나 지금부터라도 제대로 된 수련을 한다면 나중에 제법 쓸 만한 고수가 될지도 모릅니다."

손풍의 몸에 대해서는 전풍개도 어쩔 수 없이 인정을 했다. 그토록 방탕한 생활에 찌들어 있으면서도 탐이 날 정도로 좋은 골격을 가지고 있었던 것이다. 그런 것도 없었다면 손풍을 입문시키는 것조차 반대했을 것이다.

"몸만 좋다고 고수가 되는 것은 아니다. 어쨌든 네 말대로 그놈에게도 눈여겨볼 만한 구석이 있다고 치자. 하지만 저 망할 놈의 버릇을 고치지 않는다면 고수가 아니라 고수 할애비가 된다 해도 모두 소용없는 짓이 되고 말 것이다."

노해광은 빙긋 웃으며 고개를 끄덕였다.

"물론입니다. 그 점은 장문인에게 맡기는 게 좋지 않겠습니까?"

전풍개는 묵묵히 앉아서 그들의 대화를 듣고 있는 진산월을 힐끗 쳐다보더니 그제야 얼굴에 떠올라 있던 노기가 가셨다.

"장문인도 나름대로의 생각이 있으니까 그런 놈을 제자로 받은 것이겠지. 아무튼 네 말대로 되는지 어디 두고 보자."

노해광은 진산월을 향해 한쪽 눈을 찡긋거렸다. 앞으로는 네 책임이니 알아서 잘하라는 무언의 신호 같았다. 그러다 무슨 생각이 들었는지 갑자기 정색을 하며 진산월을 향해 바짝 다가갔다.

"참, 오면서 소식을 들으니 오늘 손가장에서 무언가 심상치 않은 일이 발생했다고 하더구나."

진산월의 눈이 번쩍 빛났다.

손가장은 손 노태야의 집이었다. 그리고 응계성이 머물러 있는 곳이기도 했다.

"심상치 않은 일이라니요?"

"나도 워낙 총망중에 들은 것이라 자세하게 알지는 못한다. 장안에 아직 소문이 퍼진 것도 아니고…… 그저 오늘 새벽에 손가장 안에서 소란스러운 일이 벌어졌고, 그 와중에 몇 사람이 죽고 누군가가 심하게 다쳤다는 말을 들었다."

"죽은 사람은 누구고, 다친 사람은 누구입니까?"

노해광은 진산월의 얼굴을 똑바로 응시했다.

"죽은 자들은 모르겠고, 다친 사람은 새로 들어온 보표라고 하더구나."

진산월의 표정은 적어도 겉으로는 아무런 변화가 없었다. 이것을 보고 노해광은 새삼 감탄하는 마음이 들었다.

진산월이 자신의 사제들을 얼마나 끔찍이 위하는지는 노해광이 누구보다도 잘 알고 있었다. 응계성은 진산월의 몇 안 되는 사제들 중에서도 특별한 존재였다. 그는 초가보와의 싸움에서 치명적인 상처를 입고 다리를 저는 불구가 되고 말았다.

새로운 길을 모색하던 응계성이 몸을 담은 곳이 바로 손 노태야의 손가장이었다. 그 응계성이 심한 부상을 입었을지도 모른다는 말을 들었는데도 진산월은 흐트러진 모습을 보이지 않았다.

속마음이야 어쨌든 이러한 침착성은 그의 나이를 생각하면 믿기지 않는 일이었다. 어쩌면 이러한 점이 그 어려운 시기에 종남파 제자들로 하여금 무공도 변변치 않은 장문인을 믿고 따르게 한 원동력일지도 몰랐다.

노해광은 그의 얼굴에서 시선을 떼지 않으며 말을 이었다.

"다친 사람이 누구인지는 나도 정확히 모른다. 손 노태야는 비밀을 지키는 데 익숙한 사람이라 손가장에서 벌어지는 일들은 여간해서는 소문이 나지 않는다. 혹시나 하여 이곳에 왔을 때 제일 먼저 계성의 모습을 찾아보았지만 보이지 않더구나."

진산월의 음성은 여전히 담담했다.

"계성은 오늘 부르지 않았습니다."

"왜 부르지 않았느냐?"

"계성은 이제 손가장의 사람이 되었습니다. 그가 자기 발로 돌아올 때까지는 본 파의 일에 그를 개입시키지 않을 생각입니다."

노해광은 침음하다가 물었다.

"너는 참을 수 있겠느냐?"

진산월은 홀연 허공을 올려다보았다. 어느새 날은 어두워져 창밖으로 일점편월(一點片月)이 떠올라 있었다. 진산월은 그 조각달을 올려다보더니 조용한 음성으로 말했다.

"손가장은 계성이 스스로 선택한 곳입니다. 자신이 목적한 것을 이루지 못하면 그는 그곳에서 뼈를 묻을 각오를 하고 있습니다. 저는 멀리서 그런 그를 지켜보는 것만으로도 충분히 만족하고 있습니다."

조금 떨어진 곳에서 그들의 대화에 귀를 기울이고 있던 방취아는 진산월의 말을 듣자 눈물이 핑 돌며 목이 메어 왔다. 그 말을 하는 진산월의 심정을 절실히 느낄 수 있기 때문이었다.

어디 방취아뿐이랴? 소지산과 낙일방, 동중산의 표정도 무겁게 가라앉아 있었다. 입을 열어 말은 하지 않았어도 그들의 마음속에는 한 가지 생각뿐이었다.

'응계성이 보고 싶다······.'

그와 함께 웃고 울고 고민하며 지낸 세월을 어찌 잊을 수 있겠는가? 그 간절한 심정은 제삼자(第三者)는 결코 알 수가 없는 것이었다.

제 170 장
월하검무(月下劍舞)

제170장 월하검무(月下劍舞)

한동안 그들 사이에는 무거운 분위기가 감돌았다. 하나 멀리 떨어진 곳에서는 여전히 웃고 떠드는 소리가 들려왔다. 그런 분위기가 마음에 들지 않았는지 전풍개가 눈썹을 살짝 찌푸리더니 진산월을 돌아보았다.

"할 말이 있어 모이라고 한 것 같은데, 이제 그만 시작하는 게 어떠냐?"

전풍개의 음성에 공력이 실려 있었는지 주위의 소란 속에서도 모든 사람의 귀에 똑똑하게 들렸다.

진산월은 천천히 자리에서 일어났다. 시장 바닥처럼 시끌벅적했던 장내가 갑자기 조용해지며 모든 사람들의 시선이 그에게로 집중되었다. 진산월은 담담한 시선으로 주위를 둘러보았다. 그와 마주친 모든 사람들의 시선 속에는 존경과 흠모, 신뢰의 빛이 담겨 있었다.

예전에 진산월은 주위의 이런 기대에 찬 시선이 부담스러웠다. 그 속에 담긴 무게를 제대로 감당하기 힘들었기 때문이다. 하나 지금은 오히려 무언지 모를 친숙함과 듬직함이 느껴졌다. 그것은 아마도 그의 가슴이 예전보다 훨씬 더 많은 것을 담을 수 있을 만큼 넓어졌기 때문일 것이다.

중인들의 이목이 자신에게 쏠리자 진산월은 조용한 음성으로 입을 열기 시작했다.

"모두들 알고 있겠지만, 이번에 일이 있어 중원에 다녀와야겠다."

중인들은 모두 침을 꿀꺽 삼킨 채 진산월의 말에 귀를 기울였다.

"내 개인적으로는 무척 중요한 일이고, 본 파 전체를 위해서도 반드시 해야 할 일이다. 그동안은 본 파의 안위 때문에 엄두를 내지 못했으나, 이제 본 파가 정상을 되찾았으니 더 이상 늦출 수가 없구나."

진산월이 분명하게 중원행을 밝히자 종남파 제자들의 얼굴에 서서히 흥분의 빛이 감돌기 시작했다.

중인들 속에서 진산월의 말을 듣고 있던 정해가 조심스런 음성으로 물었다.

"언제쯤 가실 계획이십니까?"

"삼 일 후에 출발할 생각이다."

"얼마쯤 걸릴 것 같습니까?"

"짧으면 한 달이고, 길면 몇 달이 걸릴지 모른다."

중인들의 예상보다 출발은 촉박했으며, 일정은 훨씬 길었다. 하나 그러한 점들이 중인들의 흥분된 마음을 억누를 수는 없었다.

정해는 모두가 궁금해 하는 질문을 던졌다.

"누구를 대동하실 생각이십니까?"

진산월이 중인들을 둘러보자 모두들 그의 눈을 피하지 않고 마주 보았다. 문파의 어른들이 모두 계신 자리여서 쉽게 나서지 못했으나, 자신을 데려가 주었으면 하는 것이 중인들의 공통된 바람일 것이다.

"일방이 같이 간다. 그리고 제자들 중에는 중산, 소응, 손풍을 대동하겠다."

그 말에 주위가 다시 시끌벅적해졌다. 이름이 지명된 사람들은 희희낙락한 반면, 그렇지 못한 사람들은 실망감을 감추지 못했다.

특히 손풍의 이름이 불린 것에 다른 사람들은 물론이고 손풍 본인조차도 어리둥절한 모습이었다.

서문연상이 도저히 참지 못하겠는지 용기를 내어 끼어들었다.

"외람된 말씀이지만 장문인께 여쭙고 싶은 것이 있습니다."

"말해 보아라."

서문연상은 한 차례 숨을 고르고는 영롱하면서도 다부진 음성으로 입을 열었다.

"다른 분들을 대동하시겠다는 것은 납득이 되는데, 막내 사제가 낀 것은 잘 이해가 되지 않는군요. 그 점에 대한 장문인의 생각을 알 수 있을는지요?"

서문연상의 이런 행동은 엄밀히 말하면 장문인의 권위를 침해하는 위험한 것이었다. 중인들 중에는 벌써부터 안색이 굳어진 채 못마땅한 눈으로 그녀를 쏘아보는 사람도 있었다. 특히 소지산은 그런 면에서 누구보다도 엄격한 사람이었기 때문에 안색이 좋지 않았다. 진산월이 눈짓을 하지 않았다면 서문연상은 말도 끝내기 전에 호되게 경을 치고 말았을 것이다.

진산월은 그녀를 나무라지 않고 자신이 그런 결정을 내리게 된 배경을 짤막하게 설명해 주었다.

"손풍은 아직 본 파의 무공을 단 한 초도 익히지 못했고, 강호의 경력은 전무하다시피 하다. 그래서 그를 데리고 다니며 무공의 기초를 잡아 주려는 것이다."

하지만 눈치가 빠른 사람들은 그 외에 또 다른 이유가 있음을 알아차렸다. 종남파에 입문해서도 제 버릇을 못 고치고 망나니짓을 일삼는 손풍의 행실을 이번 기회에 바로잡으려는 것이다. 또한 사사건건 충돌을 일삼는 서문연상과 그를 떼어 놓으려는 의도도 숨어 있었다.

서문연상은 누구보다 총명한 여인이기에 그런 점을 모르는 것은 아니었지만 그래도 자신이 빠지고 손풍이 뽑힌 것이 왠지 모르게 억울하고 분했다.

그래서 자신도 모르게 투정을 부리는 음성이 흘러나오고 말았다.

"하지만…… 소응도 뽑혔는데, 저만 여자라고 쏙 빼놓았다는 생각이 자꾸만 듭니다."

진산월은 그녀의 심정을 훤히 알고 있기에 화를 내기는커녕 부드럽게 웃으며 그녀를 달래 주었다.

"그럴 리가 있느냐? 원래 제자들 중에서 소응과 상아 중 한 명을 데리고 가고 너와 방화는 두고 갈 생각이었다."

"왜 그런 거죠?"

"너와 방화는 앞으로의 일이 년이 가장 중요하다. 지금 무공의 체계를 확실히 잡아 두지 않으면 본 파의 무공도 제대로 익히지 못하고 실력도 퇴보되는 별 볼 일 없는 고수가 되고 만다. 하지만 소응이나 상아는 당장은 기본을 익히는 데만 충실하면 되니, 이번 기회에 강호란 어떤 곳인지를 스스로 느끼도록 해 줄 생각이었다."

진산월이 이렇게까지 말하니 서문연상도 더는 무어라고 할 수가 없었다. 단지 운 좋게 중원행에 따라가게 된 손풍이 괘씸하고 얄미워서 그를 잔뜩 흘겨보는 것으로 아쉬움을 달랠 수밖에 없었다.

서문연상이 자리로 돌아가자 진산월의 시선은 방취아에게로 향했다.

"미안하구나. 이번에 기대를 했을 텐데, 너를 데리고 갈 수는 없었다."

방취아는 이해한다는 듯 엷은 미소를 머금었다.

"알아요. 남자들만 잔뜩 가는 데 여자가 한 명이라도 끼면 무척 불편하다는걸."

진산월은 그녀가 농담을 하는 것을 보고는 마음이 놓였다.

"그런 면이 없는 건 아니지. 하지만 너를 데려가자니 혼자서 외로워할 지산이 생각나서 도저히 어쩔 수가 없더구나."

"호호…… 걱정 말고 잘 다녀오세요. 대신에 장문 사형이 돌아오시면 저와 소 사형만 따로 여행을 떠날 테니 그리 아세요."

진산월은 빙긋 웃었다.

"그때는 꼭 보내 주지."

이어 그는 소지산에게로 시선을 돌렸다.

"이번에도 네게 본 파를 부탁해야겠구나."

소지산은 듬직하게 고개를 끄덕였다.

"당분간은 본 파에 큰일이 없을 테니 심려 놓으십시오. 그보다 정말 손풍을 데려가도 괜찮겠습니까?"

소지산은 진산월의 이번 강호행의 가장 큰 목적이 구궁보에 있는 임영옥을 데려오기 위한 것임을 알고 있었다. 구궁보는 누가 무어라 해도 당금 강호의 최정상을 달리는 곳이었다. 그러니 이번 일은 앞날을 전혀 예측할 수 없는 위험천만한 여정(旅程)이 될지 몰랐다.

그런 중대한 일에 손풍 같은 망나니를 대동한다는 게 영 내키지 않았던 것이다.

"어쩌겠느냐? 그게 그래도 가장 나은 선택이라는 걸 너도 알고 있지 않느냐?"

진산월의 말대로 손풍이 이곳에 남아 있는다면 그건 더 큰 문제가 아닐 수 없었다.

진산월이 떠나면 소지산은 고양이 손이라도 빌려 와야 할 만큼 손이 모자라 허덕일 게 뻔했다. 그런 와중에 손풍을 통제할 여유가 있을 리 없었다. 통제는 고사하고 서문연상과 날마다 싸움질이나 하지 않으면 다행이었다.

그런 면에서 다른 방법이 없다는 걸 알고 있으면서도 소지산은 못내 걱정이 되었다.

강호는 워낙 험난한 곳이라 자신의 몸을 건사하는 것도 쉽지 않은 일인데, 무공도 거의 모르는 애송이들을 둘씩이나 데리고 다닌다는 것은 손발을 묶고 다니는 것과 마찬가지였다. 게다가 중간에 말썽이라도 부린다면 여간 골치 아픈 일이 아닐 수 없을 것이다.

'장문 사형도 나름대로의 생각이 있겠지.'

소지산은 진산월을 믿는 것 외에 다른 방도가 없었다.

진산월이 소지산과 이런저런 이야기를 나누고 있을 때, 전풍개가 다가왔다.

"이번 여행에는 노부도 동참하고 싶구나."

전풍개는 단도직입적으로 자신의 의견을 말했다. 멀지 않은 곳에 있던 전흠이 바짝 긴장한 표정으로 진산월을 바라보았으나 웬걸, 진산월은 깊게 생각해 보지도 않고 선뜻 승낙을 하는 것이 아닌가?

"그렇게 하십시오. 그렇지 않아도 이번 강호행은 길흉(吉凶)을 예측할 수 없어서 사숙조님같이 실력 있는 분의 도움을 청하려던 참이었습니다."

전풍개는 진산월이 반대할 것에 대비하여 여러 가지 말들을 생각해 놓았는데 그가 의외로 쉽게 승낙을 하자 오히려 맥이 빠져 버렸다.

"마침 노부의 도움이 필요했다니 잘된 일이구나."

한쪽에서 전흠이 안색이 변한 채 연신 진산월에게 눈짓을 했으나 진산월은 그를 쳐다보지도 않고 전풍개에게만 시선을 고정시켰다.

"이번 일정은 하남성을 지나 안휘성(安徽省)까지 이어지니 상당히 먼 거리입니다."

전풍개의 눈에 번쩍하는 섬광이 번뜩였다.

"안휘성이라면 호남성이 지척이로군."

진산월은 그의 주름살 가득한 얼굴에 한 줄기 결연한 빛이 떠오르는 광경을 물끄러미 바라보았다.

"굳이 호남성까지 갈 필요는 없을 듯합니다."

전풍개의 눈초리가 매섭게 변했다.

"거기까지 가서 형산파에 들르지도 않고 그냥 돌아오겠단 말이냐? 기산취악의 굴욕을 씻지 않을 셈이냐?"

"그게 아니라, 굳이 형산까지 가지 않아도 된다는 말씀입니다."

"그게 무슨 말이냐?"

"정확하지는 않지만 무당에서 집회가 있을 예정이라는 말을 들었습니다. 그 소문이 사실이라면 그곳에서 형산파의 사람들을 볼 수 있을 겁니다."

"그것 참 기대되는 일이로군."

그제야 전풍개의 얼굴에 미소가 떠올랐다. 깊은 원한과 불같은 투지가 결합된 싸늘한 웃음이었다.

진산월은 한동안 전풍개의 모습을 가만히 지켜보고 있다가 불현듯 동중산을 불렀다.

"중산, 이리 오너라."

"부르셨습니까?"

동중산이 다가오자 진산월은 그에게 짤막한 지시를 내렸다.

"내 방으로 가서 용영검을 가지고 오너라."

"알겠습니다."

동중산은 이유도 묻지 않고 재빠르게 대답한 후 태평각 쪽으로 몸을 움직였다.

전풍개가 의아한 눈으로 진산월을 쳐다보았다.

"연회장에서 검은 갑자기 왜 찾느냐?"

진산월은 담담하게 웃었다.

"오늘은 문파의 어르신들과 제자들이 모두 모여 모처럼 벌이는 흥겨운 자리입니다. 마침 달빛도 소슬하게 흐르니 제 마음에 한 줄기 흥취가 이는군요. 사숙조님께서 꾸짖지만 않으신다면 미흡한 솜씨나마 한 수 보이도록 하겠습니다."

전풍개는 반색을 했다.

"그건 오히려 노부가 원하던 바다. 그동안 네 검을 제대로 보지 못했는데 오늘 눈요기를 톡톡히 하게 생겼구나."

"실망시켜 드리지 않을까 적이 걱정되는군요. 너무 큰 기대는 마십시오."

때마침 동중산이 용영검을 가져오자 장내의 분위기가 일변했다. 사람들은 왜 갑자기 동중산이 검을 들고 오나 쳐다보다가 진산월이 그 검을 받아 든 채 몸을 일으키자 모두 시선을 그에게 집중시켰다.

진산월은 한 차례 주위를 둘러보더니 천천히 입을 열었다.

"오늘은 모처럼 본 파의 제자들이 한자리에 모인 뜻 깊은 날이다. 그동안 내가 외부의 일 때문에 새로 입문한 제자들을 가르치는 데 소홀함이 있었던 것 같아서 이번 기회에 천하삼십육검의 진정한 위력을 보여 주고자 한다."

그 말에 모두들 흥분된 표정을 감추지 못했다.

사실 진산월이 신검무적이란 별호로 중원 일대에 명성을 드높이고 있는 데 비해, 막상 종남파의 고수들은 진산월의 무공을 제대로 견식할 기회가 없었다. 초가보와의 혈전에서는 워낙 긴박했던 순간이라 장문인이 어떻게 싸우는지 돌아볼 여유가 없었고, 나중에 풍문으로만 장문인이 서안에서 강호의 절정 고수들을 연파하였다는 말을 들었을 뿐이었다.

그런데 지금 장문인이 자신들 앞에서 연무(演武)를 하겠다니 어찌 설레지 않겠는가? 심지어는 전풍개조차도 기대 어린 표정이었다.

십 년 동안 배출된 강호의 검객들 중 최고봉이라고까지 평가받고 있는 신검무적의 검법은 어느 정도일까? 그리고 자신들이 배우고 있는 천하삼십육검의 진정한 위력은 과연 어떠한 것일까?

모두들 이런저런 생각에 들떠 장내의 분위기는 후끈 달아올라 있었다.

진산월은 중앙의 빈자리로 가서 우뚝 섰다. 언제 뽑아 들었는지 그의 손에는 용영검이 특유의 우윳빛 검광을 뿌리고 있었다.

 용영검을 들고 서 있는 진산월의 모습은 왠지 보는 것만으로도 사람을 질식시킬 듯한 압박감이 느껴졌다. 흥분된 소리들이 가라앉고 장내가 이내 쥐 죽은 듯 조용해졌다.

 창문 사이로 내비치는 월광 한 가닥이 진산월의 검 끝에 머무른다고 느낀 순간, 진산월의 신형이 움직이기 시작했다.

 처음에는 아무 소리도 들리지 않았다. 분명 눈앞에서 검광이 번뜩이며 검날이 허공을 가르고 있는데도 별다른 파공음이 들리지 않는 것이다. 하나 귀를 기울여 보면 마치 질 좋은 비단을 스치는 듯한 삭삭거리는 음향을 들을 수 있었다.

 진산월은 두 눈을 반쯤 감은 채 춤을 추듯 검을 휘둘렀다. 검이 움직일 때마다 장내로 따라 들어온 달빛이 함께 움직이는 듯했다. 어느 것이 검광이고 어느 것이 달빛인지 구분이 되지 않았다.

 종남파의 고수들은 무언가에 홀린 사람들처럼 눈앞의 광경을 넋을 잃고 바라보았다. 지금 자신들 앞에 펼쳐지고 있는 것은 분명 자신들도 익히 알고 있는 천하삼십육검이었으나, 그 검로는 무한대로 자유스러웠고, 변화는 상상을 초월할 만큼 기묘했으며, 움직임은 유연하기 이를 데 없었다. 천의무봉(天衣無縫)이란 바로 이를 두고 하는 말일 것이다.

 그중에서도 가장 커다란 충격을 느끼고 있는 사람은 전풍개였다.

 전풍개는 오십 년이 넘는 세월 동안 종남파의 무공만을 익혀 온 사람이다. 특히 천하삼십육검은 눈을 감고도 그 안의 모든 변화를 훤히 되짚을 수 있을 만큼 정확하게 알고 있었다. 그런데도 지금 진산월이 펼치는 천하삼십육검은 전혀 다른 무공처럼 보였다.

그의 견지에서 진산월의 천하삼십육검은 더 이상 오를 경지가 없을 만큼 절정에 이른 것이었다. 초식과 초식의 연계는 물론이고 검의 움직이는 변화 하나하나가 그야말로 탄성을 토할 만큼 완벽했다.

'저게 바로 종남의 검이다. 본 파는 이백 년 만에 처음으로 자신의 검을 되찾았구나……'

한 줄기 억제하기 힘든 격동이 전풍개의 노구를 휘감았다.

어느덧 진산월의 검초는 천하삼십육검의 중반 십이초를 지나 후반부에 이르고 있었다.

후반의 열두 초식은 어느 것 하나 절초(絕招)가 아닌 게 없었고, 아름답지 않은 게 없었다. 폭포수처럼 검광이 쏟아져 내리는 천하수조(天河垂釣), 유성우(流星雨)를 연상하게 하는 천하성산(天河星散), 황하의 거친 물살을 보는 듯한 천하도도(天河濤濤), 가장 완벽한 수비 초식 중 하나라는 천하밀밀(天河密密)…….

그리고 천하무궁(天河無窮)……!

마지막 초식인 천하무궁은 천하삼십육검의 최정화(最精華)일 뿐 아니라 가장 위력이 뛰어난 절초 중의 절초였다. 완벽하게 터득할 수만 있다면 삼락검의 어떤 검초도 당해 내지 못하는, 그야말로 종남파의 자랑거리였다.

문제는 지난 이백 년 동안 천하무궁의 삼십육변(三十六變)을 모두 익힌 사람이 아무도 없다는 것이었다.

천하삼십육검이 점차 후반을 향해 달려갈수록 전풍개의 마음은 설렘으로 가득 찼다.

'이번에야말로……'

이번에야말로 일검에 삼십육방을 찌른다는 천하무궁의 진정한 모습을 볼 수 있을 것이다. 듣기로는 진산월이 이 일검으로 초가보의 권패 봉월을 비롯한 일류 고수 여섯 명을 단숨에 쓰러뜨렸다고 하지 않았는가?

마침내 천하무궁이 펼쳐졌다.

"아아……"

전풍개의 입에서 도저히 억누를 수 없는 신음성이 흘러나왔다.

그의 눈앞에는 검의 폭죽(爆竹)이 펼쳐지고 있었다. 사방이 온통 검의 그림자에 가려 아무것도 보이지 않았다.

전풍개는 무의식적으로 사방을 휘젓는 검의 움직임을 세기 시작했다.

검의 그림자는 끝도 없이 계속 이어질 것만 같았다. 그러다 어느 한순간 모든 검영이 씻은 듯이 사라져 버렸다.

중인들은 정신없이 앞을 바라보았다.

진산월은 처음의 자세 그대로 미동도 않고 서 있었다. 그의 수중에서 번쩍이는 용영검만 없었다면 달빛을 벗 삼아 유람이라도 나온 것으로 착각했을지도 몰랐다.

한동안 주위는 숨소리도 들리지 않는 고요한 정적이 감돌았다.

"이것이 본 파의 천하삼십육검이다."

진산월의 조용한 음성이 들리자 그제야 사람들은 숨을 내쉬며 말문을 열기 시작했다.

"정말 대단하군요."

"그게 저렇게 변화하는 거였군."

"아…… 이런 경지도 있었구나."

여기저기서 자신이 보았던 천하삼십육검의 환상적인 검초들에 대해 흥분된 목소리로 떠들어 댔다. 강호 무림에는 종남파의 상징처럼 널리 알려졌지만, 막상 종남파 내에서는 삼락검에 비해 한 단계 낮은 평가를 받았던 천하삼십육검이 오늘에서야 비로소 정당한 대접을 받고 있는 것이다.

장내의 흥분은 좀처럼 가시지 않았다.

진산월은 제자들을 흥분 상태에 내버려 둔 채 자신의 거처인 태평각으로 들어갔고, 방취아와 소지산 등은 각자의 방으로 돌아갔다.

계속 술을 마시는 사람도 있었고, 밤바람을 쐬러 몸을 움직이는 사람도 있었으나, 모두의 얼굴에는 하나같이 흥분과 감동의 빛이 어려 있었다.

다만 단 한 사람, 전풍개만이 창백하게 굳은 얼굴로 석상처럼 그 자리에 서 있을 뿐이었다.

* * *

그날 밤, 전흠이 다시 진산월의 방을 찾아왔다.

전흠은 불문곡직하고 커다란 한숨을 토해 냈다.

"후우…… 장문인은 정말 대단한 사람이오."

그의 얼굴은 벌겋게 상기되어 있었다.

"조부님께선 장문인의 검학을 보시고 마음속에 있는 어떤 벽이 깨어진 듯한 느낌을 받았다고 하셨소. 나 자신도 본 파의 무공에 새롭게 개안(開眼)한 기분이었소."

"……!"

"조부님은 방에 돌아오셔서도 좀처럼 잠을 이루지 못하시다가 나를 불러 말씀하셨소. 당신께서 이번 중원행에 가지 않겠다고 말이오."

진산월은 묵묵히 그의 말에 귀를 기울였다. 전흠은 다시 한 차례 무거운 한숨을 내쉬었다.

"조부님이 그런 결정을 내리신 것은 장문인의 무공을 보고 당신의 부족함을 알아차리셨기 때문이오. 무엇보다도 천하삼십육검의 마지막 초식인 천하무궁을 보고 그런 생각을 하시게 되셨소."

전흠의 얼굴에는 안도의 빛과 함께 어떤 아쉬움과 안쓰러움이 감돌고 있었다.

"조부님은 천하무궁의 서른여섯 가지 변화 중 서른세 가지밖에 보지 못하셨음을 고백하셨소. 장문인이 일부러 변화를 빼먹을 사람도 아니고, 삼십육변을 모두 펼치지 못할 실력도 아니니 결국은 자신이 눈을 뜨고도 변화를 놓친 게 아니냐며 장탄식을 하시더군요."

"……!"

"결국 조부님은 스스로의 몸이 예전과 같지 않음을 시인하셨소. 그런 상태로 장문인을 따라가 봤자 짐만 될게 뻔하다며 이번 중원행에 동행하지 않겠다고 말씀하셨소. 그리고 나보고 대신 가라고 하시더구려."

전흠은 약간 의기소침한 표정이었으나 이내 머리를 몇 차례 흔들고는 다시 평상시의 모습으로 되돌아왔다. 그는 특유의 거칠고 광오한 시선으로 진산월을 응시하며 딱 부러지는 듯한 음성으로 말했다.

"조부님의 부탁대로 이번 중원행에는 내가 대신 갈 것이오. 그래서 반드시 조부님이 못다 이룬 꿈을 이루고야 말 거요. 기필코 사공표의 칠살검법을 꺾을 것이오."

진산월은 결연한 표정을 짓고 있는 전흠을 바라보다가 조용히 웃었다.

"너를 믿는다."

제171 장 위락운천(渭洛雲天)

계절은 완연한 봄이었다.

옷자락 사이로 스며 들어오는 바람은 훈훈했으며, 날씨는 더할 나위 없이 청명했다. 가까운 벌판은 온통 이름 모를 꽃들로 뒤덮여 있었고, 멀리 보이는 야산은 조금씩 신록(新綠)으로 물들어 가고 있었다.

낙일방은 폐 속 깊숙이 심호흡을 했다. 신선한 공기가 가슴속을 가득 채우자 기분이 상쾌해지며 전신에서 활력이 넘쳐흐르는 것 같았다.

"아…… 좋군."

그의 옆에서 말을 몰던 동중산이 히죽 웃었다.

"그렇지요? 이게 얼마 만인지 모르겠습니다."

낙일방의 준수한 얼굴에도 엷은 미소가 떠올랐다.

"사 년 만이지요. 그때는 날씨도 추웠고, 안 좋은 일이 많아서 별로 즐겁지가 않았는데, 오늘은 정말 기분이 좋군요. 당신은 어때요? 강호에서 행도할 때 혼자 여행하는 재미도 쏠쏠했겠지요?"

동중산은 고개를 설레설레 저었다.

"그렇지 않습니다. 혼자 떠돌아다니는 게 보기에는 편하고 자유스러운 것 같아도 실제로는 별 재미가 없습니다. 오늘은 어느 곳에서 자야 할지 고민하고 내일은 또 무슨 일이 벌어질지 걱정하다 보면 재미는커녕 아주 지긋지긋해집니다. 그래서 늘 한곳에 정착할 수 있을 날만을 손꼽아 기다립니다. 그러면서도 막상 그럴 기회가 닥쳐오면 또 망설이게 되지요."

동중산의 얼굴에 무언지 모를 씁쓸함이 스치고 지나갔다.

"떠돌이 무인들의 비애라고 할 수 있지요. 오히려 지금처럼 동료들과 함께 하는 여행이 얼마나 행복하고 마음 편한지 모르겠습니다."

그들의 대화를 듣고 있던 손풍이 고개를 갸웃거렸다.

자신이 잘못 알고 있는 게 아니라면 낙일방의 항렬은 동중산의 사숙뻘이 된다. 그런데 두 사람이 서로 존대를 하고 있으니 어찌 된 영문인지 쉽게 이해가 되지 않았던 것이다.

'대체 이놈의 문파는 무슨 항렬이 이렇게 엉망진창인 거야? 사숙이 사질에게 존댓말을 하지 않나, 아버지뻘 되는 놈이 사질이라고 굽신거리질 않나. 게다가······.'

그의 시선이 진산월의 옆에 바짝 붙어 있는 유소응을 스치고 지나갔다.

'밤톨만 한 꼬마 놈이 기껏 몇 달 빨리 입문했다고 사형 소리를 듣고 있으니 이거야 원…….'

손풍은 못마땅한 것 투성이라 자신도 모르게 얼굴에 퉁명스런 표정이 떠올랐다. 때마침 주위를 둘러보고 있던 진산월이 그 모습을 보았는지 손풍을 불렀다.

"손풍, 객잔이 어디쯤 있나 알아보고 오도록 해라."

손풍의 얼굴이 구겨졌다.

'어째 눈만 마주치면 부려 먹으려고 하는지…….'

목구멍까지 욕지기가 치밀었으나 그렇다고 장문인 앞에서 싫은 표정을 지을 수 없어서 그냥 짤막하게 "예." 하고 대답하고는 말을 몰아 앞으로 달려 나갔다.

전흠이 그 광경을 보았는지 눈빛이 험악해졌다.

"저 빌어먹을 자식이……."

"제가 따라가 보겠습니다."

동중산이 재빨리 손풍의 뒤를 따라 말을 움직였다. 자욱한 흙 먼지가 관도(官道)를 뒤덮는 가운데 두 사람은 이내 길 앞쪽으로 멀어져 갔다.

전흠은 아무리 생각해도 손풍의 무례한 언행이 괘씸한지 분기가 사라지지 않는 얼굴이었다.

"저놈의 버르장머리를 고쳐 놓지 않았다가는 화병이 나서 내가 먼저 쓰러지겠소. 대체 무슨 생각으로 저 망나니를 강호로 끌고 나온 거요?"

그렇게 말하는 전흠의 모습도 그리 예의 바른 것이라고는 할 수 없어서 낙일방은 속으로 슬며시 웃고 말았다.

진산월은 전흠의 말에는 아무런 대꾸도 하지 않고 자신의 옆에 있는 유소응을 돌아보았다.

유소응으로서는 난생처음으로 말을 타고 떠나는 여행이어서 무척 설레고 흥분될 텐데도 겉으로는 평소와 별로 달라 보이지 않았다. 종남파 사람들이 놀리는 말처럼 지극히 '애늙은이' 다운 모습이었다. 다만 가끔씩 주위를 둘러볼 때마다 작은 눈이 유달리 반짝거리는 것으로 보아 전혀 흥분되지 않는 것은 아닌 모양이었다.

"말 타기가 불편하거나 어렵지 않느냐?"

"괜찮습니다. 대초원에 있을 때도 말을 타고 며칠씩 돌아다닌 적이 있어서 별로 힘들지 않습니다."

유소응은 조그만 목소리로 말하며 자신이 타고 있는 말의 목덜미를 쓰다듬었다. 아닌 게 아니라 말을 타는 자세나 말을 대하는 모습을 보니 오히려 진산월보다 더 익숙해 보였다.

진산월은 거친 대초원에서 자란 아이라 역시 다르다고 생각했다. 아마 단리상이라면 말을 타고 다니는 일에 상당히 피곤해 했을 것이다. 그런 면에서 본다면 이번 여행에 유소응이 따라온 것은 일행을 위해서 운이 좋다고 해야 할 것이다.

낙일방이 그에게로 다가왔다.

"장문 사형, 대략적인 경로는 어떻게 움직일 생각이십니까?"

"우선은 낙양으로 갔다가 개봉(開封)을 지나 합비(合肥)로 갈 예정이다."

낙일방의 눈이 번쩍 빛났다.

"낙양이라면…… 석가장에도 들르실 겁니까?"

진산월은 고개를 끄덕였다.

"정해의 말을 들으니 진산수 뇌 대협이 아직도 석가장에서 요양을 하고 계신다는구나. 그러니 지나가는 길에 찾아뵙는 게 도리겠지."

진산수 뇌일봉은 종남파의 전대 장문인이었던 임장홍의 친구로, 강호에서 이름난 명숙이었다. 사 년 전에 그는 소림사에서 벌어진 무림맹의 집회에 참석해 종남파 고수들과 합류하여 서장으로 갔다가 불의의 사고를 당했다. 그때 그는 삼색귀파 호용의 독사에 물려 의식불명의 상태에 빠지게 되었는데, 진산월은 급한 대로 석가장의 공자인 석지명에게 그의 안위를 부탁했다.

뇌일봉은 석가장에서 당시에 입은 독상(毒傷)을 치료해서 삼 년 만에 자리에서 일어설 수 있었다. 그런데도 아직까지 석가장을 떠나지 않고 계속 그곳에 머물러 있는 것으로 보아 몸이 완전하게 회복되지는 않은 모양이었다.

낙일방은 뇌일봉의 호탕한 모습을 떠올려 보다가 고개를 흔들었다.

"석가장으로 갈 줄 알았으면 일전에 석 공자가 떠날 때 만류해서 함께 움직일 걸 그랬군요."

석가장의 일곱 번째 공자인 석지명은 정해와 함께 종남파에 왔다가 종남파가 초가보와의 싸움에서 승리한 모습을 본 후에 다시 낙양으로 돌아갔다. 떠나기 전에 그는 진산월과 밀담(密談)을 나누었는데, 그것은 종남파에 대한 구체적인 지원을 논의하기 위함이었다.

낙일방은 무슨 생각이 들었는지 진산월이 무어라고 말하기도 전에 피식 웃었다.

"하긴 지금 이대로가 더 편하고 좋긴 하군요. 석 공자는 속을 잘 모를 사람이라 마음을 터놓고 대하기는 조금 망설여지더군요."

진산월은 묵묵히 고개를 끄덕였다. 그도 그런 느낌이 없지 않았던 것이다.

석지명은 사 년 전에 이미 종남파에 투자할 것을 약속했었다. 하나 진산월이 실종되고 종남파가 초가보에게 쫓기는 신세가 되자 소식을 끊고 있다가 종남파가 재건된 다음에야 비로소 찾아온 것이다. 그런 모습이 왠지 모르게 약삭빨라 보여서 종남파의 고수들 중에는 석지명을 탐탁지 않아 하는 사람들도 있었다.

석지명이야 자신의 진로가 달린 문제이니 신중히 처신하려 한 것이겠지만, 종남파 사람들의 입장에서 그가 썩 반가운 인물만은 아니었다. 그나마 정해가 석가장에서 몇 년씩이나 신세를 졌기에 종남파의 누구도 석지명을 거부하지 않았던 것이다.

얼마쯤 가니 멀리서 동중산이 말을 타고 되돌아오는 모습이 시야에 들어왔다.

"이곳에서 오 리쯤 앞에 제법 큰 주루가 있습니다."

동중산이 숨을 고르며 보고를 하자 전흠이 퉁명스럽게 쏘아붙였다.

"그놈은 어떻게 하고 자네가 달려온 건가?"

젊은 손풍은 주루에 편히 앉아 쉬고 있고 나이 많은 대사형이 먼 거리를 달려왔으니 그 모습이 좋게 보일 리가 없었다.

동중산은 부드럽게 웃어 보였다.

"손 사제에게는 주루에서 전망이 좋은 자리를 잡아 놓으라고 지시 했습니다."

전흠은 그의 말을 곧이곧대로 믿지 않았으나, 그렇다고 그 일로 동중산을 타박하기도 곤란해서 그냥 눈을 찌푸린 채 입을 다물고 말았다. 하나 마음속으로는 기회가 닿는 대로 그 버르장머리라고는 눈을 씻고 보아도 찾을 수 없는 놈을 단단히 혼내 주어야겠다고 결심했다.

이곳은 마을이라기에는 지나치게 컸고, 도시라고 하기에는 작은 곳이었다. 동중산은 이곳의 지명이 청파진(靑坡鎭)이라고 했는데, 진산월은 들어 본 적이 없는 이름이었다.

서안에서 동쪽으로 삼백 리쯤 떨어진 곳으로, 제법 거리가 잘 꾸며져 있었다. 진산월 일행은 청파진의 중앙에 있는 넓은 대로를 따라 말을 몰았다.

"저곳입니다."

동중산이 가리킨 곳을 보니 '조월루(照月樓)'라는 팻말이 적힌 이층 주루가 대로변에 자리하고 있었다.

"달빛이 비치는 누각이라…… 제법 운치 있는 이름이긴 하지만 이런 번화한 곳에서는 별로 어울리지 않는군요."

낙일방이 주루의 현판을 보고 중얼거리자 동중산이 빙긋 웃었다.

제171장 위락운천(渭洛雲天) 117

"이 마을은 전반적으로 완만한 구릉 지대 위에 형성되어 있습니다. 게다가 주루 자체가 가장 높은 쪽에 세워져 있으니, 달 밝은 밤에 이 층 누각에 오르면 그런대로 달을 감상하기 괜찮을 겁니다."

낙일방은 주변을 살펴보고는 눈을 동그랗게 떴다.

"정말 그러네요. 하룻밤 묵고 간다면 좋을 텐데 시간이 일러서 그냥 지나쳐야 한다는 게 아쉽군요."

전흠이 냉랭하게 쏘아붙였다.

"어차피 그믐이라 달도 뜨지 않을 텐데 별걱정을 다 하는군."

낙일방은 뒤통수를 긁적이며 멋쩍게 웃었다.

"그것도 그러네요."

동중산은 하얀 이를 드러낸 채 웃고 있는 낙일방의 모습이 정말 매력적이라고 생각했다. 마침 근처를 지나가던 여인네들이 얼굴을 붉히며 연신 낙일방을 힐끔거리고 있는 것으로 보아 동중산 혼자만의 착각은 아닌 게 분명했다.

최근의 낙일방은 본래의 준수한 모습에 그동안의 충실한 수련으로 체격까지 건장해져서 그야말로 절세의 미남자로 불러도 손색이 없었다. 게다가 무공이 일취월장하면서 자신감과 여유를 지니게 되어 안과 밖이 흠잡을 곳 없이 완벽했다.

그래서인지 낙일방을 대하는 전흠의 태도는 가끔 심술궂은 데가 있었다. 투박한 외모에 사투리가 심한 전흠은 여인들에게 별로 호감을 주는 인상이 아니어서 낙일방에게 묘한 부러움과 질투를 느끼고 있는 모양이었다.

전흠은 주루로 올라가면서 다시 투덜거렸다.

"이 망할 녀석은 문파의 존장이 왔는데 나와 보지도 않고 어디에 처박혀 있는 거야?"

동중산은 이 층으로 오르는 계단을 가리켰다.

"이 층으로 올라가십시오. 손 사제는 그곳에 있을 겁니다."

이 층으로 올라가니 과연 시야가 탁 트이면서 주변의 풍광이 한눈에 들어왔다. 이 층에는 여덟 개의 탁자가 있었는데, 창문에 면한 곳에 손풍이 턱을 괸 채로 꾸벅꾸벅 졸고 있었다.

그 모습이 어찌나 한심스러워 보였는지 전흠은 화를 낼 생각도 못하고 멀거니 쳐다보고만 있었다. 동중산은 전흠이 홧김에 손찌검이라도 할까 봐 황급히 다가가서 손풍을 깨웠다.

"손 사제, 장문인께서 오셨네."

손풍은 침까지 질질 흘리며 자고 있다가 동중산이 몸을 흔들자 퍼뜩 일어났다.

"응? 누가 왔다구?"

비몽사몽간에 깨어난 손풍은 게슴츠레한 눈을 떴다가 진산월 일행이 자신을 쳐다보고 있는 것을 발견하고는 어색한 웃음을 흘렸다.

"며칠 간 잠을 제대로 못 잤더니 너무 피곤해서 그만…… 어서 앉으십시오. 제가 가장 전망 좋은 자리를 잡아 놓았습니다."

전흠이 마침내 참지 못하고 싸늘하게 쏘아붙였다.

"대체 밤에 무슨 짓을 했길래 잠도 자지 못했단 말이냐?"

"이런저런 생각할 게 많아서 뒤척이다 보니 그렇게 됐습니다."

손풍의 넉살스런 대답에 전흠의 얼굴이 험악하게 변했다. 그때 진산월이 그의 옆을 스치듯 지나가며 자리에 앉았다.

"어서 앉아라. 오늘 위남(渭南)까지 가려면 서둘러야 할 게다."

다른 사람들도 모두 앞을 다투어 자리에 앉았다. 그 바람에 전흠은 화를 낼 기회를 놓쳐 버렸다. 전흠은 인상을 찡그리고 손풍을 노려보았으나, 이런 쪽으로는 의외로 눈치가 비상한 손풍은 엉뚱한 곳을 보며 딴청을 부렸다.

때마침 점소이가 쪼르르 달려왔다. 어차피 허기를 면하기만 하면 되었기에 일행은 간단한 음식들을 주문했다. 그런 연후에야 비로소 주루 안을 둘러볼 여유가 생겼다.

점심시간이 이미 지난 탓인지 주루 안은 생각 외로 한산했다. 여덟 개나 되는 탁자에 손님은 그들 외에 단 한 명이 있을 뿐이었다.

그는 머리가 허옇게 센 늙은이였다. 그 늙은이는 진산월 일행에게서 두 개의 탁자를 건넌 곳에 있었는데, 남자들로만 이루어진 진산월 일행에 호기심이 생기는지 식사를 하면서 가끔씩 힐끔거리고 있었다.

종남산을 내려온 진산월 일행은 모두 여섯 명이었는데, 그중 네 명이 이십 대의 청년들이었고, 사십 줄에 접어든 중년인이 한 명, 그리고 열 살 남짓한 어린아이가 하나 있었다. 쉽게 보기 힘든 인원 구성이라고 할 수 있었다.

음식은 그런대로 만족스러웠다. 따뜻한 봄날 오후에 경치가 좋은 이층 주루의 창가에 앉아 있으니 세상에 부러운 것이 없었다.

기분 같아서는 좀 더 느긋하게 이곳에 앉아 봄의 정취를 만끽하고 싶었으나 아쉽게도 그럴 여건이 주어지지 않았다.

그들이 막 식사를 끝냈을 때 구석에 있던 늙은이가 그들을 향해 다가왔던 것이다.

늙은이는 주름살투성이에 평범한 외모를 하고 있었는데, 진산월은 한눈에 그가 무공을 익힌 무림인임을 알아보았다. 일부러 무공을 숨긴 것 같지는 않고, 자연스레 걸어오는 움직임에서 무인 특유의 분위기가 풍겼다.

"실례하겠소."

생면부지의 늙은이가 불쑥 말을 걸어오자 몇 사람은 어리둥절해 하고 몇 사람은 긴장한 모습이었다.

동중산은 진산월에게 자신이 나서도 되겠느냐는 눈짓을 슬쩍 보냈고, 진산월이 고개를 끄덕이자 곧바로 늙은이를 향해 물었다.

"무슨 일이십니까, 노인장?"

늙은이를 대하는 동중산의 태도는 정중하면서도 일단의 경계심을 내포하고 있는 것이었다. 늙은이는 한 차례 헛기침을 하고는 늙수그레한 음성으로 입을 열었다.

"초면에 찾아와서 실례하오. 혹시 귀하들은 종남산에서 내려오지 않았소?"

동중산은 전혀 표정의 변화가 없이 외눈을 부드럽게 반짝였다.

"우리들을 아십니까?"

늙은이는 짧게 웃었다.

"맞는 모양이구려. 귀하들의 용모가 소문으로 듣던 것과 비슷하여 혹시나 했는데, 내 짐작이 용케도 틀리지 않았구려."

동중산은 여전히 침착한 표정을 잃지 않고 있었다.

"무슨 소문을 들으셨습니까?"

"강호에 좀처럼 보기 힘든 몇 명의 고수들이 새롭게 나타났는데, 그들 중 두 사람이 종남파에서 배출되었다고 했소. 그중 한 사람은 눈이 번쩍 뜨일 만한 미남자이고, 다른 한 사람은 훤칠한 키에 얼굴에 흉터 자국이 있는 청년이라고 했소."

우연인지 늙은이의 시선이 낙일방과 진산월을 스치고 지나갔다.

"게다가 귀하 같은 용모 또한 흔한 게 아니니 나 같은 별 볼 일 없는 늙은이도 어렵지 않게 귀하들의 정체를 추측할 수 있었소."

동중산은 희미하게 웃었다.

"내 용모가 그렇게 특이합니까?"

늙은이의 시선이 다시 동중산에게로 향했다. 늙은이의 주름진 눈은 깊은 빛을 띠고 있었다.

"강호에 애꾸눈의 고수는 그리 많지 않소. 그리고 요즘 섬서성 일대에서 가장 유명한 애꾸는 종남파의 고수인 비천호리요."

동중산은 자신의 정체를 부인하지 않았다.

"내가 그렇게 유명한 사람이 되었을 줄은 미처 몰랐군요."

"당신뿐 아니라 종남파의 모든 고수들은 적어도 섬서성에서는 모르는 사람이 없소. 사람들은 입만 열면 당신들에 대해 떠들어대곤 한다오. 아마 요즘 강북에서 사람들의 입에 가장 많이 오르내리는 이름을 꼽으라고 하면 종남파의 고수들 대부분이 들어가 있을 거요."

 동중산은 물론이고 낙일방과 전흠 등도 미처 이런 사실을 몰랐는지 반신반의하는 모습들이었다.

 하나 늙은이의 말은 사실이었다. 많은 섬서성 사람들은 절박한 상황에서도 굴욕을 참고 일어나 재기한 종남파를 자랑스러워했다. 그들이 강력한 초가보의 도전을 뿌리치고 다시 문파를 재건하리라고는 누구도 예상치 못한 것이었으나, 그렇기에 그들에 대한 성원과 칭송 또한 대단할 수밖에 없었다.

 그리고 그 와중에 몇 사람의 이름이 사람들의 입에 많이 오르내렸다.

 준수한 얼굴에 가공할 권법 실력을 지녔으며 초가보의 두 명의 공봉들을 모두 격파한 옥면신권, 장문인도 없는 문파를 초가보의 위협에서 삼 년간이나 꿋꿋하게 지켜 내고 마침내는 자신도 절정검객의 반열에 오른 대해검, 혜성같이 나타나 무서운 검술을 선보인 폭뢰검 등이 바로 그들이다.

 그리고 그 중심에 신검무적이 있었다. 십 년 내 강호에 배출된 최고의 검객이라는 찬사가 그의 뒤를 따랐다. 그는 몇 달 사이에 한 자루 검으로 수십 명의 절정 고수들을 연파했고, 무너져 가는 종남파를 다시 일으켜 세웠다.

 그의 명성은 짧은 시일 내에 섬서성을 거쳐 중원 전역으로 퍼져 가고 있었다. 심지어는 무림구봉이 무림십봉(武林十峯)이 되어야 한다는 사람들도 있었다.

 그들이 종남파의 떠오르는 이름들이라면 사람들의 뇌리에서

잊혔다가 다시 되살아난 이름들도 있었다.

 종남파가 풍전등화의 위기에 빠졌다는 말을 듣고 노구를 이끌고 수천 리를 달려온 질풍검 전풍개, 강호의 흑도(黑道)들 사이에서 상당한 명성을 날리고 있던 철면호 노해광, 그리고 초가보의 공격에 한쪽 눈을 잃었으면서도 종남파를 위해 헌신한 비천호리 동중산 등은 그동안 사람들의 기억에서 멀어졌다가 다시 새롭게 부각된 인물들이었다.

 늙은이는 각별한 눈으로 종남파의 고수들을 찬찬히 둘러보고는 이내 진산월에게로 시선을 고정시켰다. 늙은이는 진산월의 얼굴을 유심한 시선으로 바라보더니 그와 눈이 마주치자 정중하게 포권을 했다.

 "안녕하시오. 이 늙은이는 복필(宓弼)이라 하오. 대명이 자자한 진 장문인을 뵙게 되니 금생의 영광이 아닐까 하오."

 복필이라는 말에 동중산이 눈을 빛내며 진산월에게 나직하게 소곤거렸다.

 "단명수(斷命手)라는 별호로 널리 알려진 고수입니다. 하북성 쪽에서 주로 활동했다고 들었는데, 이곳에서 보게 될 줄은 몰랐군요."

 진산월은 늙은이를 향해 가볍게 답례를 했다.

 "진산월이오. 복 대협을 뵈어 반갑소."

 "오늘 이 늙은이가 초면에 결례를 무릅쓰고 진 장문인을 찾아온 건 강호에 전설이 되어 가고 있는 진 장문인의 존안(尊顔)을 보기 위한 것도 있지만, 한 가지 긴히 말씀드릴 게 있기 때문이오."

복필의 진산월을 대하는 태도는 나이나 명성에 비해 지나치게 공손한 것이어서 보는 이가 무안함을 느낄 정도였다. 낙일방은 사년 전의 중원행 때 진산월이 다른 무림인들에게 어떤 대접을 받았는지 똑똑하게 기억하고 있기 때문에 복필의 이런 모습을 보자 감회가 새로웠다.

격세지감(隔世之感)이란 바로 이런 경우를 두고 하는 말일 것이다.

"하실 말씀이란 게 어떤 건지요?"

복필의 표정에 진지한 빛이 떠올랐다.

"진 장문인께선 혹시 위락운천(渭洛雲天)이란 말을 들어 본 적이 있으시오?"

진산월은 잠시 생각하더니 이내 고개를 끄덕였다.

"그건 낙남(洛南)에 있는 운문세가(雲門世家)의 위세를 나타내는 말이 아니오?"

"바로 그렇소."

위락운천이란 '위수(渭水)와 낙수(洛水) 일대는 운문세가의 천하(天下)다.'라는 뜻이었다. 운문세가는 섬서성과 하남성의 경계 부근에서 누구도 무시하지 못할 세력을 지닌 명문 세가로, 백 년이 넘는 세월 동안 이 일대에서 가장 강력한 위세를 떨치고 있었다.

"조금 전에 본의 아니게 진 장문인께서 위남까지 가신다는 말을 들었소. 이 늙은이가 진 장문인을 뵙자고 한 것은 그 생각을 재고해 보시라고 권하기 위해서요."

이것은 어찌 보면 오해를 사기 딱 좋은 말이었다. 생면부지의 낯선 사람이 불쑥 찾아와 목적한 곳을 가지 말라고 하고 있으니 누가 보기에도 시비를 걸고 있다고 생각할 것이다.

진산월은 복필의 잔주름이 가득한 얼굴을 가만히 쳐다보더니 담담한 음성으로 물었다.

"복 대협이 그런 말씀을 한 것에는 필유곡절(必有曲折)이 있을 것이라고 짐작되는데, 그걸 알 수 있겠소?"

복필은 진산월의 차분한 모습에 내심 감탄을 금치 못했다.

'신검무적이 나이답지 않게 침착하고 생각이 깊어서 그를 대하는 사람이 모두 감복한다고 하더니 허언이 아니었구나.'

젊은 나이에 명성을 얻은 사람들은 대개가 남의 말에 귀를 잘 기울이려 하지 않는 특성이 있는데, 진산월은 그런 것과는 거리가 멀어 보였다.

복필은 목소리를 가다듬고는 신중한 음성으로 입을 열었다.

"진 장문인께서 오늘 밤에 머무를 예정인 위남은 섬서성에서도 운문세가의 영향력이 가장 강한 곳 중 하나요. 심지어는 '위남에 있는 상가의 절반은 어떤 식으로든 운문세가와 연관이 있다.' 라는 말까지 나올 정도요."

"……!"

"노부가 듣기로는 운문세가는 과거 진 장문인과 사소한 일로 시비가 붙어서 상당히 안 좋은 상황까지 간 적이 있다고 알고 있소. 게다가 그들은 화산파와 친분이 깊어 평소에도 종남파에 좋지 못한 감정을 가지고 있소. 이런 상황에서 진 장문인이 위남으로 간다면 어떤 식으로든 운문세가와의 충돌을 피하기 어려울 거요."

진산월은 묵묵히 그의 말을 듣고 있을 뿐 별다른 반응을 보이지 않았다.

복필은 진산월이 운문세가를 경시하여 자신의 말을 신경 쓰지 않는 게 아닌가 하여 재차 강조를 했다.

"진 장문인의 실력으로 그들을 두려워하지는 않겠지만, 조금 전에도 말했다시피 위남은 운문세가의 안마당이나 마찬가지인 곳이오. 그러니 공연히 호랑이 아가리로 들어갈 필요는 없지 않겠소?"

진산월은 문득 복필의 두 눈을 가만히 응시했다.

"복 대협께서 본 파를 위해 고언(苦言)을 해 주신 것에 감사드리오. 그런데 복 대협은 본 파와 특별한 인연이 있는 것도 아닌데 그런 말씀을 해 주신 이유가 무엇인지 알 수 있겠소?"

강호는 워낙 귀계가 난무하는 곳이라 낯선 사람의 이유 없는 친절은 오히려 경계의 대상이 되기에 십상이었다. 그런 점에서 본다면 복필의 태도는 의혹을 사기에 족한 것이었다.

복필의 얼굴에 한 줄기 씁쓸한 빛이 떠올랐다. 무어라 형용하기 힘든 묘한 표정이었다.

"숨겨서 무얼 하겠소? 이 늙은이도 한때는 종남파에 몸을 담은 적이 있었소."

뜻밖의 말에 진산월은 물론이고 다른 사람들도 놀란 얼굴로 복필을 쳐다보았다.

"벌써 오래된 이야기요. 수십 년도 더 전에 있던 일이지. 하지만 제대로 적응하지 못하고 불과 일 년도 안 되어 스스로 산문을 나오고 말았소.”

복필의 음성에는 알 수 없는 회한(悔恨)과 아련한 그리움이 담겨 있었다.

"그 당시에는 나 같은 사람이 무척 많았다오. 고수가 되겠다는 일념에 종남파에 가입했다가 얼마 견디지 못하고 떠나가는 사람들 말이오. 나도 비록 그들과 같은 길을 밟았지만, 마음속으로는 항상 종남파에 빚을 지고 있다는 생각을 지울 수가 없었소. 아마 그들도 대부분이 그랬을 거요."

"……!"

"이미 오래전에 떠나긴 했지만 종남파에 대한 소식은 항상 귀를 쫑긋 세우며 듣고 있었다오. 종남파가 재건되었다는 말을 들었을 때 남몰래 눈물을 흘렸던 사람은 이 늙은이 혼자만이 아니었을 거요. 그래서 진 장문인께서 종남산을 나와 중원으로 간다는 말을 듣고 혹시라도 먼발치에서나마 볼 수 있을까 하여 하루 종일 이곳에서 기다리고 있었소."

복필은 주름살로 뒤덮인 얼굴에 엷은 웃음을 지었다.

"원래는 그저 얼굴만 보는 것으로 만족하려 했는데, 진 장문인이 위남으로 간다는 말을 듣고 불안한 마음에 용기를 내어 찾아온 것이오. 쓸데없이 진 장문인의 심기를 어지럽혔다면 용서해 주기 바라오."

복필이 늙은 몸을 수그리자 진산월은 자리에서 일어나 정중하게 포권을 했다.

"이제 보니 본 파의 선배님이셨군요. 제가 모르고 무례를 저질

렀습니다."

 복필의 나이로 보아 계속 종남파에 있었다면 종남삼검과 같은 항렬이 되었을 것이다. 진산월로서는 그런 복필을 전혀 모르는 외인(外人)처럼 대할 수 없었다.

 복필은 당금 강호를 진동시키고 있는 인물에게서 인사를 받자 당황하여 황급히 손사래를 쳤다.

 "선배라니 당치 않소. 종남파에 겨우 몇 달 있다가 도망쳐 나온 몸이오. 후안무치하다고 욕하지 않은 것만으로도 충분하오."

 "그 일이 어찌 노선배만의 잘못이었겠습니까? 오래전의 인연을 잊지 않고 지금까지도 본 파에 관심과 애정을 가져 주신 것에 충심으로 감사를 드립니다."

 "허허…… 나는 이런 인사를 받을 만한 사람이 아닌데……."

 복필의 눈자위가 실룩거렸다.

 지금 자신의 앞에 있는 이 사람은 현재 강호에서 가장 유명한 고수일 뿐 아니라 새롭게 일어나는 거대한 문파의 장문인이었다. 거기에 비하면 자신은 하북 일대에서나 조그마한 명성을 알릴 뿐, 거의 무명(無名)에 가까운 볼품없는 늙은이였다. 그런데도 이 사람은 자신을 천하에 이름난 대협(大俠)이라도 되는 양 진심 어린 인사를 하고 있는 것이다.

 복필의 뇌리에 문득 사십여 년 전의 어느 날이 떠올랐다.

 그날 복필은 종남파의 암울한 미래에 실망하여 몇 날 며칠을 고민하다가 결국 짐을 꾸려 하산(下山)하고 말았다. 함께 입문했던 자들은 진즉에 종남파를 등진 후였다. 그때 산을 내려오면서

보았던 하늘은 왜 그렇게 푸르렀는지…….

그날 이후 복필은 섬서성을 떠나 하북성에서만 주로 활동을 했다. 다행히 제법 알려진 고수의 문하에 들 수 있어서 괜찮은 무공을 익히고 나름대로 고수로 행세할 수 있게 되었지만, 마음속으로는 항상 종남파의 일을 그리워하고 있었다.

당시 종남파는 장문인이었던 장하민이 갑작스럽게 장문인의 자리를 제자인 천치검 하원지에게 주고 모습을 감추어 버려서 문파의 분위기가 어수선하기 그지없었다. 장하민의 뒤를 이어 종남파를 이끌게 된 하원지는 비록 무공은 그리 강하지 않았으나 정말 마음씨 좋고 선량한 사람이었다. 그는 모든 제자들을 공평하게 대했으며, 결코 험한 욕설을 하거나 화를 내지 않았다.

그리고 항상 웃었다. 그 모습이 바보 같다고 하여 천치검이라는 그다지 좋지 못한 별호가 붙었으나, 하원지는 그 말을 듣고도 너털웃음을 지을 뿐이었다.

아마 무공에 대한 열망과 강호에서 이름을 날리겠다는 욕심만 아니었으면 그런 하원지 밑에서 종남파의 제자로 지내는 것도 그리 나쁜 일은 아니었을 것이다.

하지만 복필은 안빈낙도(安貧樂道)하는 삶보다는 강호인으로서의 인생을 살기를 원했고, 결국 종남파를 떠나기로 결심했다. 그 후로 많은 세월이 지났지만 복필은 지금도 그때의 선택이 잘된 것이었는지 잘못된 것이었는지를 정확히 알 수 없었다.

한동안 야릇한 감회에 젖어 있던 복필은 문득 정신을 차리고 진산월을 바라보며 정색을 했다.

"장문인께서는 이 늙은이의 헛소리라고 생각마시고 위남으로 가는 것을 재고해 보시기 바라겠소."

그의 주름진 노안에는 한 줄기 간절한 빛이 담겨 있었다.

진산월은 복필이 한때 종남파에 몸을 담았던 사람임을 알고 난 후 그를 대하는 태도가 많이 부드러워져 있었다.

"선배님의 말씀은 감사히 새겨듣겠습니다. 하지만 그런 일 때문에 굳이 일정을 바꿀 필요는 없을 것 같군요."

복필의 얼굴이 조금 굳어졌다. 자신이 그토록 사정을 설명했는데도 진산월이 의견을 굽히지 않자 왠지 무시당한 것 같은 기분이 들었던 것이다.

"장문인께선 내가 괜한 걱정을 하고 있다고 생각하시오?"

진산월은 조용한 음성으로 말했다.

"그럴 리가 있습니까? 단지 이제는 본 파가 다른 문파와의 충돌이 두려워 몸을 사리는 일은 없어야 된다고 생각했을 뿐입니다."

그 말에 복필의 몸이 벼락을 맞은 사람처럼 부르르 떨렸다.

"운문세가만 본 파에 감정이 좋지 않은 게 아니라 본 파 또한 그들을 좋게 생각하고 있지 않습니다. 위남에서 운문세가가 본 파를 건드리지 않으면 그건 그들로서는 다행한 일이겠지요. 하지만 만일 본 파에 먼저 도발을 해 온다면……."

담담하게 가라앉아 있었던 진산월의 눈이 일순 섬광처럼 번뜩였다고 느낀 것은 복필의 착각이었을까? 그 눈빛이 어찌나 강력했던지 복필은 무언가 강렬한 것에 자신의 몸을 관통당한 듯한 기

제171장 위락운천(渭洛雲天) 131

분이 들었다.

다행히 진산월의 눈빛은 다시 평상시로 돌아와 있었다.

"운문세가란 이름은 두 번 다시 강호상에서 들을 수 없게 될 것입니다."

나직한 음성이었고, 특별히 강한 힘을 담고 있지도 않았다. 하나 그 말을 듣는 순간 복필은 가슴 깊숙한 곳에서 무언가 울컥하는 것이 치밀어 오름을 느꼈다. 오랫동안 맺혀 있던 여러 가지 감정들이 일시에 폭발하는 것 같았다. 떠나간 문파에 대한 미안함과 그리움, 다시 일어선 문파를 보는 뿌듯함과 대견함이 한꺼번에 소용돌이치고 있었다.

'종남파는 이제 더 이상 남들의 괄시나 받던 문파가 아니로구나.'

복필은 솟구치는 감정에 한동안 아무런 말도 하지 못했다.

한참 후에야 복필은 간신히 마음을 추슬렀다.

"모든 게 이 한심한 늙은이의 기우(杞憂)에 불과했구려. 그저 한때나마 종남에 먼저 몸담았던 못난 사람의 주책이라고 생각해 주시오."

그는 주름살 가득한 얼굴이 일그러지도록 활짝 웃고 있었다.

제 172 장
강변주풍(江邊酒風)

제172장 강변주풍(江邊酒風)

진산월 일행이 위남에 도착했을 때는 해가 뉘엿뉘엿 기울고 있는 저녁 무렵이었다.

위남은 서안에서 낙양으로 가는 길목에 있는 도시들 중 가장 크고 번창한 곳이었다. 여기저기 크고 작은 등불이 내걸린 거리는 한낮보다도 오히려 더 화려해 보였고, 잘 닦인 대로는 서안의 중앙로에 못지않았다.

낙일방은 사람들로 북적거리는 거리를 두리번거리다가 혀를 찼다.

"무슨 축제라도 벌어지나? 왜 이렇게 돌아다니는 사람들이 많은 거지?"

동중산이 그 말을 듣고 웃었다.

"원래 위남은 위수에 접해 있어서 물자가 풍부하고 상업이 번

성했습니다. 섬서성에서도 가장 살기 좋은 곳 중 하나죠. 그래서 위남 사람들은 다른 곳에 비해 외식(外食)을 자주 하고 유흥을 즐긴다고 하더군요."

"그래도 그렇지 이건 좀 심하군요."

거리에 지나다니는 사람들이 너무 많아서 그들은 말에서 내려서 걸어가야만 했다.

위남은 위수의 영향으로 가을부터 겨울까지는 무척 추웠다. 그래서 날이 풀리는 봄부터 초여름까지는 사람들의 외출이 잦았고, 여러 가지 행사도 곧잘 벌어졌다. 오늘은 특히 날씨가 좋아서 더욱 많은 사람들이 밖으로 쏟아져 나온 모양이었다.

진산월 일행은 인파를 뚫고 '장복객잔(長福客棧)'이라는 현판이 붙은 객잔으로 향했다.

장복객잔은 주루와 객잔이 유달리 많은 위남에서도 상당히 큰 객잔으로, 앞에는 식사를 할 수 있는 커다란 주루가 있었고, 그 뒤로 잠을 잘 수 있는 객실이 넓은 후원에 펼쳐져 있었다. 그들은 먼저 후원으로 가서 세 개의 방이 딸려 있는 별실을 잡은 후 짐을 풀어 놓고는 앞에 있는 주루로 향했다.

시간이 시간인지라 주루는 빈자리가 없을 정도로 붐볐다.

그들을 안내한 점소이도 난처한 표정을 지어 보였다.

"이 시간에는 합석을 하셔야 자리를 잡을 수 있습니다. 합석이라도 하시겠습니까?"

어차피 지금은 다른 곳을 가도 사정이 비슷할 게 뻔한지라 그들은 어쩔 수 없이 합석을 하기로 했다. 점소이가 그들을 안내한 곳은 오른쪽 구석에 있는 팔선탁(八仙卓)으로, 십여 명이 앉아도 충분할 만큼 거대한 크기를 자랑했다.

그 팔선탁에는 네 명의 남녀들이 식사를 하고 있었다. 점소이가 그들 중 가장 나이가 많은 중년인에게 양해를 구하고는 이내 그들을 자리로 안내했다.

"합석에 응해 주셔서 감사하오."

동중산이 먼저 그 중년인에게 인사를 했다. 그 중년인은 푸른 청삼을 입었는데, 청수한 이목구비와 몹시 잘 어울려 보였다.

청삼 중년인은 점잖게 응수했다.

"별말씀을. 이런 곳에서는 당연한 일 아니겠소?"

진산월 일행은 여섯 명이어서 그들이 모두 앉자 크게 느껴졌던 팔선탁이 꽉 차는 듯한 느낌이 들었다.

청삼 중년인의 일행은 부인인 듯한 미모의 중년 여인과 한 쌍의 젊은 남녀들이었다. 중년 미부는 다소곳한 표정으로 식사를 하고 있는 데 비해 젊은 남녀들은 합석한 진산월 일행에 호기심이 이는지 그들을 쳐다보았다. 그러다 일행 중 낙일방의 준수한 모습을 보고는 눈을 크게 떴다.

주루 안에 무척 많은 사람이 있음에도 단연 돋보이는 미남자였던 것이다.

젊은 남자는 그래도 곧 눈길을 거두었으나, 젊은 여자는 눈을 반짝인 채 낙일방을 연신 쳐다보고 있었다. 젊은 남자는 그 눈치를 차렸는지 얼굴 표정이 그다지 좋지가 않았다. 보아하니 두 사람은 연인 관계인 모양인데, 여자가 다른 남자를 힐끔거리고 있으니 남자의 기분이 좋을 리 없었다.

젊은 남자 또한 질 좋은 화의(華衣)를 잘 차려입었고 얼굴도 그리 빠지지 않았으나, 낙일방의 군계일학 같은 모습에 비할 수는 없었다.

젊은 여자는 약간 가무잡잡한 피부에 귀염성 있는 얼굴이었다. 흑백이 분명한 눈동자는 유달리 검은자위가 많았고, 입술 또한 도톰해서 보는 이로 하여금 묘한 분위기를 느끼게 했다. 게다가 불타오르는 듯한 홍의(紅衣)를 입고 있었는데, 몸에 착 달라붙는 옷이라 전신의 굴곡이 완연히 드러나 보였다.

진산월 일행이 주문을 하는 동안 청삼 중년인은 그들을 살펴보고는 고개를 갸웃거렸다.

여인들은 준수한 낙일방에게 시선이 모아질지 몰라도 강호 경험이 풍부한 청삼 중년인은 오히려 진산월에게 관심이 쏠렸다.

처음에는 나이가 제일 많은 동중산이 우두머리인 줄 알았는데, 돌아가는 사정을 보니 앙상하리만치 키가 큰 젊은이가 일행을 이끌고 있는 것 같았다.

그 젊은이는 다른 사람보다 훨씬 큰 키에 약간 마른 듯한 체격을 지니고 있었고 얼굴에는 깊은 흉터 자국마저 나 있었다. 당연히 차가운 인상이어야 하는데, 오히려 차분하면서도 묵직한 무게감이 느껴졌다. 더구나 행동거지 하나하나가 침착하기 그지없었고, 은연중에 여유를 담고 있어서 보면 볼수록 보통 인물이 아님을 알 수 있었다.

'나이는 그리 많아 보이지 않는데 일파의 종사(宗師)를 보는 듯

한 위엄이 느껴지는구나. 이자의 정체가 무엇일까?'

청삼 중년인은 찻잔을 들어 올리는 척하며 슬쩍 진산월의 주위에 있는 다른 일행들도 둘러보았다. 동중산을 제외하고는 모두 이십 대의 청년들이었고, 한 명은 열 살쯤 되어 보이는 소년이었다. 하나같이 개성이 강한 용모들이었고, 그중 몇 사람은 두 눈에서 신광이 번뜩이는 것으로 보아 상당한 무공을 지니고 있는 것 같았다.

'보아하니 같은 문파의 동문(同門)들 같은데, 어느 파(派)의 제자들인지 궁금하군.'

청삼 중년인은 식사를 마치고도 나갈 생각을 하지 않고 느긋한 표정으로 차를 마시고 있었다. 중년 미부와 홍의 여인 또한 조용히 앉아 있는데, 화의 청년만 불편한지 계속 몸을 뒤척거렸다.

마침내 화의 청년이 더 이상 참지 못하겠는지 청삼 중년인을 향해 입을 열었다.

"삼 숙부(三叔父)님, 식사도 끝난 것 같으니 이제 그만 숙소로 돌아가도록 하죠."

청삼 중년인은 뜨거운 차를 한 모금 들이켜고는 천천히 탁자 위에 내려놓았다.

"무얼 그리 서두르는 게냐? 지금부터 좁은 골방에 처박혀 운치 있는 봄밤의 정취를 누려 보지도 않을 셈이냐?"

"그러면 아예 야외로 나가도록 하지요. 마침 위수 강변에 화방(畫舫)들이 많던데, 봄밤의 정취를 즐기고 싶다면 그곳이 나을 듯싶습니다."

"알았다. 조금 이따 가도록 하자."

청삼 중년인은 말은 그렇게 해 놓고도 좀처럼 일어날 기미를 보이지 않았다. 그뿐만 아니라 중년 미부와 홍의 여인도 차를 홀짝거릴 뿐 서두르는 기색이 전혀 없었다.

화의 청년은 속이 부글부글 끓어올랐으나 어쩔 수 없다고 생각했는지 팔짱을 낀 채 아예 두 눈을 감아 버렸다. 그 모습이 어찌나 심통스러워 보였는지 마치 어린아이가 투정을 부리는 것 같았다.

그때 진산월 일행이 주문한 음식이 나와서 점소이들이 음식을 나르느라 탁자 주위가 분주해졌다. 동중산은 특별히 술도 한 병 주문했기 때문에 술이 나오자 먼저 진산월에게 권했다.

"가볍게 한잔하시는 게 피로를 푸는 데도 도움이 될 겁니다."

진산월과 전흠은 술을 받았고, 낙일방은 사양을 했다. 손풍이 슬금슬금 눈치를 보다가 술잔을 내밀었으나, 동중산은 빙글 웃으며 고개를 저었다.

"사제는 안 돼. 아직 몸도 다 낫지 않은 상태 아닌가?"

손풍은 속으로 툴툴거렸으나 주위 사람들이 모두 사문의 어른들인지라 무어라고 할 수도 없어서 입맛만 다시고 말았다.

'제길. 술 한 잔 마음대로 못 먹는 신세가 되다니…….'

그가 속으로 온갖 불평을 늘어놓고 있으리라는 걸 뻔히 알면서도 동중산은 모른 척 고개를 돌렸다. 그러다 청삼 중년인과 시선이 마주치자 부드러운 음성으로 물었다.

"한잔하시겠소?"

청삼 중년인은 사양하지 않고 흔쾌히 고개를 끄덕였다.

"그렇지 않아도 권하지 않으면 어쩌나 걱정하고 있었소."

"하하…… 그럴 리가 있소?"

동중산이 청삼 중년인의 잔에 술을 따르자 청삼 중년인은 단숨에 잔을 들이켰다. 그때 이제껏 말없이 차만 마시고 있던 홍의 여인이 대담하게도 술잔을 내밀었다.

"저도 한 잔 주세요."

다른 사람들은 모두 놀랐으나 정작 동중산은 담담한 표정으로 그녀에게 술을 따랐다. 그녀가 술잔은 자신 쪽으로 내밀고 있지만 시선은 아까부터 계속 낙일방을 향하고 있다는 것을 알고 있기 때문이었다.

"고마워요."

그녀는 살짝 미소를 지으며 술잔을 입으로 가져갔다. 가무잡잡한 피부에 유달리 도톰한 입술을 가진 그녀는 건강하면서도 나름대로 특색 있는 매력을 풍기고 있었다.

그녀가 막 술을 마시고 잔을 내려놓았을 때, 한쪽에서 인상을 찌푸린 채 눈을 감고 있던 화의 청년이 돌연 자신의 앞에 놓인 차를 단숨에 마시고는 찻잔을 세게 바닥에 내려놓았다.

탁!

요란한 소리가 주위에 울려 퍼졌다.

손풍은 아까부터 화의 청년이 자신들을 못마땅해 하는 것 같아 기분이 언짢아 있다가 이 광경을 보자 더 이상 참지 못하고 퉁명스런 음성을 내뱉었다.

"젠장. 음식 맛 떨어지게 뭐하는 짓인지 모르겠군."

그의 목소리는 그리 크지 않았으나, 화의 청년은 감았던 눈을 번쩍 뜨며 날카로운 눈으로 그를 노려보았다.

"당신 뭐라고 그랬소?"

손풍은 그에게 시선도 돌리지 않은 채 혼잣말처럼 중얼거렸다.

"귀가 밝다고 해야 하나, 어둡다고 해야 하나? 제대로 들은 것 같은데, 왜 말귀는 못 알아먹는 거야?"

화의 청년의 눈꼬리가 부르르 떨리며 두 눈에서 싸늘한 빛이 줄기줄기 흘러나왔다. 하나 그가 막 화를 내려는 순간, 동중산이 먼저 손풍을 향해 호통을 쳤다.

"손 사제, 처음 본 사람에게 그게 무슨 말버릇인가? 어서 사과드리게."

손풍은 심드렁한 표정이었으나, 동중산을 비롯한 다른 사람들이 모두 매서운 눈으로 자신을 쏘아보자 마지못해 입을 열었다.

"뭐 일단은 미안하게 된 것 같소. 하지만 당신 행동도 그리 보기 좋은 것만은 아니었소."

중인들은 그 말을 듣자 모두 어이가 없었다. 화의 청년도 쌍심지를 돋우며 냉랭하게 쏘아붙였다.

"그걸 지금 사과라고 하는 거요?"

손풍은 오히려 눈을 부라렸다.

"그럼 이게 사과가 아니면 뭐란 말이오? 머리라도 조아려야 된단 말이오?"

화의 청년은 분기가 치미는지 하얗던 얼굴에 한 줄기 붉은 기운이 어렸다.

"지금 나하고 장난하자는 거요, 아니면 시비를 거는 거요? 장난이라면 지금 그런 걸 받아 줄 기분이 아니니 당장 그만두는 게 좋을 거요. 그리고 시비라면……."

화의 청년의 눈에서 화광(火光)이 이글거리는 것 같은 착각이 들었다.

"남자답게 당장 밖에 나가서 결판을 내도록 합시다."

이번에는 손풍이 분기탱천했다. 가뜩이나 종남파에 들어온 이래 이리저리 치어서 불만이 쌓여 있던 참에 얼굴만 희멀건 놈이 자신에게 한판 붙자고 하니 분통이 터지지 않을 수 없었다. 자신이 서안을 누비고 다닐 때 언제 이런 수모를 당한 적이 있었는가?

손풍은 자리를 박차고 일어나려 했으나, 동중산이 눈치 빠르게 알아차리고는 탁자 밑으로 그의 무릎을 살짝 움켜잡았다. 그 바람에 손풍은 몸을 일으키지도 못하고 얼굴만 시뻘겋게 변하고 말았다.

장내의 공기가 험악해지자 청삼 중년인이 화의 청년을 제지했다.

"저 청년이 틀린 말을 한 것도 아닌데 무얼 그리 흥분하는 게냐? 일의 발단은 네가 만들지 않았느냐?"

화의 청년은 억울하다는 듯한 표정을 지었다.

"삼 숙부님, 제가 언제……."

청삼 중년인은 준엄한 시선으로 그를 쳐다보았다.

"네가 먼저 버릇없이 군 것이 사실이다. 잘 생각해 보아라."

"저는 그냥 차 한 잔 마신 것밖에는 아무것도 한 일이 없습니다."

화의 청년이 끝까지 자신의 잘못을 인정하지 않자 청삼 중년인은 나직하게 혀를 차더니 갑자기 한숨을 내쉬었다.

"어린 나이도 아닌 녀석이 이토록 제멋대로라니…… 게다가 툭하면 싸움부터 거는 그 못된 버릇을 아직도 고치지 못했구나."

화의 청년은 여전히 불만스러운 표정이었으나 청삼 중년인이 눈살을 찌푸리자 감히 더 이상 무어라고 말하지는 않았다.

손풍 또한 욕설이 목구멍까지 치밀어 올랐으나, 아무리 막되어먹은 성격이라도 장문인까지 있는 앞에서 함부로 행동할 수는 없는지라 간신히 억눌러 참는 모습이었다. 양쪽에서 한 명씩 인상을 잔뜩 찡그리고 있으니 장내의 공기가 영 어색할 수밖에 없었다.

청삼 중년인이 동중산을 보고 쓴웃음을 지어 보였다.

"아무래도 더 이상 어울릴 분위기는 아닌 모양이구려. 우리는 이만 일어나야겠소."

동중산 또한 손풍이 언제 성질을 부릴지 몰라 절로 조마조마한 심정이었기 때문에 고개를 끄덕이며 웃어 보였다.

"그런 것 같소. 다음에 기회가 닿는다면 제대로 통성명을 나누도록 합시다."

청삼 중년인이 자리에서 일어나자 중년 미부와 홍의 여인도 차례로 일어났다. 홍의 여인은 귀여워 보이는 외모와는 달리 키가 상당히 훤칠했고, 또한 굴곡이 완연한 몸매여서 더욱 사람들의 시선을 끌었다.

청삼 중년인은 아직도 통통 부은 얼굴로 앉아 있는 화의 청년을 지그시 노려보았다.

"너는 일어나지 않을 셈이냐?"

화의 청년은 한 차례 손풍을 쏘아보더니 자리에서 벌떡 일어나 인사도 하지 않고 휑하니 몸을 돌려 주루 밖으로 걸어 나갔다.

"다음에 다시 보길 기대하겠소."

청삼 중년인은 동중산을 향해 포권을 하고는 중년 미부와 홍의 여인을 대동하고 화의 청년을 따라 나갔다. 몸을 돌리기 직전에 홍의 여인은 각별한 시선으로 낙일방을 쳐다보더니 생긋 미소 짓는 것이었다.

그때 그녀의 검은자위가 가득한 커다란 눈이 초승달처럼 휘어졌다. 낙일방은 영문을 몰라 어리둥절해 있다가 사람들이 모두 자신을 쳐다보자 준수한 얼굴이 붉게 변했다.

"호호……."

그 모습이 우스운지 홍의 여인은 나직한 교소를 터뜨리더니 이내 밖으로 몸을 움직였다. 그녀의 모습이 주루에서 사라지자 낙일방이 궁금한 듯 동중산을 보며 물었다.

"저 여자가 지금 왜 웃은 겁니까?"

동중산은 무어라고 할 말이 없어 그냥 웃고 말았다.

'낙 사숙은 이런 쪽으로는 너무 순진해서 문제로군. 앞으로 여난(女難)이 심상치 않겠는걸.'

동중산이 아무 대답이 없자 낙일방은 고개를 갸웃거리더니 진산월을 쳐다보았으나, 진산월은 조용히 음식을 먹는 데만 열중할 뿐 그에게는 시선도 주지 않았다. 낙일방의 눈은 다시 전흠에게로 향했다.

제172장 강변주풍(江邊酒風) 145

하나 입도 열기 전에 전흠은 냉랭한 음성을 내뱉었다.

"쓸데없는 일로 나를 귀찮게 하지 마라."

낙일방은 어색한 표정으로 엉거주춤하게 있다가 어쩔 수 없다는 듯 어깨를 으쓱거렸다.

"원래 웃음이 헤픈 여자였나 보군."

그는 대수롭지 않게 중얼거리며 식사를 하기 시작했다.

동중산은 하마터면 폭소를 터뜨릴 뻔했으나, 그때 마침 누군가의 커다란 음성이 주루 안에 울려 퍼졌다.

"여, 이게 누군가?"

한 사람이 그들이 있는 팔선탁으로 다가오더니 동중산의 어깨를 탁 쳤다.

동중산이 돌아보니 날카로운 인상의 흑삼인이 하얀 이를 드러내며 웃고 있었다. 흑삼인을 본 동중산도 반색을 하며 자리에서 벌떡 일어났다.

"자네는 형일환(邢一煥)이 아닌가?"

두 사람은 서로 손을 맞잡은 채 반가운 인사를 나누었다. 중인들은 동중산이 누굴 보고 이토록 기뻐하는 모습을 좀처럼 본 적이 없기에 흑삼인의 정체가 몹시 궁금해졌다.

"이게 몇 년 만인가?"

"적어도 오 년은 넘은 것 같군. 그때 제남(濟南)의 대명호반(大明湖畔)에서 만난 게 마지막 아닌가?"

동중산의 얼굴에 아련한 빛이 떠올랐다.

"벌써 그렇게 됐나? 그런데 여긴 어쩐 일인가? 산동 지방을 평생 안 떠날 사람처럼 큰소리치더니…….”

흑삼인은 피식 웃었다.

“먹고살려니 별 수가 있나? 일자리를 찾다 보니 여기까지 오게 됐네. 그나저나 그 눈은 어떻게 된 건가?”

흑삼인이 검은 안대를 차고 있는 동중산의 눈을 가리키자 동중산은 고개를 흔들었다.

“나도 사정이 있었다고 해 두지.”

흑삼인은 한동안 물끄러미 동중산의 얼굴을 바라보더니 고개를 끄덕였다.

“그 초가보와의 싸움에 대한 소문을 듣기는 했네. 제법 고생을 많이 했다고 하더군. 소문에는 자네가 종남파의 제자가 되었다고 하던데…… 그럼 혹시…….”

무슨 생각이 들었는지 흑삼인의 눈이 동중산의 주위에 있는 종남파 고수들을 향했다. 그러다 진산월의 얼굴을 보게 되자 흑삼인의 신형이 한 차례 부르르 떨렸다. 그의 시선은 못 박히듯 진산월의 왼쪽 뺨에 나있는 흉터 자국에 고정되었다.

‘큰 키에 마른 체구…… 얼굴의 흉터 자국…….’

그건 바로 당금 천하를 송두리째 뒤흔들고 있는 한 사람의 용모를 언급할 때 반드시 들어가는 묘사가 아닌가?

흑삼인의 시선이 진산월에게 향하자 동중산은 빙긋 웃으며 입을 열었다.

“인사 올리게. 본 파의 장문인이시네.”

흑삼인의 입에서 자신도 모르게 신음 같은 외침이 흘러나왔다.

"신검무적!"

그 순간, 저잣거리처럼 시끄럽던 주루 안이 일순 쥐 죽은 듯 조용해졌다. 음식을 먹거나 술을 마시며 떠들고 있던 모든 사람들의 시선이 소리를 친 흑삼인을 지나 진산월에게로 움직였다.

갑자기 흑삼인은 더할 나위 없이 정중한 태도로 깊게 머리를 숙였다.

"제남의 형일환이 진 장문인을 뵙니다."

진산월은 가볍게 포권을 했다.

"종남의 진산월이오."

다음 순간, 주루 안은 사람들의 놀란 외침으로 가득 차 버렸다.

"신검무적! 저 사람이 바로 그 유명한 종남파의 장문인 신검무적이다!"

"종남파의 고수들이 이곳에 왔다!"

여기저기서 외치는 고함 소리와 감탄성, 흥분된 숨소리로 장내는 소란의 극치를 달렸다. 개중에는 박수를 치는 사람들도 있었다. 진산월 일행은 주루의 반응에 놀라 당혹해 하는 모습이었으나, 장내의 모든 사람들은 눈에 불을 켜고 그들의 얼굴을 좀 더 자세히 보는 것에 여념이 없었다.

동중산 또한 자신들 때문에 이런 소동이 발생할 줄은 미처 몰랐는지라 순간적으로 당황했으나 이내 마음을 가라앉히고 형일환을 자리에 앉게 했다. 이어 진산월에게 형일환에 대해 간략한 소개를 했다.

"이 사람은 제가 강호에서 사귄 몇 안 되는 친구 중 하나입니다. 산동 지방에서만 활동했기 때문에 이곳에는 별로 알려지지 않았지만, 그쪽에서는 그래도 혈리도(血狸刀)라는 외호로 제법 인정을 받고 있습니다."

그 말에 중인들의 시선이 형일환의 허리춤을 향했다. 아닌 게 아니라 그의 허리에는 은은한 붉은빛이 감도는 한 자루의 칼이 매달려 있었다.

형일환은 어색한 웃음을 흘렸다.

"명성이 자자한 종남파의 고수들 앞에서 내세울 만한 이름이 못됩니다. 그저 평생을 산동에서만 지내다 보니 평소 친한 지인(知人)들이 장난삼아 붙여 준 이름일 뿐입니다."

겸손한 말과는 달리 진산월은 형일환의 어깨가 잘 발달되어 있고 손마디에 굳은살이 박혀 있는 것으로 보아 상당한 수련을 쌓은 고수일 거라고 짐작했다.

동중산은 모처럼 만난 친구가 무척이나 반가웠는지 평소의 침착했던 모습과는 달리 입가에 미소를 그치지 않았다. 두 사람은 무슨 할 얘기가 그렇게 많은지 나직하게 속닥거리다가도 가끔은 호탕하게 웃으면서 서로의 어깨를 두드리고 있었다. 중년의 두 사내가 모처럼 만나 서로 우의(友誼)를 확인하는 광경은 보는 사람을 흐뭇하게 만들기에 족한 것이었다.

그때 누군가가 조심스럽게 일행에게 다가왔다.

"실례합니다."

동중산이 돌아보니 이마에 기름기가 잘잘 흐르는 뚱뚱한 체구의 중년인 하나가 안절부절못하는 표정으로 손을 비비고 있다가 황급히 허리를 있는 대로 숙였다.

"당신은 누구요?"

동중산이 묻자 뚱뚱한 중년인은 감히 얼굴도 제대로 들지 못하고 공손한 표정으로 대답했다.

"소…… 소인은 이곳 주루의 주인인 하태보(夏泰寶)라고 합니다. 평소 흠모해 마지않던 진 장문인과 종남파의 여러 대협들을 뵙게 되어 실로 천하에 다시없을 영광이라고 생각합니다……."

동중산도 중년인의 뒤에 점소이 몇 명이 공손하게 서 있는 것으로 보아 주루의 주인이 아닐까 생각하고 있었다.

"반갑소. 그런데 무슨 일이오?"

하태보는 호빵 같은 얼굴에 비지땀을 흘리면서도 연신 머리를 조아렸다.

"하늘같이 존경하는 분들이 누추한 저희 가게를 찾아 주신 것에 진심으로 감사드립니다. 그리고……."

하태보가 뒤를 향해 슬쩍 손짓을 하자 뒤에 있던 점소이 중 하나가 재빨리 들고 있던 술 단지 하나를 내밀었다. 하태보는 그것을 탁자 위에 올려놓으며 안면 가득 웃음을 지었다.

"이것은 저희 주루에서 비장(秘藏)하고 있는 태백소(太白燒)라는 술입니다. 약소한 것이지만 받아 주시면 정말 감사하겠습니다."

하태보가 팔선탁 위에 올려놓은 술 단지는 잘 밀봉되어 있음에도 불구하고 사람을 취하게 하는 듯한 은은한 주향(酒香)이 풍겨 나오고 있었다. 하태보는 그 술 단지가 별것 아닌 것처럼 말했으나, 사실 그 술 단지는 무려 백 년이나 묵힌 천하의 명주(名酒)였다. 귀한 만큼이나 값도 상당히 비싸서 일반인들은 평생에 단 한 번도 마실 엄두를 내지 못하는 것이었다.

동중산은 사양하려 했으나 하태보가 간절한 표정으로 바라보자 차마 거절하지 못하고 진산월을 돌아보며 의향을 물었다. 진산월이 승낙을 하자 그제야 동중산은 술 단지를 받았다.

"감사합니다…… 감사합니다……."

하태보는 비싼 태백소를 선물하고도 오히려 감읍해 하는 모습이었다. 하태보가 희희낙락하며 돌아가자 동중산은 쓴웃음을 지었다.

"아무래도 여기 더 있다가는 무슨 일이 벌어질지 모르겠습니다. 장문인, 자리를 옮기는 게 어떻겠습니까?"

진산월은 그렇지 않아도 주위 사람들의 따가운 시선이 부담스러웠던지라 이내 고개를 끄덕였다.

"그렇게 하자. 마침 날도 좋으니 우리도 강변으로 가 보자꾸나."

형일환이 재빨리 끼어들었다.

"제가 마침 적당한 곳을 알고 있습니다. 풍광이 제법 수려하고 전망이 좋아서 술 한잔 걸치며 야경(夜景)을 감상하기에는 쓸 만한 곳입니다."

진산월은 깊게 고민하지 않았다.

"그럼 안내를 부탁하겠소."

점소이가 오리 구이를 비롯하여 술안주로 적당한 요리를 몇 가지 싸 주자 진산월 일행은 무언가에 쫓기는 사람들처럼 황급히 주루를 빠져나왔다. 그때까지도 주루에 있는 모든 사람들의 시선은 그들에게 고정되어 있었고, 흥분된 속삭임과 감탄성이 계속 들려오고 있었다.

"휴…… 이거 주루에 갈 때마다 이런 일을 당하면 곤란한데……."

낙일방은 혀를 차면서도 그다지 싫은 표정이 아니었다. 종남파의 위상이 그만큼 올라갔음을 나타내는 증거인데 사람들의 흠모에 찬 시선이 조금 불편하다고 해도 기분이 나쁠 리가 없었다.

낙일방은 혹시나 하여 뒤를 돌아보았으나, 다행히 자신들을 쫓아오는 사람은 없었다. 만일 밖에까지도 사람들이 졸졸 따라오며 쳐다본다면 아예 숙소로 돌아가는 게 더 나을 것이다.

형일환이 일행을 데려간 곳은 위남의 시가지에서 북쪽으로 일 리쯤 벗어난 곳이었다. 작은 구릉 하나를 넘자 시야가 갑자기 탁 트이며 넓은 강(江)이 나타났다. 이곳이 바로 위수였다.

형일환은 강가로 내려가지 않고 구릉을 따라 조금 더 걸어갔다. 그러자 제법 커다란 송림(松林)이 나타났고, 그 앞에 작은 정자(亭子) 하나가 서 있었다.

"저곳입니다."

형일환이 앞장서서 정자 위로 올라갔다. 정자에 올라서자 과연 위수의 전경이 한눈에 내려다보였다. 비록 주위가 어두워져서 아주 멀리까지 볼 수는 없었으나 거무스름한 강물과 하얀 모래밭이 내려다보이는 광경은 정말 일품이었다. 게다가 위수의 강물 위에는 형형색색의 등(燈)을 내건 작은 배들이 수십 척이나 떠 있어 색다른 볼거리를 제공하고 있었다.

"야, 정말 좋구나."

낙일방이 감탄성을 발하자 형일환이 웃으며 말했다.

"한낮의 풍경도 좋지만 오늘 같은 밤에는 야경이 더 볼 만하오. 저 화방들은 많을 때는 정말 위수 일대를 뒤덮을 정도인데, 그때는 가히 불야성(不夜城)이라고 불러도 손색이 없는 장관(壯觀)이라오. 오늘은 그래도 생각만큼 화방이 많지는 않구려."

"이 정도만 해도 정말 볼 만한데요. 그런데 화방은 강남 쪽에만 있는 줄 알았는데, 이곳에서 볼 수 있다니 뜻밖이군요."

"화방이 이곳에 나타난 지는 그리 오래되지 않소. 십여 년 전에 이곳 태생의 상인 한 사람이 강남으로 가서 큰돈을 벌었다고 하오. 그가 나이를 먹어서 고향으로 돌아왔는데, 강남에서 자기가 보았던 기억을 되살려 화방을 만든 것이 사람들에게 인기를 끌어서 그 뒤로 하나둘씩 생겨나다 보니 어느새 이 지역의 명물(名物)이 되어 버렸소."

"그렇군요."

낙일방은 새삼스런 눈으로 형일환을 바라보았다.

"형대협은 외지인이면서도 이곳 사정을 잘 알고 계시는군요."

"하하…… 그 정도는 위남에서 한 달만 살면 알게 되는 것들이오. 그나저나 귀하는 혹시 옥면신권 낙 소협이 아니시오?"

"그렇습니다. 인사가 늦었군요. 제가 바로 낙일방입니다."

형일환은 관옥(冠玉)과도 같은 낙일방의 모습을 찬찬히 살펴보더니 빙그레 웃었다.

"과연 소문대로 헌앙한 모습이시오. 낙 소협께서 아직 약관의 나이로 무림에서 오랫동안 명성을 날리던 노괴물들인 신편과 현음상인을 물리쳤다는 말을 듣고 얼마나 통쾌했는지 모르오."

"운이 좋았습니다."

"그들이 어떤 자들인데 운만으로 이길 수 있었겠소? 오늘 뵙고 싶었던 낙 소협을 만났으니 정말 기쁘기 한량없소이다."

형일환이 낙일방에게만 관심을 기울이는 것 같자 전흠의 표정이 그리 좋지 않았다. 하나 형일환 입장에서는 진산월은 이미 강호의 거봉(巨峰)과 같은 사람이라 대하기가 부담스러웠고, 전흠은 표정이 삭막해서 쉽게 다가서기 어려워 보여 그중 인상도 좋고 말도 잘 받아 준 낙일방과 주로 대화를 나누게 되었던 것이다.

동중산이 어느새 자리를 깔고 가져온 음식들을 펼쳐 놓았다. 그러고는 조금 전에 하태보가 선물한 태백소의 뚜껑을 땄다. 튼튼하게 밀봉된 마개를 열자마자 그윽한 술 냄새가 정자 안에 가득 찼다.

"냄새만 맡아도 좋군."

동중산이 주향을 맡고는 제일 먼저 진산월의 앞에 놓인 술잔에 술을 가득 따랐다.

태백소는 이름처럼 무색투명한 술이었다. 주향이 상당히 강해서 술맛도 진할 줄 알았는데, 의외로 담백한 맛이었다. 진산월은 한 잔 마시고는 짤막한 촌평을 했다.

"좋은 술이군."

전흠이 나직한 웃음소리를 내더니 자신도 한 잔 들이켰다. 그리고는 고개를 갸우뚱거리는 것이었다.

"뭐 이래? 너무 싱겁잖아."

낙일방도 모처럼 한 잔 마시고는 한마디 했다.

"부드러운데요."

동중산과 형일환은 오랜만에 만난 친구 사이답게 건배를 하고는 동시에 들이켰다.

"상당히 깔끔한 맛이군."

"여인의 숨결 같군그래."

형일환의 말까지 듣자 아까부터 침만 꼴깍 삼키고 있던 손풍이 도저히 못 견디겠는지 술잔을 내밀었다. 이번에도 따라 주지 않으면 아예 술 항아리째 들이마실 기세였다. 동중산은 피식 웃으며 순순히 그에게 따라 주었다.

"딱 한 잔이야 괜찮겠지."

"가득 부어 주시오."

동중산이 거의 술잔이 넘칠 정도로 따르자 손풍은 의외로 단숨에 들이켜지 않고 먼저 술잔을 코에 갖다 댄 후 숨을 들이마셨다. 그런 다음 한 모금을 살짝 입안에 넣고 잠시 맛을 음미하다가 한참 후에야 술잔을 마저 들이켰다.

능숙한 술꾼과도 같은 그 모습에 모두들 눈을 크게 뜨고 지켜보았다. 손풍은 술을 마신 다음에 웬일인지 아무 말도 하지 않고 침묵을 지켰다. 동중산은 그가 무슨 말을 할지 기다리다가 아무 말이 없자 의아한 얼굴로 물었다.

제172장 강변주풍(江邊酒風)

"술맛이 어떤가?"

손풍은 마치 도(道)라도 닦고 있는 고승(高僧)처럼 엄숙한 표정을 한 채 평소와는 달리 나직한 음성으로 말했다.

"진정한 명주는 말로 평가하지 않는 거요."

동중산은 피식 웃고 말았다.

"제법 술꾼 같은 소리를 하고 있군. 노파심에서 말하겠는데, 장 형 앞에서는 그런 모습을 보이지 말게."

"그 털북숭이 아저씨가 알면 어떻단 말이오?"

"장 형 앞에서 술꾼 행세를 했다가는 앞으로 편하게 살기는 힘들 걸세. 그에게 붙잡혀 술독에 빠져 죽을 때까지 마시든가 아니면 그를 피해 도망 다녀야 할 테니 말일세."

손풍도 술이라면 어지간히 좋아하고 남에게 술로 뒤진다고 생각해 본 적이 없으나, 장승표의 수염 가득한 얼굴을 떠올리자 그의 앞에서는 술 이야기는 꺼내지 않는 게 좋을 것 같은 기분이 들었다.

태백소는 담백하고 부드러운 술맛에 비해 상당히 독한 술이어서 몇 잔 마시지 않아도 취기가 느껴질 정도였다. 술 한 동이가 적은 양은 아니지만 인원이 많아서 부족하지 않을까 걱정했던 동중산은 이내 그 생각을 접어야만 했다.

전흠만이 계속 마셨을 뿐 진산월은 석 잔 정도 마시고 잔을 내려놓았고, 낙일방은 아예 첫 잔 외에는 입에 대지 않았다. 손풍만이 한 잔 가지고는 부족한지 연신 입맛을 다시고 있을 뿐이었다.

게다가 어찌된 일인지 예전에는 무척이나 술을 즐겼던 형일환조차도 마시는 속도가 영 시원치 않았다. 동중산이 건배를 제의할 때나 한 잔씩 마시는 정도였다.

"자네 그 전보다 술이 많이 줄었군. 이 술이 마음에 안 드나? 아니면 술에 취하면 안 될 특별한 이유라도 있나?"

동중산이 약간 취기가 오른 얼굴로 물어보자 형일환은 고개를 저었다.

"아닐세. 술도 좋고 분위기도 마음에 든다네. 다만 지금은 예전처럼 마시지 않을 뿐이지."

형일환의 얼굴에 쓸쓸한 빛이 떠올랐다.

"산동에서 이곳으로 온 후 제법 많은 일들이 있었지. 그런 일들을 겪다 보니 언제 부터인가 취하도록 마시지 않게 되었다네."

"그렇군. 하지만 오늘은 모처럼 나를 만났는데 하루 정도 취한다 한들 무슨 큰일이 있겠나?"

형일환은 동중산을 물끄러미 쳐다보더니 이내 웃으며 고개를 끄덕였다.

"그런가? 그럼 어디 한번 제대로 마셔 봐야겠군. 술은 많이 남았나?"

동중산은 술동이를 흔들어 보였다.

"아직도 절반이나 남아 있네."

"그럼 아직도 늦지는 않았군."

형일환은 음식이 펼쳐진 곳을 둘러보더니 갑자기 자리에서 일어났다.

"안주가 떨어졌군. 잠시만 기다리게. 내가 먹을 만한 걸 가져오겠네. 그때는 자네도 코가 삐뚤어질 각오를 해야 할 걸세."

동중산은 빙그레 웃었다.

"걱정 말고 빨리 갔다 오기나 하게."

"멀지 않은 곳에 마침 아는 주루가 있네. 금방 다녀오겠네."

형일환은 곧 정자를 벗어났다.

동중산은 그 자리에 앉은 채 어둠 속으로 사라지는 형일환의 뒷등을 가만히 바라보고 있었다. 주위는 조용했고, 가끔씩 밤바람이 불어올 뿐이었다.

형일환이 사라진 지 한참이나 되었는데도 여전히 동중산은 그 자세 그대로 앉아서 형일환이 간 곳을 바라보고 있었다. 그러다 조용히 자리에서 일어나 진산월을 향해 머리를 조아렸다.

"죄송합니다, 장문인."

진산월은 담담한 모습이었다.

"네 탓이 아니다."

동중산의 얼굴에는 무어라 형용할 수 없을 만큼 착잡한 빛이 떠올라 있었다.

"제 실수입니다. 강호에서는 영원히 변하지 않는 게 없다고 했는데, 오래전의 우정(友情)을 너무 믿고 있었습니다. 그를 알게 된 지는 십 년가량 되었고 믿을 만한 사람이라고 생각했는데, 오 년이란 시간이 너무 길었던 것 같습니다. 확실히 세월만큼 무서운 게 없군요."

그의 음성에는 깊은 자책과 회한이 담겨 있었다. 진산월은 천천히 장내를 둘러보았다.

전흠은 오늘 마신 술의 대부분을 혼자 마셔서인지 취해서 몸을 제대로 가누지 못한 상태였고, 손풍은 두 사람의 대화가 무슨 뜻인지 몰라 눈을 동그랗게 뜬 채 쳐다보고 있었다. 유소응은 여전히 애늙은이 같은 얼굴로 가만히 앉아 있었고, 낙일방만이 자리에서 일어나 날카로운 눈으로 정자 주위를 훑어보고 있었다.
　'술에 취해 혼자서는 움직일 수 없는 자 하나와 무공을 모르는 자 둘, 완전히 취하지는 않았으나 무공 실력이 떨어지는 자 하나라…… 결국 둘이서 넷을 보호해야 한단 말이군.'
　진산월의 시선이 자신들이 마신 술 단지로 향했다.
　술에 독이 들어 있는 건 아니었다. 아니, 엄밀히 말하자면 술 자체가 독인 셈이었다. 술이 너무 독해서 무공의 고수라도 몇 잔에 취해 버린다는 게 문제였다.
　석 잔만을 마신 진산월조차도 내공으로 다스리지 않는다면 몸을 완벽하게 가눌 자신이 없었으니 정말 독한 술이라고 하지 않을 수 없었다.
　'위남이 운문세가의 안마당이나 마찬가지이니 조심하라는 충고까지 들었으면서 별다른 의심도 않고 남이 주는 술을 먹다니…… 나도 아직은 멀었군.'
　진산월의 입가에 쓴웃음이 스치고 지나갔다.
　사실 조심하지 않은 것은 아니었다. 혹시라도 술에 독이 들어 있을까 봐 동중산이 자신에게 첫 잔을 따랐을 때 진산월은 남들의 시선을 피해 손가락에 끼고 있는 반지에 술을 살짝 묻혀 보았다.
　그가 손가락에 낀 반지는 종남파를 떠나기 전에 제갈외가 건네

준 것이었다.

제갈외는 진산월이 강호행에 유소응을 대동하는 것을 몹시 탐탁지 않게 생각했다. 아직 무공을 배운 지 얼마 되지 않은 유소응이 혹시라도 강호에 나가 험한 꼴이라도 당할까 봐 두려웠던 것이다. 하나 그가 아무리 유소응을 아낀다고 해도 유소응의 사부인 진산월의 행사(行事)를 무조건 반대만 할 수는 없었다.

결국 제갈외는 한참이나 투덜거리고 있다가 품속에서 작은 반지 하나를 꺼내 진산월에게 던져 주었다.

제갈외가 준 반지는 겉으로 보아서는 평범한 은가락지처럼 생긴 것이었다. 중앙에 깨알만큼 작은 보석이 박혀 있다는 것 외에는 전혀 특이할 게 없어 보였다. 하나 강호 무림에서 제일가는 신의인 제갈외가 아무짝에도 쓸모없는 반지를 줄 리가 없었다.

진산월이 반지를 이리저리 살펴보고 있자 제갈외는 퉁명스런 음성으로 말했었다.

"네 무공으로 보아 강호에 나가서 별다른 위험은 없을 것이다만, 보이는 화살은 피해도 보이지 않는 화살은 막기 어려운 법이다. 특히 독은 너 같은 놈에게는 가장 큰 위험 요소가 될 수 있지. 항상 이 반지를 끼고 있도록 해라. 어떠한 종류의 독이라도 닿기만 하면 색이 변하는 것이니 조금이라도 도움이 될 수 있을 것이다."

"이 반지의 이름은 뭐요?"

"이름 따위가 뭐가 중요하냐? 성능이 문제지. 그냥 네놈이 부르고 싶은 대로 불러라."

제갈외는 여전히 못마땅한 표정을 지으며 있는 대로 인상을 찡그렸다.

"네놈이 예뻐서 주는 게 아니다. 네놈에게 무슨 일이라도 생기면 저 불쌍한 소응이 곤란한 일을 당할까 봐 주는 것이다."

진산월은 한동안 제갈외를 바라보다가 특유의 담담한 음성으로 말했다.

"이 반지는 앞으로 사응환(思鷹環)이라고 부르겠소."

그 말에 제갈외의 눈빛이 번뜩 빛났다. 유소응을 생각해서 건네주었다는 의미가 담겨 있기 때문이었다. 제갈외는 아무 대꾸도 하지 않았지만, 그가 그 이름을 마음에 들어 한다는 것은 누구라도 쉽게 짐작할 수 있었다.

그 사응환으로 태백소에 독이 없다는 걸 확인했기에 진산월은 술을 마셨고, 그것을 알고 있는 동중산도 마음 놓고 다른 사람들에게 술을 따랐던 것이다.

그런데 태백소에는 독보다 더욱 치명적이고 은밀한 것이 들어 있었다. 바로 천하에 보기 힘들 만큼 강력한 주기(酒氣)였으니, 그것은 진산월도 미처 짐작하지 못한 일이었다. 그런 면에서 본다면 태백소야말로 무림인에게는 천하의 어떤 맹독보다도 무서운 물건인 셈이었다.

문제는 태백소가 한 잔만 마셔도 취할 만큼 독한 술이라는 것이 아니었다. 언제부터인지 그들이 머물고 있는 정자 주변이 은밀히 포위되어 있다는 것이었다.

진산월 일행이 이 정자로 온 것은 계획에 없던 일로, 형일환의 안내로 온 것이다. 형일환은 그들을 이곳으로 데려온 후 술도 별로 마시지 않았고, 안주를 사 오겠다는 핑계를 대고 혼자 정자를 빠져나갔다. 그가 정자를 나간 직후부터 정자 주변은 기이한 살기로 뒤덮여 버렸다.

진산월 일행은 뜻하지 않은 곳에서 난데없는 함정에 빠져 버린 것이다.

제173장 심야혈풍(深夜血風)

예리한 눈으로 주위를 둘러보던 낙일방이 진산월을 향해 입을 열었다.

"상당히 많은 숫자로군요. 그중에서도 특히 다섯 명 정도는 저도 예측하기 힘든 고수들입니다."

진산월은 차분한 표정으로 물었다.

"너는 별 이상이 없느냐?"

낙일방은 고개를 끄덕였다.

"조금 전부터 취기가 계속 오르고 있습니다만, 이 정도면 몸을 움직이는 데 특별한 지장은 없을 것 같습니다. 장문 사형은 석 잔 정도 드신 것 같은데 괜찮으십니까?"

낙일방은 그나마 한 잔밖에 마시지 않았는데도 취기가 느껴지는 모양이었다.

"견딜 만하다."

진산월의 말에 옆에 있던 동중산의 표정이 조금 어두워졌다.

견딜 만하다는 건 몸 상태가 완벽하지는 않다는 뜻이었다. 진산월 같은 절정 고수가 술 석 잔에 몸에 이상을 느낄 정도이니 태백소가 얼마나 독한 술인지 알 수 있었다.

"산탁취정(散濁聚精)을 해 보셨습니까?"

산탁취정이란 내공을 이용하여 몸속의 주독(酒毒)을 없애는 방법이었다. 강호의 고수들 중에는 이 수법으로 취기를 이기는 경우가 많았다.

"조금 전에 해 보았지만 소용이 없었다. 단순한 주독은 아닌 모양이다."

동중산의 얼굴에 착잡한 표정이 떠올랐다.

"죄송스럽게도 제자는 별 도움이 못될 것 같습니다. 지금도 간신히 쓰러지지 않을 정도입니다."

동중산은 오랜만에 친구를 만난 기분에 제법 많은 양을 마셨으니 견디지 못할 게 뻔했다. 지금도 시간이 갈수록 그의 얼굴에 붉은 기가 짙어지고 눈빛이 흐려지는 것으로 보아 취기를 감당하기 힘든 모양이었다.

한쪽에서 불안한 표정으로 이들의 대화를 듣고 있던 손풍이 아무래도 안 되겠는지 자리에서 일어났다. 그러다 신형을 완전히 일으키기도 전에 휘청거리며 쓰러질 뻔했다.

"어?"

앉아 있을 때는 몰랐는데 막상 자리에서 일어나려니 머리가 핑 돌면서 몸을 제대로 가누지 못했던 것이다.

"내가 왜 이러지? 술 한 잔에 취했을 리도 없고……."

손풍은 멋쩍게 웃으며 아무렇지도 않은 듯 몸을 바로 세웠으나, 얼굴은 이미 붉게 달아올라 있었다.

진산월은 연신 고개를 갸웃거리고 있는 손풍을 향해 말했다.

"잠시 후에 공격이 시작되면 너는 중산에게서 떨어지지 않도록 해라."

손풍은 눈을 크게 떴다.

"예? 공격이라니요?"

진산월은 그 말에는 대꾸도 하지 않고 낙일방에게로 시선을 돌렸다. 낙일방은 그의 의중을 알았는지 인사불성인 채 한쪽에 쓰러져 있는 전흠을 힐끔 쳐다보고는 고개를 끄덕였다.

"전 사형은 제가 책임지겠습니다."

"부탁하마."

이어 유소응에게 고개를 돌리자 유소응은 어느새 일어나 초롱초롱한 눈으로 진산월을 보고 있었다. 진산월은 유소응과 시선이 마주치자 빙그레 웃었다.

"너는 나와 함께 움직이자꾸나."

유소응은 또렷한 음성으로 대답했다.

"예, 사부님."

전흠을 살펴본 낙일방이 진산월에게 다가왔다.

"다행히 전 사형은 취해서 잠이 들었을 뿐 특별한 이상은 없는 것 같습니다."

제 173장 심야혈풍(深夜血風) 167

"잠이 들었다니 오히려 어설프게 취해 있는 것보다 나은 셈이다. 그의 검을 잘 챙겨라."

"알겠습니다."

낙일방은 날카로운 시선으로 다시 한 차례 주위를 둘러보고는 목소리를 낮추어 물었다.

"운문세가일까요?"

"곧 알게 되겠지."

진산월의 말이 끝나기도 전에 정자 밖의 송림 속에서 몇 개의 인영이 모습을 드러냈다. 그들은 별로 서두르지도 않고 느긋한 걸음으로 정자 위로 올라왔다.

모두 다섯 사람이었는데, 그중 한 사람은 안면이 있는 자였다.

유난히 새하얀 얼굴에 백삼을 걸친 공자는 진산월과 시선이 마주치자 이를 드러내며 웃었다.

"이게 누구신가? 쓸데없는 일에 끼어들기 좋아하는 종남파의 장문인 아니신가?"

백삼 공자는 다름 아닌 운문세가의 이 공자인 운자개였다. 그는 진산월의 손에 죽은 운자추의 이복형으로, 과거에 진산월 일행과 시비를 벌인 적이 있었다.

운자개는 진산월을 이리저리 살펴보더니 짐짓 눈을 휘둥그렇게 떴다.

"오, 헌칠하고 당당했던 모습은 어디로 사라지고 이렇게 초라한 몰골이 되셨을까? 그동안 못난 사제들을 돌보느라 마음고생이 많으셨던 모양이외다."

이어 그는 바닥에 굴러다니는 술 단지를 보며 웃었다.

"저 술은 백일취(百日醉)라고 부르기도 하는데, 한 잔만 마셔도 백 일 동안 취한다고 해서 붙은 이름이지. 워낙 귀한 것이라 나도 아직 마셔 보지 못했는데 비루먹게 생긴 장문인께선 잘 드셨나 모르겠군."

운자개의 비아냥거리는 말에 정작 당사자인 진산월은 가만히 있는데 오히려 옆에서 듣고 있던 손풍이 더 화를 냈다.

"장문인, 계집년도 아닌데 얼굴에 분첩을 처바른 것 같은 저 풍뎅이 새끼는 누굽니까?"

그 말에 운자개의 가뜩이나 하얀 얼굴이 핏기 한 점 볼 수 없을 정도로 창백하게 굳어졌다. 그는 평소에도 누가 자기의 얼굴색을 가지고 놀리는 걸 극도로 싫어했던지라 분첩 운운하는 손풍의 말에 불같은 살심이 끓어오른 것이다.

반면에 종남파 고수들은 항상 손풍의 말버릇 때문에 골치가 아팠었는데 지금은 오히려 통쾌감 같은 것이 느껴졌다.

운자개는 두 눈에서 진득한 살기를 뿜어내며 손풍을 노려보았다.

"정말 종남파의 잡종들은 하나같이 마음에 드는 구석이 없구나. 오늘 네놈은 반드시 내 손으로 찢어 죽이겠다."

말로 하는 공갈 협박이라면 서안에서 질리도록 경험하여 누구보다도 일가견이 있는 손풍이었다. 손풍은 조금도 기가 죽지 않고 오히려 눈을 부라렸다.

"정말 여자 같은 말만 하는구나. 너 같은 놈 마음에 들어 무엇

하겠느냐? 이 어르신이야말로 오늘 네놈의 껍질을 홀라당 벗겨 진짜 계집년이 아닌지 확인하고야 말겠다."

운자개는 너무도 화가 치밀어 제대로 말을 잇지 못했다.

그때 운자개의 옆에 서 있는 금의를 입은 노인이 앞으로 나서며 불쑥 입을 열었다.

"종남파가 강호에 이름을 날린 이유가 무공 때문이 아니라 입심 때문이었구나."

금의 노인은 얼굴이 대춧빛으로 붉었고, 노인답지 않게 당당한 체구를 가지고 있었다. 호화로운 금의에 허리춤에는 청옥(靑玉)으로 만든 요대를 차고 있었으며, 머리는 잡티 하나 없는 백발이었다.

특히 부리부리한 호목(虎目)에서 뿜어져 나오는 안광은 어찌나 강렬했던지 주위를 질식시킬 것만 같았다.

금의 노인이 나서자 운자개는 입을 굳게 다문 채 뒤로 물러났다. 손풍 또한 금의 노인의 두 눈에서 이글거리는 신광을 보고는 자신이 나설 상대가 아니라고 판단했는지 슬그머니 진산월 뒤로 몸을 숨겼다.

진산월은 금의 노인의 패도무쌍한 모습을 보자 문득 떠오르는 이름이 있었다.

"귀하는 혹시 패황권(覇荒拳) 단소광(段霄光)이 아니오?"

금의 노인은 호탕한 웃음을 터뜨렸다.

"흐하하…… 한눈에 노부를 알아보다니 과연 대단한 안목이구나. 노부가 바로 단소광이다."

금의 노인의 음성은 얼굴에 떠올라 있는 표정만큼이나 광오하고 거칠 것이 없었다.

단소광은 충분히 그럴 자격이 있는 인물이었다. 패황권이라는 별호처럼 그는 권법에 관한 한 강북 무림에서도 몇 손가락 안에 꼽히는 절정 고수였다. 특히 금혼신공(金魂神功)과 철마권법(鐵魔拳法)의 양대 절기는 수십 년간 그의 명성을 확고하게 만든 유명한 무공들이었다.

단소광은 패도적인 무공만큼이나 성정(性情) 또한 과격하기 이를 데 없는 인물이었다. 그런 그의 성격은 말투에서도 그대로 드러났다. 한 문파의 장문인인 진산월을 나이 어린 후배 대하듯 하는 것이다.

"네가 요즘 강호에서 제법 명성을 날리고 있다는 말을 들었다. 하지만 노부 앞에서는 어림도 없는 얘기다."

단소광은 진산월에 대한 소문은 많이 들었지만, 강호의 소문이 대개 그러하듯 적지 않게 과장되어 있을 거라고 생각했다. 설사 진산월이 어머니 배 속에서부터 무공을 익혔더라도 자신의 웅혼(雄魂)한 내공 앞에서는 제대로 힘을 쓰지 못할 거라고 확신하고 있었다.

진산월은 단소광의 오만함이 가득 담긴 표정을 일견하고는 내심 생각을 굴렸다.

'운자개는 쉽게 흥분을 하는 성격이고, 단소광은 세심함이 부족해서 이런 일을 꾸밀 자로는 어울리지 않는다. 필시 오늘 일을 주재하는 다른 누군가가 있을 것이다.'

진산월의 시선이 자연스럽게 단소광과 함께 나타난 다른 인물들에게로 향했다.

단소광의 옆에는 얼굴이 길쭉하고 눈빛이 차가운 남삼 중년인과 유난히 키가 작은 갈의 노인이 나란히 서 있었다. 두 사람은 눈을 빛낸 채 진산월을 주시하고 있다가 그와 시선이 마주치자 남삼 중년인이 먼저 입을 열었다.

"나는 칠살검(七煞劍) 도종(陶宗)이라 하오."

갈의 노인이 그 뒤를 이었다.

"노부는 구풍도(九風刀) 포렴(包廉)이라네. 만나서 반갑네."

진산월은 담담한 음성으로 말했다.

"이제 보니 검도쌍괴(劍刀雙怪) 두 분이셨구려. 몰라 뵈어 죄송하오."

칠살검과 구풍도!

그들 또한 강호의 이름난 고수들이었다. 도종은 검법이 날카롭기로 유명했으며, 포렴은 변화무쌍하고 다양한 도법으로 명성을 떨쳤다. 항상 쌍둥이처럼 붙어 다니고 기행(奇行)을 일삼았기 때문에 검도쌍괴라고 불리고 있으나, 이런 일을 계획할 만큼 치밀한 두뇌를 지닌 자들은 아니었다.

검도쌍괴에게서 반걸음 뒤쪽에 한 사람이 더 서 있었다. 우연인지 그 사람의 모습은 검도쌍괴의 그림자에 가려 선명하게 보이지 않았다.

진산월의 시선이 그에게 향하자 그 사람이 그림자 속에서 천천히 모습을 드러냈다.

누런 황삼(黃衫)을 입고 얼굴이 네모진 삼십 대 초반의 장한이었다. 약간 누리끼리한 얼굴에 송충이 눈썹을 하고 있었고, 옆구리에 고색창연한 보도(寶刀) 하나를 차고 있었다. 황삼인은 진산월이 계속 자신을 주시하고 있자 가볍게 고개를 까닥거렸다.

"난 한충(韓沖)이다."

짤막한 말이었으나, 그 음성을 듣자 낙일방이 경호성을 터뜨렸다.

"무정도(無情刀)!"

"내가 바로 무정도다."

황삼인이 무심한 표정으로 고개를 끄덕이자 낙일방이 바짝 긴장한 눈으로 그를 쳐다보았다.

한충은 오늘 나타난 사람들 중 강호에서의 명성이 단연 돋보이는 인물이었다. 물론 그의 도법이 그만큼 뛰어나기도 했지만, 더욱 중요한 이유는 그가 바로 무림구봉 중 도봉인 금도무적(金刀無敵) 양천해(梁天解)의 사제이기 때문이었다.

양천해는 도에 관한 한 백 년 내 무림에서 배출된 고수들 중 최고의 실력자로 자타가 인정하는 인물이었다. 그가 비록 거대한 세력을 형성하거나 문파를 이끄는 우두머리는 아니었으나, 사람들은 그를 하북팽가(河北彭家) 전체보다도 오히려 높게 평가하고 있었다.

그 양천해에게는 모두 네 명의 사제들이 있었는데, 사람들은 그들을 무적사도(無敵四刀)라고 불렀다. 한충은 무적사도 중에서 셋째로, 그들 중 가장 살기 짙은 도법을 뿌리는 인물로 알려져 있었다.

진산월은 담담한 눈길로 그들 다섯 사람을 찬찬히 둘러보더니 홀연 입을 열었다.

"다른 사람들도 모두 나오라고 하는 게 어떻겠소?"

그 말에 중인들의 표정이 조금 변했다.

단소광이 고리눈을 부릅뜬 채 진산월을 노려보고 있다가 이내 냉랭하게 웃었다.

"흐흐…… 과연 듣던 대로 배짱 하나는 두둑하군. 우리만으로도 부족하단 말이지?"

단소광이 슬쩍 손을 쳐들자 송림 속에서 검은 그림자들이 속속 튀어나왔다. 삽시간에 정자 주위는 수십 개의 인영에 완전히 포위되어 버렸다. 적지 않은 인원들이 움직이는데도 거의 소리가 들리지 않는 것으로 보아 그들 개개인이 상당한 무공을 지닌 인물들임을 짐작할 수 있었다.

진산월은 새삼 오늘 일이 당초 예상보다 흉험(凶險)할지 모른다는 생각이 들었다. 자신과 낙일방뿐이라면 몰라도 몸을 제대로 움직일 수 없는 사람이 네 명이나 있으니 그들을 모두 데리고 이곳을 빠져나가기란 결코 쉬운 일이 아니었다.

하나 속마음이야 어쨌든 겉으로 드러난 그의 얼굴은 아무런 표정의 변화가 없어 보였다.

"이렇게 많은 사람들이 야경을 구경하러 모여든 건 아닐 테고, 모두 나 때문에 온 거요?"

"흐흐…… 물어보나마나 한 이야기 아니냐? 너에게 용건이 있지 않다면 우리가 무엇 때문에 밤이슬을 맞으며 이곳에 왔겠느냐?"

"그런데 나는 아무리 기억을 더듬어 봐도 운자개 외에는 다른 사람들과 볼일이 없는 것 같구려."

"물론 우리는 너와 직접적인 원한은 없다. 하지만 강호에서는 한 사람만 건너면 친구나 적이 된다는 말이 있지."

"그렇다면 당신들은 운문세가의 부탁을 받았단 말이오?"

단소광은 냉소를 날렸다.

"흥! 운문세가가 비록 이 일대에서 위세가 당당하다고 하지만 노부에게는 관심 밖의 일이다."

옆에 있던 운자개가 움찔하여 단소광을 돌아보았다.

"단 대협, 그 말씀은 너무 지나치신 것 같습니다."

단소광은 자신도 말이 조금 심했다고 생각했지만, 나이도 어린 운자개에게서 직접 그런 말을 듣자 무안해져서 못마땅한 얼굴로 그를 힐끗 쏘아보았다.

"노부가 틀린 말을 한 건 아니지 않나? 그리고 지금 중요한 건 그게 아닐세."

운자개는 운문세가를 무시하는 듯한 단소광의 말에 내심 기분이 언짢았으나 그의 말대로 오늘의 목적은 진산월을 상대하는 일이었으므로 솟구치는 화를 꾹 눌러 참았다.

진산월은 이내 떠오르는 생각이 있었다.

'운문세가의 뒤에 다른 누군가가 있군.'

단소광이 무심결에 내뱉은 말은 핵심을 찌른 것이었다. 운문세가가 섬서성과 하남성 일대에서 몇 손가락 안에 꼽히는 명문 세가라 해도 오늘 이곳에 온 고수들 또한 만만한 인물은 한 사람도 없었다. 특히 다른 사람은 몰라도 무정도 한충은 절대로 운문세가가 마음대로 부릴 수 있는 사람이 아니었다.

단소광이 헛기침을 하고는 다시 입을 열려 했을 때, 한충이 빙긋 웃으며 천천히 앞으로 나섰다.

"단 노인은 다 좋은데 말이 너무 많은 게 흠이오. 어차피 우리가 이곳에 온 목적은 뻔한 것인데 쓸데없는 말만 늘어놓아서 무얼 하겠소? 밤이 더 깊어지기 전에 이만 시작합시다."

단소광의 얼굴에 노기 어린 붉은빛이 감돌았다. 하나 한충은 아무리 단소광이라도 함부로 대할 수 없는 고수인지라 분노의 화살이 고스란히 진산월 일행에게로 향했다.

검도쌍괴 도종과 포렴도 한충을 따라 각기 검과 도를 뽑아 든 채 앞으로 다가왔고, 단소광은 두 주먹을 불끈 쥔 채 당장이라도 달려들 듯한 기세였다. 삽시간에 장내의 공기가 팽팽하게 긴장되며 맹렬한 살기가 퍼져 나갔다.

진산월은 이미 유소응을 왼손으로 슬쩍 안아 들고 있었고, 낙일방 또한 전흠의 몸을 옆구리에 끼고 그의 검을 등 뒤에 매었다. 진산월의 뒤에 있던 손풍도 어느새 동중산의 옆에 있었는데, 동중산이 조금 전보다 훨씬 더 취기가 올랐는지 제대로 서지 못하고 연신 비틀거리는 바람에 그를 붙잡느라 쩔쩔매고 있었다.

한충은 천천히 진산월 앞으로 다가오면서 허리춤에 매달고 있던 보도를 뽑아 들었다.

스릉!

 나직한 도명(刀鳴)과 함께 그의 손에는 보기만 해도 섬뜩한 빛을 발하는 두 자 반 길이의 칼이 쥐였다. 한충은 그 칼로 비스듬히 자신의 얼굴을 가렸다. 몹시 특이한 기수식이 아닐 수 없었다.

 이미 사전에 계획을 한 듯 검도쌍괴 도종과 포렴은 진산월의 양쪽 옆으로 돌아가고 있었고, 단소광은 거친 기세로 낙일방을 향해 성큼성큼 다가갔다.

 "네 녀석이 젊은 층 중에서 주먹으로 최고라고 하더구나. 어디 노부의 패황권에 비해서 어떤가 한번 보자!"

 단소광은 불문곡직하고 낙일방을 향해 오른 주먹을 쭈욱 내뻗었다. 그야말로 평소의 성정을 나타내듯 화급한 일권(一拳)이 아닐 수 없었다.

 낙일방은 마음의 준비를 하고 있었기 때문에 추호도 당황하지 않고 묵령갑을 낀 주먹을 휘둘러 정면으로 맞서 갔다.

 쾅!

 주먹과 주먹이 정면으로 부딪히며 막강한 경기가 사방으로 퍼져 나갔다.

 두 사람은 각기 한 걸음씩 물러났다. 단소광은 낙일방의 주먹과 부딪힌 오른손에 적지 않은 통증을 느끼고 있다가 그가 자신과 똑같이 한 걸음밖에 물러나지 않자 내심 크게 놀랐다.

 '이 꼬마 놈의 내공이 나와 비슷하다니……'

 하나 그 놀라움은 이내 솟구치는 분노로 변해 버렸다.

 "오늘 네놈을 육포로 만들어 버리지 못한다면 내 성(姓)을 갈아

버리겠다!"

그는 거친 노호성을 터뜨리며 낙일방을 향해 맹렬한 기세로 달려들었다. 낙일방은 기분 같아서는 피하지 않고 마음껏 주먹을 휘두르고 싶었으나 왼쪽 팔에 전흠을 안고 있기 때문에 운신(運身)이 자유롭지 못했다. 그래서 어쩔 수 없이 종남산의 고동(古洞)에서 익힌 어운보(御雲步)를 펼쳐 일단 단소광의 주먹을 피하는 데 주력했다. 어운보는 소선 우일기가 남긴 일곱 종의 절학 중 하나로, 비선 조심향의 무염보에 못지않은 상승 무공이었다.

우우웅!

주위의 공기가 진동을 하는 듯한 음향과 함께 단소광의 두 주먹이 가공할 위세로 낙일방의 전신을 압박해 들어왔다. 단소광은 낙일방의 무공이 만만치 않다고 생각하여 처음부터 자신의 절기인 철마권법을 펼쳐 단숨에 승부를 내려 했다. 하나 낙일방의 어운보가 위력을 발휘하여 철마권법의 가공할 경력 속을 유연히 뚫고 지나갔다.

낙일방으로서는 다른 사람을 안고 싸우는 것은 두 번 다시 하고 싶지 않은 색다른 경험이었다. 두 주먹을 무기로 사용하는 사람이 한 팔을 쓰지 못하니 그 답답함은 이루 말할 수 없었다. 게다가 자신의 몸도 지키기 힘든 마당에 자신의 팔에 축 늘어져 있는 전흠에게 피해가 가지 않도록 신경을 써야 하기 때문에 반격은 꿈도 꾸지 못하는 상황이었다.

기분 같아서는 전흠이 어찌 되든 한쪽에 내던져 두고 마음껏 주먹을 휘둘러 단소광의 권법에 맞서고 싶었으나 그건 이루어질 수 없는 꿈에 불과했다.

'모처럼 권법의 고수와 싸우게 되었는데 이런 꼴이라니……'

낙일방은 준수한 얼굴을 찌푸렸으나 당장은 어운보를 최대한 이용하여 정면 대결을 피하는 것 외에 다른 방법이 없었다.

하나 그의 사정은 손풍과 동중산에 비하면 훨씬 나은 것이었다.

단소광이 낙일방을 향해 달려들 때 손풍에게도 한 사람이 다가왔다.

"흐흐…… 네놈은 내 몫이다."

손풍은 다가온 사람이 운자개임을 보자 절로 얼굴이 구겨졌다. 말로야 얼마든지 상대할 수 있지만 직접 손을 겨루면 무공의 고수인 운자개에게 자신은 단 일초도 받아 낼 수 없다는 걸 알고 있던 것이다.

운자개는 얼굴 가득 음산한 웃음을 흘리며 살광이 이글거리는 눈으로 손풍을 노려보았다.

"네놈을 찢어 죽인다는 말이 거짓인 줄 알았겠지만, 본 공자는 한 번 입 밖에 내뱉은 말은 반드시 실천을 하는 성미다."

손풍은 전혀 기가 죽지 않고 눈을 부릅뜨며 큰소리를 쳤다.

"내 성격도 바로 그렇다. 너같이 사내인지 계집인지 분간이 안 되는 놈은 이 어르신이 확실하게 판가름 내 주겠다."

운자개의 입술이 가늘게 떨리며 눈자위가 불그스름해졌다. 마음속의 살심이 참을 수 없을 정도로 치밀어 오른 모습이었다.

운자개는 더 이상 그와 입씨름을 하지 않으려는지 붉은 입술을 굳게 다문 채 손풍을 향해 몸을 날렸다. 바로 그 순간, 지금까지 손풍의 부축을 받으며 간신히 서 있던 동중산의 오른손이 움직였다. 그와 함께 그의 소맷자락 속에서 서너 개의 섬광이 튀어나와 운자개의 미간을 향해 날아갔다.

"흥! 허튼 수작을 부리는군."

운자개는 동중산이 암기를 펼쳐 내리라는 것을 미리 알고 있기라도 한 듯 조금도 놀라지 않고 한 차례 몸을 흔들었다. 그러자 동중산이 쏘아 보낸 암기들이 헛되이 허공을 가르고 지나가 버렸다.

"아깝다!"

그것을 본 손풍이 아쉬운 탄성을 내질렀다. 운자개는 마지막 발악을 하는 듯한 동중산의 공격도 우스웠고, 별로 대단할 것도 없는 공격을 보고 탄성을 터뜨린 손풍도 가소로워서 코웃음이 날 지경이었다.

'내가 기껏 이런 놈들이나 처리해야 하다니……'

기분 같아서는 진산월이나 낙일방을 상대하고 싶었으나 자신의 실력으로는 아무래도 자신이 없었다. 예전의 기억을 되짚어 보면 사 년 동안 실력이 늘면 얼마나 늘었겠느냐는 생각이 없는 것은 아니지만, 워낙 강호에서의 소문이 놀라운 것이어서 굳이 모험을 하고 싶지는 않았다. 소문의 절반만 사실이라 하더라도 자신은 죽었다 깨어나도 그들의 상대가 될 수 없었다.

게다가 자신은 이번 계획의 주재자도 아니었다. 애초에 정한 계획대로 자신은 눈앞의 이 별 볼 일 없는 두 놈만 해치우면 되는 것이다.

운자개는 먼저 동중산을 쓰러뜨리기로 결심하고 그를 향해 움직이기 시작했다. 진짜 죽이고 싶은 놈은 손풍이었지만, 원래 맛있는 음식은 가장 나중에 아껴 먹는 법이었다. 반격할 가능성이 조금이라도 있는 동중산을 먼저 제거한 다음 손풍이란 놈을 실컷 데리고 놀면서 잘근잘근 밟아 줄 생각이었다. 아마 그놈은 살아 있는 걸 후회하게 될 것이다.

그 얄미운 놈의 살점을 하나하나 발라 줄 생각을 하자 운자개는 짜릿한 쾌감이 밀려와서 자신도 모르게 붉은 혀로 입술을 축였다.

손풍은 그 모습을 보고 왠지 모를 섬뜩함에 가슴이 떨려 오면서도 욕지기가 치밀어 오르는 듯한 역겨움을 느꼈다.

'저놈은 하는 짓마다 정말 마음에 들지 않는군. 사내 녀석이 저게 무슨 해괴한 짓이란 말인가?'

운자개의 행동은 해괴할지 몰라도 무공 실력만큼은 상당한 것이었다. 불과 몇 초 되지 않아 동중산은 상반신이 온통 피투성이가 되었고, 손풍도 덩달아서 피하다가 옆구리에 주먹을 맞고 바닥에 쓰러져 버렸다.

동중산이 정상이었더라면 어쩌면 한 가닥 기회를 잡을지도 몰랐으나, 취기 때문에 제 한 몸 가누기도 힘든 형편이라 운자개의 공격에 속수무책으로 당할 수밖에 없었다.

'제발 누가 우리 좀 도와줘!'

손풍은 옆구리가 으스러지는 듯한 통증을 억누르며 마음속으로 그렇게 소리치고 있었다.

장내에서 가장 치열한 격전을 벌이고 있는 사람은 진산월이었다.

진산월은 자신의 정면에서 다가오는 한충을 경계하고 있었는데, 뜻밖에도 선공을 가해 온 것은 양옆에서 접근해 오던 도종과 포렴이었다. 그들의 공격은 예상을 훨씬 뛰어넘는 날카로운 것이었다.

도종의 검은 철저하게 진산월의 상체만을 노리고 날아들었다. 그의 검은 거의 직선(直線)으로 움직였는데, 그래서인지 빠르기가 상상을 초월할 정도였다. 게다가 동작의 대부분이 찌르기여서 여타의 검법과는 판이하게 달랐다. 진산월은 그의 검법이 동영(東瀛)에서 유래되지 않았을까 생각했으나 지금으로선 확인해 볼 수 없었다.

반면에 포렴의 도는 진산월의 하체를 집요하게 파고들었다. 그의 도는 변화가 무쌍하고 변초(變招) 속에 또 다른 변초를 숨기고 있어서 잠시만 한눈을 팔아도 치명적인 위험을 초래하는 것이었다.

그런 변화무쌍한 도가 하체만을 노리고 들어오니 막기가 참으로 곤란했다.

두 사람의 합공은 전혀 다른 방식의 공격을 톱니바퀴처럼 완벽한 호흡으로 조화시켜 상대를 곤궁에 빠뜨리게 하는 것이었다. 강호에는 그들이 합격진(合擊陣)을 익혔다는 말 같은 건 전혀 없었는데, 지금 그들의 모습을 보니 오래전부터 손발을 맞춰 왔던 것이 틀림없었다.

진산월은 유소응을 왼쪽 팔에 안은 채 천하삼십육검을 펼쳐 검도쌍괴의 합공에 맞서고 있었는데, 크게 열세에 몰리지는 않았으나 쉽게 우세를 점하지도 못했다.

유소응은 진산월의 옆구리에 매달린 채 자신의 눈앞으로 검광과 도기가 스치듯 지나가는 것을 눈도 깜박이지 않고 바라보고 있었다. 무시무시한 도검(刀劍)이 눈앞에 어른거리는데도 그의 얼굴에는 전혀 겁을 먹거나 두려워하는 빛이 보이지 않았다.

그의 간담이 크기 때문은 아니었다. 단지 그는 자신의 사부인 진산월에게 절대적인 믿음을 가지고 있기 때문이었다. 실제로 처음에만 조금 당혹스러웠을 뿐, 시간이 흐를수록 사부의 팔에 안겨 있는 것이 그다지 불편하지 않았다.

그토록 상대의 검이 예리하게 날아들고 도가 기이한 각도에서 짓쳐 들어도 사부의 검은 무척이나 수월하게 그들의 공세를 막고 있었다.

사부는 집요할 정도로 천하삼십육검의 초식들만을 사용하고 있었다. 처음에 유소응은 그것에 별로 신경을 쓰지 않았으나, 수십 초가 지나도록 진산월이 천하삼십육검만을 고집하는 것을 보고는 그 안의 의미를 깨닫게 되었다.

며칠 전에 유소응은 연회의 마지막에 진산월이 펼치는 천하삼십육검의 연무를 본 적이 있었다. 그리고 오늘 다시 진산월의 옆구리에 매달린 채 자신의 눈앞에서 펼쳐지는 똑같은 검초들을 목격하고 있었다. 당시에는 그저 화려하게만 생각했던 천하삼십육검의 초식들이 언제 사용되는지, 어떤 식으로 움직이고 있고 어느 정도의 위력을 가지고 있는지를 시간이 갈수록 조금씩 깨닫게 되었다.

'사부님은 내게 천하삼십육검의 변화들을 직접 보고 느끼게 해 주시려는 것이 아닐까?'

그런 생각을 하자 갑자기 가슴 한구석이 뜨거워졌다. 두 명의 고수들에게서 무서운 합공을 당하는 와중에도 사부는 자신에게 무공에 대한 눈을 뜨게 해 주려고 위험을 무릅쓰고 있는 것이다.

유소응은 사부의 그런 배려를 저버리지 않기 위해서 눈도 깜박이지 않고 사부의 검에서 펼쳐지는 천하삼십육검의 모든 초식들을 뚫어지게 바라보았다.

다시 오십여 초가 지나갔다. 그동안에 진산월은 천하삼십육검의 초식들 중 전반부와 중반부 이십사초를 연환(連環)하여 계속 사용했다. 아무리 그의 검술이 탁월하고 천하삼십육검이 다채로운 변화를 가지고 있다고 해도 도종과 포렴이 바보가 아닌 다음에야 자신들이 상대하고 있는 초식들이 계속 같은 것의 반복임을 모를 리가 없었다.

그제야 그들은 겉으로는 치열한 것 같았으나 사실은 진산월이 최선을 다하고 있지 않았다는 것을 깨달았다. 순간 두 사람의 얼굴이 딱딱하게 굳어지며 서로의 눈빛이 빠르게 교환되었다.

무공도 모르는 어린아이를 데리고 있으면서도 자신들의 합공을 백여 초나 가볍게 막아 내는 절세의 고수를 지금까지와 똑같은 방법으로 격파할 수는 없었다. 무언가 특별한 조치가 필요했다.

짧은 시선을 교환하는 사이에 그들은 마음을 결정했다.

그동안 직선으로만 움직이던 도종의 검이 갑자기 유연한 곡선을 그리며 진산월의 인후혈을 찔러 왔다. 좌에서 우로 비스듬히 파고 들어오는 그 검초는 진산월에게 가까이 올 때쯤 검봉이 흔들리더니 갑자기 수십 개의 검화를 그려 냈다.

"앗?"

진산월의 옆구리 쪽에서 아이의 짤막한 외침 소리가 들려왔다. 유소응이 갑자기 변한 도종의 검에 놀라 자신도 모르게 경호성을 내지른 것이다.

그와 함께 진산월의 하체를 노리고 날아들던 포렴의 칼 또한 지금까지와는 달리 무섭도록 빠른 속도로 짓쳐 들었다. 지금까지 포렴의 도는 변화가 다양하기는 했으나 속도가 그리 빠르지 않았는데, 지금은 마치 강호제일의 쾌도(快刀)인 질풍추혼(疾風追魂) 견동(甄動)을 보는 것 같았다. 견동은 천하제일쾌검인 분광검객 고심홍과 함께 무림쌍쾌(武林雙快)로 불리고 있는 절세의 도객이었다.

갑자기 변한 두 사람의 공격은 사람을 당혹스럽게 하기에 충분한 것이었다.

변화가 심한 도법으로 상대의 하체에 대한 움직임을 제어하고 빠르고 강력한 검법으로 상체를 공격하는 게 이제까지의 방식이었다면, 지금은 변화무쌍한 검광으로 눈을 어지럽히고 움직임이 둔해진 하체를 피할 사이를 주지 않는 빠른 도법으로 날카롭게 공격하고 있었다. 처음의 방식이 상체를 노리는 검이 주공(主攻)이었다면, 지금은 아랫배를 파고드는 도가 주공이었다.

하나 진산월은 조금도 표정이 변하지 않았다. 그는 한눈에 두 사람이 서로 상대방의 무공을 바꾸어 전개한 것임을 알아보았던 것이다.

그는 적절한 시기에 몸을 허공으로 띄워 아랫배를 찔러 오는 포렴의 도를 매우 수월하게 피한 후 위에서 아래로 떨어져 내리며 용영검을 수직으로 내리그었다. 지금까지 펼쳤던 초식과는 다른, 천하삼십육검 중 후반 십이초 중 하나인 천하수조였다.

쾌애액!

마치 도끼로 장작을 패는 듯한 음향이 터져 나오며 도종이 만들어 낸 수십 개의 검화들이 모조리 깨어졌다. 검화들이 사라진 자리에는 두 눈을 경악으로 부릅뜬 도종의 얼굴이 드러나 보였다.

도종의 미간에 한 줄기 붉은 선이 나타나더니 이내 그 선이 콧등을 지나 입술을 타고 아래로 쭉 그어졌다. 진산월은 유소응의 몸을 팔뚝에 낀 후 그의 몸을 잡고 있던 왼손으로 살며시 그의 눈을 가렸다. 다음 순간, 도종의 몸은 그대로 두 조각으로 갈라져 버렸다.

"이…… 이럴 수가……."

포렴은 학질 걸린 사람처럼 이를 달달 떨며 망연자실한 표정이었다.

장내의 싸움도 어느새 그쳐 있었다. 너무도 처참한 도종의 죽음에 모두들 자신들도 모르게 일순간이나마 손을 멈추고 만 것이다.

한쪽에서 보도를 든 채 다소 느긋한 표정으로 진산월과 검도쌍괴의 싸움을 지켜보고 있던 한충 또한 얼굴이 철갑을 씌운 듯 딱딱하게 굳어졌다. 그는 승부가 이토록 단숨에 갈리리라고는 미처 예상치 못하고 있었다.

백초가 지나도록 검도쌍괴는 진산월을 쓰러뜨리지 못했지만, 진산월 또한 특별히 그들을 압도한다고 할 수 없어서 좀 더 지켜보다가 결정적인 순간에 끼어들 생각이었던 것이다. 그런데 검도쌍괴가 갑자기 수법을 변화시켜 조금 전과 비할 수 없는 괴이한 살수를 날렸다 싶더니 순식간에 승부가 가려지고 오히려 도종이 두 조각 나 버렸다. 포렴은 이미 기가 꺾여서 더 이상 싸울 수 없는 상태였다.

한충은 천천히 진산월의 앞으로 걸어갔다.

"무서운 솜씨군. 소문보다 더 독한 솜씨야."

진산월은 아무 말도 하지 않고 용영검을 들어 그를 가리켰다.

그것을 본 한충의 얼굴에 차가운 미소가 떠올랐다.

"말 같은 건 필요 없다는 건가? 하긴…… 이런 상황에서는 어떠한 말도 의미가 없는 것이겠지."

한충은 수중의 도를 자신의 얼굴 부위까지 올리더니 천천히 돌리기 시작했다. 손목만을 살짝 이용하는 것 같은데 두 자 반이 넘는 도가 마치 장난감처럼 그의 손안에서 회전하기 시작했다. 멀리서 보면 손에 커다란 바람개비를 든 것 같은 모습이었다.

하나 회전하는 도는 바람개비와는 비교도 할 수 없을 만큼 흉험한 것이었다.

우우우웅…….

점점 회전하는 속도가 빨라지면서 사람의 마음을 뒤흔드는 듯한 괴이한 음향이 울려 퍼졌다. 그와 함께 주위의 공기를 짓누르는 듯한 압력이 느껴지더니 마침내 한충의 손에서 맹렬하게 회전하던 보도가 폭발하듯 진산월을 향해 날아왔다.

한충의 이 특이한 도법은 겁륜구절도(劫輪九截刀)라는 것이었다. 겁륜구절도는 무서운 속도로 회전하는 도의 기세 때문에 당하는 사람은 스치기만 해도 참혹한 꼴로 변하고 만다. 그래서 많은 사람들이 무적사도 중에서도 그를 제일 두려워했다.

지금 진산월을 향해 날아오는 보도는 어찌나 빨리 회전하던지 마치 거대한 둥근 원반이 날아오는 듯한 착각이 들 지경이었다.

진산월은 피하지 않고 자신의 앞으로 육박해 들어오는 보도를 용영검으로 후려쳤다.

따따따땅!

단 한 번 마주쳤을 뿐인데도 용영검과 한충의 보도는 무려 일곱 번이나 격돌을 했다. 그 격돌은 점차 커져서 종내에는 듣는 사람의 귀청을 찢어 놓을 듯한 소리가 터져 나왔다. 진산월은 용영검을 쥔 손에 상당한 통증을 느끼고 내심 놀랐다.

'정말 특이한 도법이로군. 도를 이런 식으로 사용할 수도 있는 건가?'

용영검과 부딪힌 보도는 회전하는 기세를 조금도 잃지 않고 오히려 공이 튀어 오르듯 전혀 다른 각도로 계속 날아들었다. 진산월은 다시 용영검으로 보도를 후려쳤다.

따따땅!

격렬한 마찰음과 무시무시한 검기가 사방으로 휘몰아쳤다. 두 사람은 한 치도 물러나지 않은 채 계속적으로 검과 도를 정면으로 맞부딪혔다. 한충의 보도는 부딪히면 부딪힐수록 계속 튀어 올라 더욱 맹렬한 속도로 진산월의 허점을 파고들었다. 한 치만 방심해도 그 무섭게 회전하는 칼날은 여지없이 상대의 숨통을 끊어 놓을 게 분명했다.

　겁륜(劫輪)이라는 말이 고스란히 실감 나는 장면이 아닐 수 없었다.

　진산월의 옆구리에 매달려 있는 유소응도 조금 전과는 차원이 다른 살벌함을 느끼고 있었다. 검과 도가 부딪힐 때마다 터져 나오는 파열음에 고막이 먹먹해졌고, 그때마다 사방으로 퍼져 나가는 검기와 도기는 피부에 소름이 돋게 했다.

　그중 한 번은 도기 한 가닥이 자신의 얼굴 정면으로 날아온 적도 있었다. 순간적으로 눈을 질끈 감았다가 다시 떠 보니 어느새 진산월의 검기가 그 도기를 막아 내어 한숨을 돌리기도 했다.

　지금도 한충의 보도는 진산월의 검을 맞고 튀어 오르더니 오른쪽 옆구리로 파고들었다.

　무슨 놈의 칼이 살아 있는 생명체처럼 스스로 제멋대로 움직이는지 유소응으로서는 당최 눈으로 보고도 이해가 되지 않았다. 그 안에 얼마나 치밀한 손의 조종과 섬세하면서도 강력한 진기의 흐름이 담겨 있는지는 지금의 유소응으로서는 알 수도 없었고 느낄 수도 없었다. 그저 막연히 정말 무서운 칼이라고만 생각할 뿐이었다.

　진산월은 막 용영검으로 보도를 막으려다 무슨 생각을 했는지 갑자기 신형을 뒤로 움직였다. 그 바람에 무섭게 파고들던 보도가 텅 빈 공간을 난자하듯 선회하더니 다시 되돌아갔다.

지금까지 진산월이 상대의 공격에서 뒤로 물러난 적은 한 번도 없었기 때문에 유소응은 의아함을 느꼈다. 뒤로 물러난 진산월의 몸이 어딘가로 빠르게 움직였다.

유소응은 그저 귓전으로 스치는 바람 소리에 눈을 크게 뜨고 있다가 이내 진산월이 무엇 때문에 뒤로 물러났는지를 알게 되었다. 한쪽에서 운자개에게 공격을 당하고 있던 동중산과 손풍이 절체절명의 위급한 순간에 처해 있는 것이다.

동중산은 그동안 운자개의 손에서 용케도 쓰러지지 않고 버텨 왔다. 운자개가 그를 경시하여 전력을 기울이지 않은 탓도 있지만, 결정적인 순간마다 손풍이 방해를 해 왔던 탓이 컸다.

방해라고 해 봤자 마구잡이 주먹질과 욕설뿐이었지만, 워낙 물불을 안 가리고 막무가내로 덤벼 오는지라 운자개의 신경이 분산되어 동중산을 쓰러뜨리는 데 집중할 수 없었던 것이다.

원래 손풍도 처음부터 자신의 몸을 돌보지 않고 사력을 다해 맞설 생각은 없었다. 그런데 운자개가 일부러 자신은 공격하지 않고 동중산만을 집요하게 노리는 것을 보고는 그의 속셈을 짐작할 수 있었던 것이다. 동중산이 쓰러지는 순간이 바로 자신이 운자개에게 된통 당하는 때였다.

그걸 알게 되자 손풍도 마냥 손을 놓고 뒤로 물러나 있을 수만은 없었다. 어차피 이판사판이라고 생각한 손풍은 동중산이 위기에 처할 때마다 온갖 욕을 퍼부으며 운자개에게 주먹을 휘둘렀다.

운자개 입장에서는 참으로 가소롭기 그지없는 일이었으나, 처음에는 별 신경도 쓰지 않고 피하기만 하다가 보니 제법 시간이 흘렀는데도 아직도 동중산을 쓰러뜨리지 못하고 있었다. 결국 분노가 폭발한 운자개는 손풍을 나중에 따로 요리할 생각을 포기하고 본격적인 살수를 쓰기 시작한 것이다.

운자개는 전신의 경력을 양손에 담아 오른 주먹으로는 동중산의 관자놀이를 후려쳐 갔고, 왼손은 손바닥을 칼날처럼 세워 손풍의 목덜미를 찔러 갔다. 그의 이 수법은 부권도수(斧拳刀手)라는 것으로, 양손을 권(拳)과 장(掌)으로 변환시켜 단숨에 두 사람의 목숨을 끊어 버리는 무서운 무공이었다.

진산월은 격전을 벌이고 있으면서도 장내의 광경을 면밀히 파악하고 있었다. 그래서 동중산과 손풍이 위기에 처하자 즉시 전권(戰圈)에서 벗어나 그쪽으로 몸을 날린 것이다.

운자개는 막 동중산의 머리를 부수려다가 등 뒤에서 무언가 엄청난 기운이 다가옴을 느끼고 힐끗 돌아보았다. 그의 얼굴이 시커멓게 변했다. 하나의 검이 엄청난 기세로 자신을 향해 쏘아져 오고 있는 것을 발견한 것이다. 그 검의 위세가 어찌나 가공스러웠던지 운자개는 상대할 엄두도 내지 못하고 그대로 바닥으로 몸을 굴렀다.

쑤아앙!

듣기만 해도 모골이 송연해지는 음향과 함께 무시무시한 검기가 그의 머리 위를 스치고 지나갔다. 운자개는 삼 장이나 데구루루 구른 후에야 간신히 몸을 일으켰다. 바로 그때 그의 귀로 차가운 음성이 들려왔다.

"몸이 느리군. 이 정도 실력으로 본 파를 건드리려고 했나?"

운자개는 가슴이 덜컥 내려앉음을 느끼고 재차 몸을 날리려 했다. 하나 그 순간 허공에서 하나의 발이 불쑥 튀어나와 그의 아랫배에 사정없이 틀어박혔다. 검을 날린 진산월이 어느새 다가와 그의 배를 발로 걷어찬 것이다.

"크윽!"

운자개는 아랫배를 작살에 꿰뚫리는 듯한 통증에 입을 딱 벌렸다. 시커먼 핏물이 꾸역꾸역 흘러나오며 가뜩이나 창백했던 얼굴이 핏기 한 점 없이 백지장처럼 새하얗게 변했다.

단순한 발길질이었으나 운자개로서는 난생처음으로 당해 보는 지독한 고통이었다. 운자개는 숨도 제대로 쉬지 못하고 허리를 구부린 채 바닥에 엎드려 있었다. 그의 입과 코로는 계속 시커먼 선혈이 흘러나왔다.

그때 거친 숨소리와 함께 누군가가 운자개에게 달려들었다.

"이놈, 이번에는 내 차례다."

운자개의 손에 목이 잘려 나갈 뻔했던 손풍이 어느새 다가와 바닥에 엎드려 있는 운자개의 몸 위로 올라탔다. 그러고는 그의 몸을 사정없이 두들겨 패는 것이다.

퍽! 퍽!

운자개는 아랫배를 맞을 때의 충격으로 단전이 파괴되어 꼼짝도 할 수 없었다. 삽시간에 그의 몸은 유혈이 낭자해졌고, 얼굴이 퉁퉁 부어올라 형체를 알아보기 힘들 정도가 되었다.

그래도 손풍은 손길을 늦추지 않고 사정없이 주먹을 휘둘렀다. 어찌나 험악하게 때리는지 손풍의 주먹도 뼈에 금이 갈 정도였다.

 "끄으응……."

 마침내 운자개는 온몸이 부서지는 듯한 통증을 이기지 못하고 정신을 잃고 말았다. 그때는 이미 그의 얼굴은 사람의 몰골을 하고 있지 않았다. 운자개의 몸이 축 늘어지자 손풍은 그의 옷을 찢기 시작했다. 껍질을 홀라당 벗기겠다는 자신의 말을 실천하려는 모양이었다.

 그때 한충의 도가 예의 무시무시한 회전을 동반하며 날아들었다.

 진산월의 눈에서 모처럼 번뜩하는 섬광이 뿜어져 나왔다.

 "당신의 도는 이미 실컷 구경했으니 이제 그만 끝내야겠소."

 진산월은 옆구리에 안고 있던 유소응을 빠르게 내려놓고는 한충의 도가 날아오는 곳으로 몸을 날렸고, 눈치가 비상한 유소응은 바닥에 내려서자 재빨리 동중산이 있는 곳으로 달려갔다.

 진산월의 검이 지금까지와는 전혀 다른 변화를 일으키기 시작했다. 그는 한충의 도를 후려치지 않고 도가 회전하는 한복판으로 검을 찔러 넣었다. 단순한 동작 같았는데도 구름 같은 검기가 일어나더니 그토록 무섭게 회전해 들어오던 도의 가운데에 뻥 구멍이 뚫려 버렸다. 드디어 진산월이 유운검법을 펼친 것이다.

 한충은 자신이 펼친 겁륜탈혼(劫輪奪魂)이 상대의 일검에 위세를 잃고 허점을 드러내자 흠칫 놀라더니 얼굴을 딱딱하게 굳혔다.

 "과연 명불허전이구나! 하지만 이 정도로는 어림없다."

그의 손이 거의 눈에 보이지도 않을 정도로 빠르게 움직였다. 그러자 도의 회전하는 속도가 다시 빨라지며 삼엄한 도기를 사방으로 뿌려 댔다.

진산월은 오히려 앞으로 성큼 다가서며 유운검법 중 운무중첩과 운중암전을 거푸 전개했다. 그러자 무섭게 확산되어 나가던 도기들이 급격히 줄어들더니 한충의 몸이 뒤로 주르르 밀려났.

한충의 앞가슴은 어느새 맨살이 훤히 드러나 있었고, 군데군데 핏물이 보였다.

"정말 무서운 검법이구나……."

한충의 입에서 자신도 모르는 침음성이 흘러나왔다. 하나 그는 이내 이를 악물며 재차 겁륜구절도의 절초들을 펼쳐 진산월을 공격해 들어갔다.

두 사람의 격전은 처음과는 전혀 다른 양상으로 전개되었다. 검과 도가 한 번도 마주치지 않았고, 무시무시한 검기와 도기만이 장내를 폭풍처럼 휩쓸고 있었다.

그 여파가 어찌나 살벌했던지 한쪽에서 싸우고 있던 낙일방과 단소광 또한 영향을 받고 싸움 장소를 옆으로 이동할 정도였다. 동중산과 유소응 등은 이미 멀찌감치 떨어진 곳까지 물러난 상태였다.

파파파팡!

검기와 도기가 뒤섞이더니 곧이어 짤막한 신음성이 터져 나왔다.

"윽……."

한충은 상반신이 온통 피투성이가 된 채 뒤로 주춤주춤 물러났다. 그토록 가공할 겁륜구절도로도 진산월의 검을 당해 내지 못하는 것이다.

한충의 위급함을 알았는지 정자 주위에 늘어서 있던 수십 명의 흑의인들이 일제히 정자 안으로 뛰어들었다. 그 바람에 정자 안은 삽시간에 아수라장이 되고 말았다. 진산월은 한충을 공격하려다 자신을 향해 달려드는 흑의인들을 먼저 상대해야만 했다.

파파팍!

검광이 번뜩이며 피가 비처럼 정자 안을 뒤덮었다.

"크아악!"

처절한 비명 소리가 거푸 터져 나오는 가운데 순식간에 네 명의 흑의인들이 그의 검에 쓰러져 버렸다.

하나 한쪽에 몰려 있던 동중산과 손풍 등은 이내 위급한 처지에 놓이게 되었다.

진산월은 이런 난전(亂戰)이 벌어질 것을 가장 염려했기 때문에 즉시 동중산이 있는 곳으로 몸을 날리며 낙일방을 향해 전음을 날렸다.

"일방, 강변으로 몸을 피해라."

진산월은 동중산을 향해 칼을 휘두르던 흑의인 두 명과 유소응을 공격하던 한 명을 단숨에 베어 버린 후 다시 유소응을 안아 들더니 동중산을 향해 빠르게 말했다.

"손풍을 데리고 강 쪽으로 가라. 뒤는 내가 맡겠다."

동중산은 운자개와 싸우면서 제법 많은 부상을 당했으나 그 바람에 오히려 취기가 조금 깨어 있는 상태였다. 그는 즉시 고개를 끄덕이며 아직도 한쪽에서 운자개의 옷을 찢고 있는 손풍의 뒷덜미를 잡아끌었다.

"놔요. 조금만 더하면 이놈을 아주 벗겨 버릴 수 있다구요."

손풍이 끌려가지 않으려고 바둥거렸으나 동중산은 아무 말도 하지 않고 그의 팔을 잡은 채 정자 밖으로 몸을 날렸다.

흑의인들이 그의 뒤를 따르려 할 때 갑자기 정자 안이 온통 구름 같은 검영에 휩싸여 버렸다.

파파파파파…….

보이는 것은 오직 새하얀 검광과 혈우(血雨)뿐이었다. 낙일방과 단소광조차도 그 검광의 폭풍을 감당하지 못하고 싸움을 멈추고 정자 밖으로 뛰쳐나오고 말았다.

"크아악!"

"아악!"

끔찍한 비명이 장내를 뒤흔들었다. 그와 함께 정자는 완전히 박살 나서 그대로 주저앉아 버렸다.

잠시 후에 먼지가 가라앉자 장내의 광경이 드러났다.

사십 명이 넘던 흑의인들 중 불과 일고여덟 명만이 살아 있었다. 그들은 서로를 멍하니 바라보고 있었고, 단소광 또한 망연자실한 모습이었다.

"이…… 이 정도일 줄이야……."

단소광은 신검무적의 검법이 뛰어나다는 말은 들었지만 자신의 예상을 훨씬 웃도는 광경에 적지 않은 충격을 받았다. 조금 전에 자신이 보았던 것은 그야말로 개세적(蓋世的)이라고밖에는 표현할 수 없는 장면이었다.

단순히 검을 휘두르기만 했는데도 어찌 그런 위력이 나타날 수 있단 말인가?

진산월 일행은 이미 어둠 속으로 사라져 아무도 보이지 않았다.

단소광은 그들의 뒤를 쫓을 엄두도 내지 못한 채 그 자리에 우두커니 서 있었다.

그때 한 사람이 그에게 다가왔다.

"그들은 어디로 갔소?"

단소광이 돌아보니 한충이 비틀거리며 걸어오고 있었다. 상반신이 온통 피로 물들어 있었고 머리는 잔뜩 헝클어져 봉두난발이 되었으나, 다행히 치명적인 부상은 입지 않은 듯 눈빛은 여전히 강렬했다.

단소광은 한충의 실력을 잘 알고 있기 때문에 한충이 이토록 낭패한 모습을 보이리라고는 전혀 예상치 못하고 있었다. 그래서 자신도 모르게 더듬거리며 물었다.

"자네…… 몸은 괜찮나?"

한충의 풀어헤쳐진 머리카락 사이로 드러난 얼굴은 창백하게 굳어 있었다.

"아직은 움직일 만하오. 하지만 신검무적이 한 번만 더 공격해 왔다면 이렇게 서 있지 못했을 거요."

단소광은 몸을 한 차례 부르르 떨었다.

"정말 믿을 수 없군. 자네의 검륜구절도가 어떤 무공인데……."

"하늘 위에 하늘이 있는 법이오. 그보다 그들이 어디로 갔는지 보았소?"

단소광은 어둠 속의 한 부분을 가리켰다.

"강 쪽으로 간 것 같네. 더 늦기 전에 어서 뒤쫓아 가세."

"서두를 필요 없소."

한충은 황급히 몸을 날리려는 단소광을 제지하고는 한곳으로 시선을 돌렸다.

"이미 그쪽은 철저하게 대비가 되어 있을 테니까. 그렇지 않소?"

한충이 보고 있는 어둠 속에서 한 사람의 신형이 불쑥 나타났다. 그는 새하얀 백의를 입고 있는 젊은 청년이었는데, 어둠 속에서도 훤히 알 수 있을 만큼 준수한 용모를 지니고 있었다.

백의 미남자는 철갑을 씌운 듯 차가운 얼굴로 한충을 힐끗 보더니 고개를 끄덕였다.

"만약의 사태에 대비해 몇 가지 준비해 놓은 게 있기는 하지. 하지만 당신들로서도 어쩌지 못했다면 그것도 장담할 수는 없소."

한충은 백의 미남자를 한참 동안이나 쳐다보더니 눈을 살짝 찡그렸다.

"그가 저 정도의 고수라는 걸 왜 말하지 않았소?"

백의 미남자의 표정도 그리 밝지만은 않았다.

"솔직히 저 정도이리라고는 나도 알지 못했소. 내가 아는 것은 사 년 전의 그였으니까. 그동안 실력이 많이 늘었다는 말은 들었지만 당신이라면 충분히 감당할 수 있을 줄 알았지."

백의 미남자는 말을 하다 말고 무슨 생각이 들었는지 고개를 갸웃거렸다.

"하긴…… 얼마 전에 잠깐 보았을 때 예전과는 달라졌다는 느낌이 들긴 했지. 매장원도 당해 내지 못할 실력이니 오죽하겠소? 하지만 당신의 그 특이한 도법이라면 쉽게 패하지는 않을 거라고 생각했는데, 내가 틀린 모양이오."

백의 미남자는 자신을 책했지만 한충은 오히려 자신을 책망하는 것으로 받아들였는지 표정이 좋지 않았다.

"그 태백소인가를 너무 믿었던 건 아니오? 그자는 아무런 영향도 받지 않았던 것 같던데……."

백의 미남자는 속으로 중얼거렸다.

'전혀 영향이 없었던 건 아니지. 만약 그가 태백소를 마시지 않았다면 승부가 좀 더 빨리 가려졌을 테니까.'

백의 미남자는 형일환의 보고를 듣고 진산월이 태백소를 석 잔 정도 마셨다는 것을 알고 있었다. 태백소 석 잔이면 자신이 애초에 기대했던 양은 아니었지만 그래도 몸의 움직임에 상당한 지장을 초래할 정도는 되었다.

절정 고수들 간의 격전은 아주 사소한 것으로도 치명적인 결과를 초래하게 되니 그 정도라면 한충에게도 충분한 승산이 있을 거라고 생각했는데, 진산월의 무공이 자신의 예상보다 훨씬 더 고강하여 반대의 결과가 나왔던 것이다.

하나 자존심 강한 한충에게 그런 말을 밝혀 그를 자극할 필요는 없었다. 한충도 어리석은 사람은 아니니 어느 정도는 짐작하고 있을지도 몰랐다.

한충은 생각에 잠겨 있는 백의 미남자를 보더니 다시 물었다.

"이제 어떻게 할 거요? 당신의 준비로도 자신이 없다면 오늘 일은 틀린 게 아니오?"

백의 미남자는 준수한 얼굴에 차가운 미소를 떠올렸다.

"강호의 일이 꼭 무공으로만 해결되리라는 법이 있소? 그가 비록 내 예상을 뛰어넘는 절정 검객이긴 하지만 강물 위에서라면 사정이 달라질 거요."

한충은 귀가 번쩍 뜨이는 모양이었다.

"강물 위라니?"

백의 미남자는 진산월 일행이 사라진 강변을 턱으로 가리켰다.

"저쪽으로 가면 위수를 건너는 것 외에는 다른 길이 없소. 그러니 그들이 운 좋게 배를 구할 수 있다 하더라도 결국은 강으로 갈 수밖에 없지 않겠소?"

"그렇다면……."

백의 미남자의 두 눈에 진득한 살광이 번뜩였다.

"배를 타고 강으로 도망가는 순간, 그는 고기밥 신세를 면치 못할 것이오. 오늘이야말로 신검무적의 제삿날이 될 것이오."

제 174 장
위수풍운(渭水風雲)

제174장 위수풍운(渭水風雲)

강바람은 아직 차가웠다.

검은 물살이 일렁이는 가운데 얼마 전까지만 해도 강물 위를 환하게 밝혔던 그 많은 화방들이 거의 보이지 않았다. 삼경(三更)이 가까워 오는 시간이니 당연한 일이었으나, 화방이 대부분 사라져 컴컴해진 강변은 왠지 모를 스산함이 느껴졌다. 달도 없는 검은 하늘이 더욱 그러한 느낌을 강하게 해 주었다.

진산월은 한 차례 주위를 둘러보고는 동중산을 향해 물었다.

"몸은 어떠냐?"

동중산은 여기저기에 멍이 들고 얼굴에 마른 피가 잔뜩 묻어 있었으나, 눈빛은 조금 전보다 오히려 맑아져 있었다.

"다행히 뼈가 부러지거나 심하게 다친 곳은 없습니다."

진산월은 손풍에게로 시선을 돌렸다.

"너는?"

손풍은 인상을 잔뜩 찡그리고 있다가 짤막하게 말했다.

"괜찮습니다."

진산월은 손풍이 슬쩍 뒷짐을 지고 있는 것을 보고는 그에게로 다가갔다.

"손을 내밀어 보아라."

손풍은 머뭇거리다가 뒷짐 지었던 양손을 앞으로 내밀었다. 그의 양손은 퉁퉁 부어 있었다. 진산월은 그의 손을 만져 보고는 가볍게 꾸짖었다.

"아무리 화가 치밀었기로서니 자신의 몸을 상하게 하면서까지 화풀이를 해야 했느냐?"

손풍의 손은 운자개를 두들겨 패다 다친 것이었다. 어이없게도 일행 중 그의 부상이 가장 심해 보였다. 손등 뼈에 금이 가서 당장 완치가 힘들었던 것이다.

손풍은 아무 말도 하지 않고 끙끙거리고만 있었다. 때릴 때는 몰랐는데 시간이 흐를수록 손이 너무 아파서 말도 제대로 할 수가 없었다.

동중산이 어처구니가 없다는 듯 쓴웃음을 떠올렸다.

"모르는 사람이 보았다면 우리 중에서 손 사제가 제일 심하게 싸운 줄 알겠군."

손풍은 고통을 억누르느라 오만 가지 인상을 쓰면서도 동중산을 흘겨보며 쏘아붙이는 걸 잊지 않았다.

"그럼 남자가 되어 가지고 누구처럼 그런 기생오라비 같은 놈에게 맞고 있어야 한단 말이오? 적어도 나는 실컷 때려 보기라도 했소."

동중산은 그와 말다툼할 기력이 없는지 고개만 설레설레 흔들었다.

진산월은 직접 자신의 옷자락을 찢어 손풍의 손을 단단하게 동여매어 주었다. 동중산이 하겠다고 나섰으나 진산월은 고개를 저어 거절하고는 끝마무리까지 마친 다음에야 비로소 부드러운 눈으로 손풍을 바라보았다.

"적어도 삼 일 정도는 이 손을 쓰지 않도록 조심해라. 금이 간 뼈가 잘못 아물게 되면 앞으로 무공을 배울 때 큰 지장을 초래할 것이다."

손풍은 항상 무뚝뚝해 보이고 어렵게만 느껴졌던 장문인이 직접 옷자락을 찢어 붕대를 매어 주자 감격했는지 고분고분하게 머리를 숙였다.

"알겠습니다."

진산월은 특별히 다른 말은 하지 않고 손풍의 어깨를 가볍게 두드려 주었는데, 손풍은 그게 마음에 들었는지 진산월의 손이 닿은 자신의 어깨를 한 차례 으쓱거려 보았다.

진산월은 전흠을 돌보고 있는 낙일방에게로 다가갔다.

"그는 괜찮으냐?"

낙일방은 고개를 끄덕였다.

"다행히 별일은 없습니다. 그 단소광은 성미가 너무 급해서 피하는 것에 별 어려움은 없었습니다."

"단소광은 주먹 솜씨는 괜찮지만 너무 자부심이 강해서 명성에 비해 실력은 조금 뒤처지는 편이다. 고수의 조건은 강한 무공이 아니라 언제라도 침착성을 유지할 수 있는 평정심인데, 그는 그것이 부족하지."

"그런 것 같더군요. 제가 정면으로 맞서지 않고 피하기만 하니까 나중에는 자기 성질을 자기가 못 이겨 허둥거렸습니다. 다음에 만나면 그자에게 본 파의 무서움을 확실하게 보여 주겠습니다."

그렇게 말하는 낙일방의 얼굴에는 희미한 미소가 떠올라 있었다. 자신감과 여유가 섞여 있는 그 미소를 보자 진산월은 흐뭇한 생각이 들어 가슴이 뿌듯해졌다.

낙일방도 이제는 무작정 설쳐 대기만 하는 철부지가 아니었다. 초가보와의 싸움 이후 그는 무공으로나 성격적으로 부쩍 성장하여 이제는 충분히 믿고 일을 맡길 수 있을 정도가 되었다.

낙일방은 문득 생각난 듯 뒤를 돌아보았다.

"그런데 이자들이 쫓아올 기미를 보이지 않는 것을 보니 포기한 모양이군요. 처음의 분위기로 보았을 때는 이토록 쉽게 물러설 것 같지 않았는데 말입니다."

"둘 중 한 가지겠지. 아마 전열을 정비한 다음 본격적으로 추격해 오거나……."

낙일방의 눈이 번쩍 빛났다.

"아니면 우리가 이쪽으로 올 줄 알고 미리 대비하고 있을지도 모른다는 말씀입니까?"

진산월은 빙긋 웃었다.

"바로 그렇다."

볼수록 낙일방의 성장이 흐뭇한 진산월이었다.

때마침 그들에게 다가오던 동중산이 그 말을 들었는지 심각하게 굳은 표정으로 입을 열었다.

"저도 그게 걱정이 되어 조금 전부터 계속 주변을 살폈습니다만, 그 많던 화방들이 거의 대부분 사라져서 불빛이 보이지 않습니다. 더 늦기 전에 아무 배라도 하나 구해서 이동 수단을 확보하는 게 좋지 않겠습니까?"

낙일방이 의아한 듯 물었다.

"그럼 위남으로는 돌아가지 않을 생각입니까?"

"지금 상태에서 위남으로 돌아간다면 그들의 함정에 제 발로 뛰어드는 격이 될 겁니다."

낙일방도 그런 사실을 모르는 것은 아니었으나, 장복객잔의 별채에 맡겨 놓은 짐과 말들이 아까웠다. 특히 그 말들은 특별히 신경을 써서 고른 것들이라 나름대로의 애착도 있기에 아쉬움이 더욱 클 수밖에 없었다.

"이 시각에 배를 구한다는 것도 쉬운 일은 아닐 겁니다. 게다가 그들이 미리 대비를 했다면 그 점도 생각했을 게 아닙니까?"

"저도 그 점이 불안스럽긴 하지만, 그렇다고 강변을 따라 이동한다는 건 더더욱 위험을 자초하는 일이 될 겁니다. 이 일대는 그들이 손바닥처럼 알고 있기 때문에 어느 곳으로 가도 그들의 수중을 벗어날 수 없을 겁니다."

낙일방은 수긍하는 빛을 띠었으나, 그래도 찜찜함이 가시지 않앉다.

 진산월은 잠시 생각에 잠겨 있더니 결심한 듯 중인들을 향해 입을 열었다.

 "일단 배를 먼저 구하도록 하자. 위남을 떠날 수 있으면 좋고, 최악의 경우 강 위에서 암습을 당하더라도 강폭이 그리 넓지 않으니 강을 건널 수 있을 것이다."

 한쪽에서 이들의 말을 듣고 있던 손풍이 난처한 표정을 지었다.

 "난 헤엄칠 줄 모르는데요."

 동중산은 하마터면 '그러면 할 줄 아는 게 뭐냐.'라고 물을 뻔했다. 그가 그렇게 묻지 않은 건, 손풍의 옆에 있는 유소응의 작은 얼굴에도 그와 비슷하게 난감해 하는 표정이 떠올라 있는 것을 보았기 때문이다.

 대초원에서만 자란 유소응이 헤엄치는 걸 배웠을 리가 없었다. 아마도 이런 강을 본 것도 몇 번 되지 않을 것이다.

 진산월이 담담한 음성으로 말했다.

 "어차피 너희들은 육지에 있으나 강에 있으나 누군가가 지켜 주어야 한다. 넓은 지역에서 조금 전처럼 많은 사람들에게 습격을 받는다면 난전이 벌어져서 너희들을 지키기가 힘들게 될 뿐 아니라 자칫하면 뿔뿔이 흩어질 수도 있다."

 중인들은 눈을 초롱초롱 빛낸 채 그의 말에 귀를 기울였다.

 "하지만 우리가 배를 탄다면 그들이 공격할 수 있는 길은 물속밖에는 없다."

 낙일방이 고개를 갸웃거렸다.

"그게 더 위험하지 않을까요?"

"우리뿐이라면 그렇겠지. 하지만……."

진산월은 아직도 술에 취해 잠들어 있는 전흠을 힐끗 돌아보았다.

"우리에게는 수공(水功)의 고수가 있지. 그가 물속을 맡고 내가 물 위를 책임진다면 이곳을 벗어나는 일이 그다지 어렵지 않을 것이다."

낙일방이 눈을 크게 떴다.

"전 사형이 수공의 고수였습니까?"

"그가 어디 출신인지 잊었느냐?"

그제야 낙일방은 자신의 머리를 쳤다.

"아! 그렇군요."

전흠은 해남도에서 평생을 살아온 인물이었다. 그러니 물과 친하지 않으려야 친하지 않을 수 없었다. 게다가 전흠은 어려서부터 물속에서 노는 것을 무척이나 좋아하여 자연스레 높은 수준의 수공을 익히게 되었다.

동중산은 새삼스런 눈으로 전흠을 바라보았다.

"그렇다면 문제는 전 사숙께서 언제 깨어나느냐 하는 것이로군요."

진산월은 대수롭지 않은 표정이었다.

"그거야 언제라도 깨울 수 있지."

이어 그는 전흠에게 다가가서 그의 몸을 번쩍 들더니 강가로 가서 그대로 강물 속으로 집어던졌다.

풍덩!

중인들이 멍하니 쳐다보고 있는 가운데 전흠의 몸은 시퍼런 강물 속으로 그대로 잠겨 버렸다. 모두 어안이 벙벙하여 벌린 입을 다물지 못했다.

"저…… 전 사형!"

낙일방이 사색이 된 채 전흠이 빠진 강 쪽으로 달려갔다. 하나 그가 채 반도 가기 전에 강물 속에서 사람 머리 하나가 튀어나왔다.

"푸우……!"

중인들이 놀라서 쳐다보니 그는 다름 아닌 전흠이었다. 전흠은 언제 잠들었냐는 듯 눈을 시퍼렇게 뜬 채 주위를 둘러보더니 능숙한 솜씨로 진산월이 있는 쪽으로 헤엄쳐 왔다.

강변으로 걸어 나오는 그의 몸은 흠뻑 젖어 있어서 그야말로 물에 빠진 생쥐 꼴이 되었다.

"뭐야? 이게 대체 무슨 일이야?"

전흠은 중인들을 쏘아보며 버럭 고함을 질렀다.

"내가 대체 왜 물에 빠져 있는 거야?"

낙일방이 고개를 갸웃거리며 물었다.

"전 사형, 아무것도 생각나지 않으십니까?"

"무슨 생각? 좋은 술 잘 마시고 있던 사람을 강 속으로 집어넣은 놈이 누구냐? 너냐?"

전흠의 얼굴에 험악한 표정이 떠오르자 낙일방은 황급히 고개를 저었다.

"제가 그럴 리가 있습니까?"

"그럼 누구냐? 동중산, 당신인가?"

동중산은 전흠이 깨어난 것을 보자 마음이 놓여 부드럽게 웃어 보였다.

"제가 어찌 감히 그럴 수 있습니까?"

전흠의 두 눈에 분노에 찬 광망이 이글거리더니 그의 몸이 바람처럼 한 사람을 향해 달려들었다.

"그럼 볼 것도 없이 네놈이구나. 그렇지 않아도 네놈을 어떻게 혼내 주나 고민하고 있었다!"

손풍은 멍하니 전흠을 쳐다보고 있다가 그야말로 날벼락을 맞고 말았다.

"억? 내가 뭘 어쨌다고……."

전흠은 그의 말을 들어 보지도 않고 일단 손풍의 밉살스런 얼굴을 향해 주먹부터 날렸다. 때마침 진산월이 그를 제지하지 않았다면 손풍은 난생처음으로 자기가 하지도 않은 일 때문에 남에게 두들겨 맞고 기절할 뻔했다.

손풍은 너무 억울해서 눈물이 핑 돌 지경이었으나, 전흠의 살기가 뚝뚝 떨어지는 얼굴을 보자 아무 말도 하지 못했다.

"놓으시오. 아무리 장문인이 말려도 더 이상은 참을 수 없소. 오늘은 기필코 저 버르장머리 없는 놈에게 세상 무서운 걸 가르쳐 주고야 말겠소!"

"너는 왜 애꿎은 사람을 탓하느냐?"

"그게 무슨 말이오?"

"너를 강에 집어 던진 사람은 바로 나다."

진산월의 말에 전흠이 믿을 수 없다는 듯 눈을 부릅떴다. 그가 아는 진산월은 결코 그런 막되어 먹은 일을 할 사람이 아니었다.

"저놈을 감싸기 위해 나를 속이는 거라면……."

"자세한 사정은 중산에게 듣도록 해라."

때마침 동중산이 다가와서 그동안 벌어진 일을 말해 주었다. 동중산의 말을 듣고 있던 전흠의 표정이 수시로 변했다.

자신이 술을 마시다 말고 인사불성으로 취해서 정신을 잃었다는 말을 들었을 때는 불신의 표정이 역력했고, 그 뒤에 운자개를 비롯한 고수들이 습격해 왔다고 하자 분기탱천한 모습이었으며, 결국 진산월이 그들을 물리치고 강변으로 와서 술에 취한 그를 깨우기 위해 강물 속으로 집어 던졌다는 말을 듣고는 어처구니가 없다는 얼굴이 되었다.

"그 말이 모두 사실인가?"

전흠이 다짐하듯 물어보자 동중산이 담담하게 고개를 끄덕였다.

"제가 어찌 사숙께 거짓을 아뢸 수 있겠습니까?"

전흠은 얼굴을 있는 대로 찡그리다가 진산월을 향해 퉁명스런 음성으로 말했다.

"사람을 깨우는데 그런 방법밖에는 모르시오?"

"내가 아는 방법은 그것뿐이다."

"제기랄……."

전흠은 낮게 중얼거리더니 한쪽에 서 있는 손풍을 힐끔 쳐다보았다. 손풍은 그가 무슨 말을 하는지 들어보려고 귀를 쫑긋 기울였다.

과연 전흠은 나직하게 탄식을 토하는 것이었다.

"저놈은 정말 운도 좋군. 버르장머리를 뜯어고칠 좋은 기회라고 생각했는데……."

자신이 착각하여 엉뚱한 사람을 잡을 뻔한 것은 신경도 쓰지 않는 전흠의 모습을 보고는 손풍은 마음을 다잡았다.

'이제부터 내 경계 대상 일호는 서문 계집애가 아니라 저자다.'

서문연상은 그래도 여자라 최후의 순간에는 사정을 봐주거나 손길을 늦추었으나, 전흠의 성격으로 그런 일은 절대로 없을 게 뻔했다. 손풍은 전흠의 인정사정 보지 않는 무자비한 손길에 두들겨 맞는 자신의 모습을 그려 보고는 정신이 아득해졌다.

'그 계집의 마수를 피할 수 있다고 좋아했는데 이게 무슨 날벼락이냐? 여우를 피하려다 늑대를 만났다는 게 바로 이런 경우로구나.'

손풍은 왜 자신에게는 이런 일만 일어나는지 하늘을 저주하고 싶은 심정이었다.

전흠은 옷이 모두 젖어 있어서 기분이 영 좋지 않은지 카랑카랑한 음성으로 말했다.

"강으로 이동한다고 했소? 그럼 어서 배부터 찾아봅시다. 여기서 밤을 새울 작정이오?"

동중산이 재빨리 앞으로 나섰다.

"제가 구해 보겠습니다."

진산월이 갑자기 고개를 돌려 어둠 속을 쳐다보더니 이내 조용한 음성으로 입을 열었다.

"서둘러야겠구나. 그자들이 추적을 시작한 모양이다."

전흠이 흠칫하는 눈길로 진산월이 바라본 곳을 잠시 쏘아보더니 이내 사나운 표정이 되었다.

"굳이 배를 찾을 필요가 뭐 있소? 여기서 모조리 해치웁시다."

전흠은 자신이 술에 취해 다른 사람의 신세를 졌다는 걸 안 순간부터 설욕할 기회를 노리고 있었던지라 투지가 끓어오르는 모양이었다.

하나 진산월은 냉정하게 고개를 저었다.

"일단은 피하는 게 순리다. 너야 상관이 없다고 해도 손풍과 소응을 데리고 어둠 속에서 난전을 벌일 수는 없다. 더구나 그들의 세력이 어느 정도나 되는지도 모르지 않느냐?"

"제길……."

전흠이 분노를 참지 못하겠다는 듯 이를 부드득 갈자 손풍은 잘못도 없으면서 도둑이 제 발 저린 격으로 괜히 찔끔거렸다.

낙일방은 동중산에게 눈짓을 하고는 배를 찾기 위해 강변으로 갔다. 두 사람은 강변을 이리저리 뛰어다녔으나 좀처럼 배를 구하지 못했다. 거의 모든 화방들이 이미 철수를 한 데다 나루터도 이곳에서는 멀리 떨어진 곳에 있어서 배를 구하기는커녕 구경도 하기 힘들었다.

이래서야 정말 최악의 장소를 고른 셈이었다.

그때 그들을 따라 강변에 나와 있던 유소응이 한곳을 가리켰다.

"저길 보세요."

동중산과 낙일방이 황급히 돌아보니 과연 멀지 않은 곳에서 한 척의 배가 떠내려오고 있었다. 그 배는 다른 화방처럼 등불을 내걸지 않아서 가까이 올 때까지도 미처 발견하지 못했던 것이다.

어둠이 짙게 깔린 강물 위에 등불도 켜지 않은 배가 내려오는 모습은 왠지 괴기스러워 보였다. 하나 동중산은 급한 마음에 소리를 질렀다.

"여보시오. 거기 아무도 없소?"

배에 있는 선실에서 휘장이 펄럭이더니 한 사람이 모습을 드러냈다.

나온 사람을 보자 동중산은 흠칫 놀랐다.

약간 짜증스런 표정으로 선실 밖으로 나온 그 인영도 진산월 일행을 보고는 안색이 변했다. 그 인영은 뜻밖에도 조금 전에 장복객잔에서 손풍과 실랑이를 벌였던 화의 청년이었던 것이다.

"엇? 당신들은……."

화의 청년의 놀란 외침을 들었는지 선실 안에서 청수한 음성이 들려왔다.

"무슨 일인데 그러느냐?"

이어 선실 밖으로 청삼 중년인의 모습이 나타났다. 청삼 중년인 또한 강변에 서 있는 진산월 일행을 발견하고는 어리둥절한 모습이었다.

"이것 참 공교롭군. 여기서 또 만나게 될 줄은 몰랐소. 당신들은 이 늦은 시간까지도 야경을 구경하고 있었소?"

청삼 중년인의 말에 동중산은 쓴웃음을 지었다.

"사정이 있었소. 실례가 되지 않는다면 당신들의 배에 신세를

제174장 위수풍운(渭水風雲) 215

질 수 있겠소?"

청삼 중년인은 약간 난처한 표정을 지었다. 그도 그럴 것이 낮에 잠깐 보았을 뿐인 정체불명의 일행들을 좁은 배에 태운다는 게 선뜻 내키지 않았던 것이다. 게다가 그들은 모두 남자들인 데 비해, 자신에게는 여자가 두 명이나 있었다.

그때 배 안에서 누군가가 나직한 음성으로 청삼 중년인에게 말하는 소리가 들렸다. 거리가 제법 떨어져 있어서 동중산은 제대로 알아듣지 못했으나, 여자의 음성인 것은 확실했다.

청삼 중년인은 잠깐 망설이는 듯했으나 이내 생각을 정리한 듯 고개를 끄덕였다.

"보아하니 급한 사정이 있는 모양이구려. 배를 그쪽으로 댈 테니 조금만 기다리시오."

화의 청년이 못마땅한 표정을 지었으나 청삼 중년인은 아랑곳하지 않고 배의 뒤쪽에 있는 노를 움직여 배를 동중산 등이 있는 강변으로 이동시켰다.

배가 강변에서 이삼 장 떨어진 곳까지 다가오자 성질 급한 전흠이 제일 먼저 배 위로 뛰어올랐다. 이어 낙일방이 유소응을 안고 올랐고 동중산도 신형을 날리려 했다. 그러자 손풍이 급히 그를 불렀다.

"나도 데려가야지요."

동중산은 그를 돌아보며 짤막하게 웃었다.

"내 실력으로는 사제를 안고 저곳까지 가지 못하네. 장문인께 부탁해 보게."

동중산이 땅을 박차고 배 위로 오르자 손풍은 어쩔 수 없다는 듯 진산월을 돌아보았다. 하나 그가 입을 열기도 전에 진산월은 그의 소맷자락을 잡고 신형을 날리고 있었다.

"어어?"

손풍은 몸이 붕 뜨는 듯한 기분을 느끼고 입을 딱 벌렸으나 어느새 자신의 몸이 배 위에 내려서 있는 것을 보고는 신기한 표정으로 주위를 두리번거렸다.

진산월은 손풍을 데리고 배 위로 내려선 다음 청삼 중년인을 향해 포권을 했다.

"늦은 밤에 무리한 부탁을 했는데도 선뜻 들어주어 고맙소. 잠시 신세를 지겠소."

청삼 중년인은 점잖게 웃었다.

"별말씀을. 배가 그리 크지 않지만 당신들 정도는 태워도 가라앉지 않을 정도는 되니 신세랄 것도 없소."

그러다 문득 그의 시선이 진산월 일행이 떠나온 강변으로 향했다. 강변은 짙은 어둠에 잠겨 아무것도 보이지 않았다. 하나 그는 그곳에서 삼엄한 살기가 흘러나오는 것을 알아차린 모양이었다.

동중산이 눈치 빠르게 그를 향해 먼저 입을 열었다.

"보시다시피 우리를 쫓는 무리가 있어 추적을 피하기 위해 부득이 신세를 지게 된 것이오. 미리 밝히지 않은 걸 사과드리겠소."

청삼 중년인은 잠시 눈썹을 찌푸렸으나 이내 다시 평소대로의 표정이 되었다.

"강호에서 벌어지는 일을 모두 알 수는 없겠지. 어차피 무슨 사정이 있어 그러려니 했던 것이니 신경 쓰지 마시오."

"하하…… 과연 대범한 성격이시오. 그런데 이 늦은 시간에 배를 타고 계시다니 정말 놀랐소."

"별로 의아하게 생각할 것 없소. 저녁 때 화방을 타러 이곳에 나왔다가 화방을 구하지 못해 아예 배 한 척을 사 버렸소. 이번 기회에 이 배를 타고 며칠 여행을 할 생각이오."

"짐은 어떻게 하실 생각이시오? 주루에 있을 때 말씀을 들어 보니 따로 숙소가 있는 모양이던데……."

동중산이 아무렇지도 않은 표정으로 물었으나, 청삼 중년인은 그가 자신의 말을 의심하고 은밀히 탐색한다는 것을 알고는 담담하게 웃었다.

강호에서 경험이 풍부한 인물이라면 이 정도의 조심은 당연한 일이라고 할 수 있었다. 오히려 특별한 의심도 없이 진산월 일행을 순순히 배에 태워 준 청삼 중년인의 행동이 경솔한 편이었다.

"숙소에는 따로 인편(人便)을 보내어 짐을 가지고 미리 삼문협(三門峽)으로 가 있으라고 했소."

삼문협은 위수를 타고 내려가다 보면 위남에서 낙양으로 가는 길목에 위치해 있었다.

동중산은 짐짓 눈을 크게 뜨며 반색을 했다.

"오! 잘됐구려. 우리도 마침 그쪽으로 가던 길이오. 이왕이면 삼문협까지 신세를 집시다."

"그렇게 하시오."

조용히 웃던 청삼 중년인이 문득 눈살을 살짝 찌푸린 채 배의 바닥으로 시선을 떨구었다. 동중산은 그 행동에 영문을 몰라 어리둥절했으나, 그때 진산월이 불쑥 전흠을 돌아보았다.

"네 솜씨를 빌려야겠다."

청삼 중년인은 물속으로 누군가가 접근하는 것을 알고 인상을 찌푸렸던 것이다. 배에 구멍이라도 뚫린다면 아무리 그가 고강한 무공의 소유자라 할지라도 곤경에 처할 게 분명했다.

진산월 또한 수중(水中)에서 들려오는 기척을 알고 전흠에게 때맞춰 지시를 했다.

전흠은 고개를 끄덕였다.

"그렇지 않아도 손이 근질거리던 참이었소. 맡겨 주시오."

전흠은 재빠르게 웃옷과 신발을 벗더니 자신의 검을 뽑아 들었다. 그리고는 어두운 강물을 물끄러미 바라보더니 배에서 물속으로 뛰어들었다.

그 광경을 보고 있던 청삼 중년인이 나직한 탄성을 터뜨렸다.

"허! 수공이 대단한 친구로군."

아닌 게 아니라 전흠이 배에서 물속으로 뛰어 들어가는데 아무런 소리도 들리지 않았다. 그런 입수(入水) 동작만 보아도 전흠이 수공에 상당한 실력을 지니고 있음을 어렵지 않게 알 수 있었다.

진산월은 청삼 중년인을 돌아보며 입을 열었다.

"아무래도 우리를 쫓아온 자들이 이 배를 추적해 오는 것 같소. 약간 귀찮은 일이 벌어질지도 모르는데, 두 분은 선실로 들어가 계시는 것이 어떻소?"

진산월이 청삼 중년인과 화의 청년에게 싸움에 휘말리지 않도록 선실로 들어갈 것을 권했으나 청삼 중년인은 고개를 저었다.

"불구경과 싸움 구경은 일부러 돈을 내고라도 보려는 게 사람의 심리요. 더구나 이 배에 함께 탄 이상 당신들과 우리는 어차피 같은 운명에 처하게 된 신세가 아니겠소?"

청삼 중년인의 태연자약한 모습에 진산월은 내심 미안한 마음을 금치 못했다. 어쨌든 자신들은 상대의 호의(好意)를 이용한 셈이 된 게 아닌가.

"가급적이면 폐가 되지 않도록 하겠소."

청삼 중년인은 진산월의 마음을 알고 있는지 점잖게 웃었다.

"하하…… 사람을 도우려면 끝까지 도우라는 말이 있소. 어차피 번거로움을 피하기는 힘든 이상 조금이라도 손을 맞잡으면 좀 더 수월하게 헤쳐 나갈 수 있지 않겠소?"

진산월로서는 그저 상대의 배려에 감사할 뿐이었다.

청삼 중년인은 은근한 시선으로 진산월을 응시했다.

"이제 함께 싸우게 된 사이가 되었으니 이름을 밝히는 게 어떻겠소? 최소한 같은 편이 누구인지는 알아야 하지 않겠소?"

진산월은 주저하지 않고 자신의 신분을 밝혔다.

"나는 종남의 진산월이라 하오."

그 말에 청삼 중년인은 물론이고 지금까지도 한쪽에서 퉁퉁 부은 얼굴을 하고 있는 화의 청년까지 얼굴이 크게 변했다.

"신검무적? 귀하가 종남파의 장문인인 신검무적이란 말이오?"

청삼 중년인의 놀란 외침에 선실 안에서도 약간의 웅성거림이 일어났다.

"내가 종남을 맡고 있는 진 모(陳某)요."

진산월이 시인을 하자 청삼 중년인은 새삼스런 표정으로 진산월의 모습을 유심히 살펴보았다. 흔들림 없이 침착하게 가라앉아 있는 그의 두 눈과 흔들리는 배 안에서도 안정되어 보이는 그의 자세를 보고는 내심 고개를 끄덕였다.

'과연…… 많지 않은 나이에 일파의 종주(宗主) 분위기를 풍긴다 했더니 그가 바로 신검무적일 줄이야…….'

청삼 중년인이 이번 여행에서 가장 자주 들은 이름이 바로 신검무적이었다. 특히 섬서성 일대에서 그의 명성은 매우 확고하여 단시일 내에 한 사람이 이런 명성을 얻었다는 것이 믿기지 않을 정도였다.

더구나 그의 나이는 고작 이십 대 중반이 아닌가?

무공이라는 것이 결코 하루아침에 쌓을 수 있는 것이 아닌데 그 나이에 자타가 공인하는 강호 제일 검객 중 하나가 되었으니 실로 놀라운 일이 아닐 수 없었다. 그래서 청삼 중년인은 이번 여행에서 그의 모습을 한 번이라도 볼 수 있게 되기를 은근히 기대하고 있었다.

어디 그뿐이랴? 화의 청년은 소문만으로도 이미 신검무적의 열렬한 추종자가 되었으며, 다른 두 여인도 모두 그를 만나기를 간절히 바라고 있었다.

그런 당사자를 직접 만나게 되었으니 침착한 성격의 청삼 중년인도 흥분을 억누르기가 힘이 들었다.

"이거 정말 반갑소. 설마 그 유명한 진 장문인을 뵙게 될 줄은 정녕 상상도 못했소."

이어 청삼 중년인의 시선이 종남파의 다른 사람들을 향했다.

그는 제일 먼저 임풍옥수 같은 낙일방을 쳐다보았다.

"그렇다면 저 소협이 바로 강북 제일의 미남자라는 그 옥면신권이겠고……."

이어 그는 동중산을 보며 빙그레 미소 지었다.

"귀하가 바로 종남파의 지낭(智囊)이라는 비천호리 동중산이구려."

동중산 또한 청삼 중년인을 뚫어지게 바라보았다.

"단순한 허명일 뿐이오. 그보다 이쯤에서 귀하도 자신이 누구인지 밝히는 게 공평하지 않겠소?"

청삼 중년인은 흔쾌히 고개를 끄덕였다.

"물론이오. 나는 항산(恒山)에서 온 양중초(梁中初)라고 하며, 저 아이는 내 조카뻘인 맹천익(孟天翼)이오."

그의 이름을 듣자 동중산의 얼굴에 한 줄기 경악의 빛이 떠올랐다.

"이제 보니 삼월보(三月堡)의 셋째 보주인 동월(銅月) 양 대협이셨군요. 실례를 용서하시오."

동중산은 정중하게 포권을 했다.

그 말에 다른 중인들도 모두 깜짝 놀랐다.

삼월보는 초가보, 검보와 함께 강북삼보로 꼽히는 거대 세력으로, 장성 일대를 석권한 문파였다. 그들은 산서성의 항산에 근거를 두고 있으며, 세 명의 의형제가 보주(堡主)를 맡고 있었다.

청삼 중년인, 양중초는 부드러운 미소를 머금었다.

"나야말로 허명에 불과한 자요. 어찌 초가보를 실력으로 누르고 자신의 가치를 입증한 종남파의 고수들과 비교하겠소?"

그의 겸손한 말과는 달리 양중초는 삼월보의 보주들 중 가장 막내였으나, 본래 침착하고 행동거지가 사려가 깊어 삼월보의 내부 일을 실질적으로 책임지는 인물이었다. 알려지기로는 다른 두 보주의 그에 대한 신임은 대단해서 삼월보 내에서 그의 위치는 절대적인 것이라고 했다.

동중산의 시선이 화의 청년에게로 향했다.

"맹씨란 성은 흔한 성이 아닌데, 저분은 혹시 삼월보의 이 보주(二堡主)이신 은월(銀月) 맹동야(孟東野) 맹 대협의 아드님이 아니시오?"

"그렇소. 싸우는 걸 밥 먹는 것보다 좋아하는 사고뭉치이긴 하지만 본성은 그리 나쁜 아이가 아니니 어여삐 봐주시기 바라오."

이어 양중초는 화의 청년을 손짓해 불렀다.

"이리 와서 네가 그토록 만나고 싶어 했던 진 장문인께 인사를 드리지 않고 뭐하는 거냐?"

화의 청년, 맹천익은 어색한 표정을 숨기지 않았다.

"삼 숙부님도 참…… 제가 언제 그랬다고……."

"그걸 꼭 내 입으로 밝혀야겠느냐? 진 장문인이 매장원과 겨루어 승리한 이야기를 전해 듣고 흥분해서 당장이라도 서안으로 달려가겠다고 난리 법석을 친 걸 벌써 잊었단 말이냐?"

맹천익의 얼굴이 벌겋게 상기되었다. 그는 진산월을 힐끔거리더니 그에게 정중하게 포권을 했다.

"진 장문인을 뵙니다. 맹천익입니다."

진산월은 담담하게 웃으며 답례를 했다.

"진산월이오. 맹 공자를 만나 반갑소."

맹천익의 얼굴이 더욱 붉게 변했다.

"저야말로…… 진 장문인을 뵙게 되어 얼마나 기쁜지 모르겠습니다."

얼굴을 붉히며 더듬거리는 그의 모습은 얼마 전 주루에서 심통을 부리며 손풍과 시비를 벌이던 모습과는 전혀 다른 것이었다.

동중산은 자신도 모르게 속으로 웃었다.

'겉으로 보기보다는 의외로 순진한 구석이 있는 친구로군. 손 사제가 저 정도만 되어 주어도 좋을 텐데…….'

손풍이 알면 길길이 뛸 것이라 생각하고 있던 동중산은 문득 외눈을 크게 떴다.

아무것도 보이지 않던 컴컴한 강물 위에 돌연 수십 개의 등이 나타난 것이다. 하나 동중산은 이내 그것이 단순한 등이 아니라 화방에 걸어 놓은 것임을 알아차렸다. 강물 위에 기척도 없이 다가오던 수십 개의 화방에서 동시에 등을 내걸었던 것이다.

그 바람에 컴컴했던 강물 위가 일순간에 밝아졌다.

제 175 장
수상혈투(水上血鬪)

제175장 수상혈투(水上血鬪)

 진산월은 차분한 시선으로 주위를 둘러보고는 담담한 음성으로 말했다.
 "포위됐군."
 그 음성이 무척 여유로워서 도망갈 곳도 없는 강물 위에서 수십 척의 배에 포위당한 사람 같지 않았다.
 동중산이 외눈을 반짝였다.
 "보아하니 저녁때부터 강물 위에 떠 있던 거의 모든 화방들이 저들의 배인 것 같습니다. 저들이 사전에 철저한 준비를 한 게 분명하군요."
 양중초가 혀를 찼다.
 "어쩐지 저녁에 아무리 화방을 구하려 돌아다녀도 모두 손님이 찼다며 거절을 하더라니…… 덕분에 어쩔 수 없이 생돈을 들여 배를 사야만 했소."

"그렇다면 그들은 우리가 이쪽으로 올 줄 알고 위수에 떠 있는 모든 화방들을 포섭해 놓고 있었다는 말인데, 누가 계획한 것인지는 모르지만 정말 철저하기 그지없습니다."

동중산이 이번 일의 음모자에 대해 궁금해 하자 진산월이 담담하게 말을 받았다.

"철저할 뿐 아니라 상당히 집요한 인물이지."

"장문인께선 누구인지 아시겠습니까?"

"누구인지 모를 것도 없다. 운문세가를 뒤에서 조종할 수 있을 뿐 아니라 나를 제거하려고 이런 일을 꾸밀 정도로 원한을 맺은 자는 그리 많지 않으니 말이다."

동중산은 여전히 알쏭달쏭한 표정이었으나, 낙일방이 손뼉을 탁 쳤다.

"아! 혹시 그자가 아닙니까? 사 년 전의 바로 그……."

동중산이 어리둥절한 얼굴로 낙일방을 돌아보았다.

"낙 사숙께선 짐작 가는 자가 있습니까?"

"신목령의 제자라는 조화심, 그자일 겁니다."

"조화심이라면 옥면절정이라 불리는 신목령의 아홉 번째 제자 말입니까?"

"그러고 보니 당신은 그때 본 파의 제자가 아니었으니까 그 일을 모를 수밖에 없었겠군요."

이어 낙일방은 사 년 전에 운자개가 조화심의 지시를 받고 천봉궁의 엄쌍쌍을 뒤쫓다가 종남파와 시비가 벌어진 경위를 설명해 주었다.

그의 말을 모두 듣고 난 동중산은 무거운 표정으로 진산월을 향해 물었다.

"장문인께서도 그자가 이번 일의 배후라고 생각하십니까?"

"그자 외에는 특별히 이런 일을 할 만한 자가 없다."

"조화심은 신목령의 고수이긴 하지만 조옥린을 암습한 신목령의 배반자기이도 합니다. 예전처럼 신목령의 위세를 빌어 운문세가나 다른 고수들을 부릴 수 있을까요?"

"오히려 그 점 때문에 그자일 거라고 생각한 것이다."

"그게 무슨 말씀이십니까?"

"조옥린의 말을 들으면 조화심은 서장 무림과 밀접한 관계가 있다. 그렇다면 틀림없이 이씨세가와도 어떤 식으로든 연관이 있을 것이다."

"아!"

"이씨세가의 배후에 서장 무림이 있는 게 거의 확실한 이상, 그들이 같은 뿌리를 가지고 있다고 생각하는 게 옳을 것이다. 그렇다면 그들로서는 장안에서의 실패를 만회하기 위해 더욱더 우리를 제거하려 할 것이다."

동중산의 외눈이 횃불처럼 반짝였다.

"그렇다면 앞뒤가 맞아떨어집니다. 이번 일은 동원된 고수들의 면면을 보아도 운문세가 혼자의 힘으로 동원했다고는 믿기 힘듭니다. 필시 운문세가 말고 다른 배후가 있을 거라고 생각했는데, 그쪽이라면 이해가 되는군요."

그들이 대화를 나누고 있을 때 양중초가 말을 건넸다.

"아무래도 저들의 접근을 더 허용했다가는 곤란한 상황에 빠질 지도 모르겠소."

진산월과 동중산이 퍼뜩 정신을 차리고 주위를 둘러보니 어느새 수십 개의 화방들이 십여 장 밖까지 몰려들고 있었다. 화방 위에는 각종 병기와 활을 든 흑의인들이 배마다 십여 명씩 타고 있었다. 화방의 숫자를 적게 잡아도 거의 삼사백 명의 엄청난 인원이 동원된 것이다.

게다가 물속에서 연신 파동이 일어나는 것으로 보아 수중으로 접근하는 무리들도 상당수에 달하는 게 분명했다.

'우리가 종남산을 떠난 지 불과 얼마 되지도 않았는데 벌써 이 정도 인원을 동원할 수 있다니…… 이들의 힘이 도대체 어느 정도인지 짐작도 가지 않는구나.'

동중산은 표정이 어두워졌다. 강호에 나오자마자 자신들을 노리는 손길들을 접하게 되었으니, 앞으로 얼마나 험난한 일을 헤쳐 나가야 할지 아득한 심정이었다. 거대한 음모의 소용돌이가 눈앞에 펼쳐져 있는 것만 같았다.

그때 진산월이 그의 어깨를 가볍게 두드렸다.

"나중 일은 나중에 생각하고 우선은 당장의 일에 집중하도록 하자. 물속에서 고군분투하고 있을 전흠을 생각해서라도 우리도 분발해야 할 게 아니냐?"

동중산은 퍼뜩 정신을 차리고 진산월을 쳐다보았다. 진산월은 담담한 표정으로 그를 가만히 응시하고 있었는데, 그 얼굴에는 한 점의 두려움이나 거리낌도 보이지 않았다. 그 모습을 보자 동중산은 상대의 위세에 순간적으로 불안감을 느꼈던 자신이 부끄러워졌다.

초가보와의 절망적인 싸움도 이겨 낸 자신들이 아닌가?

동중산은 흐트러졌던 마음을 다시 단단히 먹고는 힘차게 고개를 끄덕였다.

"알겠습니다. 우선은 저들의 화살 공격에 대비해야 할 것 같습니다."

"그것은 나에게 맡기고 어떻게 저들의 포위망을 뚫고 나갈 것인지를 궁리하도록 해라."

이어 진산월은 양중초를 향해 시선을 돌렸다.

"양 보주께 부탁이 있소."

"말씀하시오."

진산월은 손풍과 유소응을 가리켰다.

"저 두 사람을 안의 선실에 있게 해 주시면 고맙겠소."

손풍과 유소응은 지금 같은 상황에서는 전혀 도움이 안 되는 존재들이기 때문에 진산월은 보다 안전한 선실로 그들을 가 있게 하려는 것이었다.

양중초는 흔쾌히 고개를 끄덕였다.

"그렇게 하시오."

그때 갑자기 진산월이 용영검을 휘둘렀다.

팟!

어둠 속에서 날아든 화살 하나가 용영검을 맞고 바닥에 떨어졌다. 그것이 시작인 듯 어두운 하늘에서 수십 개의 화살이 날아들기 시작했다.

"너희들은 빨리 선실로 가 있어라."

진산월은 손풍과 유소응이 선실로 들어가는 것을 확인한 후 뱃전에 선 채로 용영검을 휘둘렀다. 삽시간에 어둠 속에서 수십 발의 화살들이 날아왔으나 어느 것 하나 그의 검을 뚫지 못하고 떨어져 버렸다.

그때 배의 뒤에서도 화살이 날아오자 맹천익이 그쪽으로 몸을 날렸다.

"저쪽은 천익에게 맡기면 될 것이오."

진산월이 힐긋 보니 맹천익은 언제 뽑아 들었는지 은빛이 감도는 기형검을 휘두르고 있었는데, 그 솜씨가 상당해 보였다.

화방들에서 날아온 화살 공격은 별 효과가 없었으나 양중초의 얼굴은 그다지 밝아지지 않았다.

"저들이 화공(火攻)이라도 펼치면 조금 곤란해질지도 모르겠군."

그의 말이 끝나기가 무섭게 불화살들이 날아들었다.

양중초는 고개를 절레절레 흔들며 쓰게 웃었다.

"안 좋은 상상은 꼭 들어맞는다니까."

양중초는 소맷자락을 세차게 내저었다.

쑤아앙!

그의 소맷자락에서 괴이한 음향이 울려 퍼지며 세찬 경기가 뿜어져 나왔다. 불화살들은 그 경기에 휩쓸려 헛되이 강물 위로 떨어지고 말았다. 낙일방이 그 광경을 보고 자기도 뱃전에 우뚝 선 채로 불화살들을 향해 주먹을 휘둘렀다.

한동안 네 사람은 배의 사방으로 날아드는 화살들을 쳐내느라 정신이 없었다. 다행히 네 사람 모두 실력이 뛰어난 고수들이어서 위급한 순간은 없었으나, 언제까지 이런 식으로 싸울 수는 없었다.

진산월도 이렇게 계속 가다가는 진력(眞力)이 고갈되고 말리라고 생각했는지 동중산을 향해 말했다.

"중산, 나뭇조각을 몇 개 구해 보아라."

동중산은 이내 그의 말뜻을 알아듣고 주위를 두리번거렸다.

하나 배 위에 그런 것이 있을 리 없었다. 그렇다고 배의 바닥을 뜯을 수도 없어서 동중산이 난감해 하고 있을 때, 선실의 휘장이 걷히며 중년 미부가 모습을 드러냈다.

"이걸 쓰도록 하세요."

중년 미부가 내민 것을 본 동중산의 눈이 크게 뜨였다.

"괜찮겠습니까?"

그녀가 동중산에게 건넨 것은 호화로운 장식이 있는 나무함이었다. 언뜻 보기에도 제법 귀해 보이는 것으로, 속에 패물(佩物)이나 장신구들을 담는 함이 분명했다.

중년 미부는 조용한 음성으로 말했다.

"어차피 신외지물(身外之物)일 뿐이에요. 속에 들어 있던 것은 모두 뺐으니까 부수어 사용하세요."

동중산도 사정이 다급한지라 더 이상 머뭇거리지 않고 나무함을 받아 들었다.

"고맙습니다, 부인."

동중산이 손에 힘을 주자 나무함이 몇 개의 나뭇조각으로 변해 버렸다. 동중산은 다시 한 번 중년 미부에게 머리를 숙여 사례를 하고는 재빨리 진산월에게 다가갔다.

진산월은 여전히 용영검으로 날아오는 화살들을 막으면서도 귀로 모든 사정을 듣고 있었으므로 동중산에게서 나뭇조각들을 받아 들자 중년 미부를 향해 짤막하게 인사를 건넸다.

"부인의 친절에 감사드리오."

중년 미부는 조용히 웃었다.

"별말씀을. 진 장문인의 진짜 실력을 보여 주세요."

진산월은 피식 웃더니 서슴없이 뱃전을 박차고 강물 위로 날아올랐다.

그의 신형은 단숨에 십여 장을 날아갔다. 짙은 어둠 속을 날아가는 그의 모습은 한 마리 거조(巨鳥)를 보는 것 같았다. 이어 신형이 물로 떨어지기 전에 그는 들고 있던 나뭇조각을 던져 그 조각을 딛고 재차 몸을 날렸다. 순식간에 그는 이십여 장을 날아 화방 중 하나에 도달할 수 있었다.

"대단한 신법이구나."

이 광경을 눈으로 훑고 있던 청삼 중년인이 짤막한 탄성을 토해 냈다.

"신법이 저 정도라면 그의 검은 얼마나 뛰어날지 상상도 안 되는군."

청삼 중년인은 혼잣말처럼 중얼거리더니 자신에게 다가오는 중년 미부를 돌아보며 미소 지었다.

"당신이 굳이 선실을 나올 필요는 없었을 텐데, 그에게 호기심이 생겼소?"

중년 미부 또한 아름다운 얼굴에 엷은 미소를 띠었다.

"강호 제일 검객의 솜씨를 구경할 기회가 생겼는데 좁은 선실에만 있을 수는 없지요."

"허허…… 그 심정은 이해하겠소. 하지만 거리가 멀어서 제대로 보기는 힘들 것 같군."

아닌 게 아니라 진산월이 올라간 화방에서 검광이 어른거리고 비명 소리가 거푸 터져 나왔으나 너무 떨어져 있어서 어떤 광경이 벌어지고 있는지 제대로 알아볼 수가 없었다. 물론 상황 자체는 충분히 짐작이 갔다. 그 화방에서 비명 소리가 그침과 동시에 진산월의 신형이 다시 그 옆의 화방으로 날아가는 광경이 어스름히 보였던 것이다.

진산월이 몸을 날린 화방에서는 그가 오지 못하도록 화살을 쏘고 병기를 휘두르며 난리 법석을 떨었으나 결국 그를 막지 못했다. 그리고 같은 일이 벌어졌다.

"크아악!"

삼십 장이나 떨어져 있는데도 그들의 처절한 비명 소리가 선명하게 들려왔다. 몇 사람이 검을 휘둘러 대항하는 듯하더니 곧 쓰러지고, 살아남은 극소수의 사람들은 강물 속으로 뛰어들었다. 하나 그 수는 두세 명에 불과했다.

진산월의 신형은 다시 멀지 않은 곳에 떨어진 화방으로 향했다.

양중초는 진산월이 화방에 뛰어들었다가 다시 다른 화방으로 갈 때까지의 시간을 계산해 보고는 혀를 내둘렀다.

'거의 일검에 서너 명씩 쓰러뜨린다는 말이로군. 무공의 가공함은 물론이거니와 손속의 잔인함 또한 타의 추종을 불허하는구나.'

상대에 따라 다르겠지만 자신들에게 화살을 날린 솜씨로 보아 흑의인들은 일류와 이류의 중간쯤에 있는 고수들이었다. 자신도 그들 정도는 단 일수에 서너 명쯤 격살할 자신이 있었다. 그러나 그것도 몇 번이지, 지금처럼 수십 번이나 계속 그런 일을 반복할 수는 없었다.

얼마 시간이 되지 않아 전면에 있던 화방들 중 절반 이상이 진산월의 손에 침몰해 버렸다. 그러자 상대들은 방법을 달리하기로 생각했는지 진산월이 올라탄 화방에서 가급적 멀어지려고 노력했다.

하나 지금은 진산월이 발을 딛고 강물을 건너갈 충분한 나뭇조각들이 사방에 지천으로 있었다. 부서진 배의 파편들이 강물 위를 뒤덮고 있었던 것이다.

"저 사람이 신검무적인가요?"

어느새 선실을 나왔는지 중년 미부의 옆에는 홍의 여인이 나란히 서 있었다. 홍의 여인의 시선은 비조(飛鳥)처럼 화방과 화방 사이를 날아다니며 흑의인들을 쓰러뜨리는 진산월에게 고정되어 있었다.

양중초는 그녀를 힐끗 돌아보더니 고개를 끄덕였다.

"그렇다."

"살인귀(殺人鬼)로군요."

짤막한 그녀의 말에 양중초는 피식 웃었다.

"실망했느냐?"

"그럴 리가요. 다만 소문에 듣기로 신검무적은 대범하고 사람을 감복하게 하여 일대 종사(一代宗師)로서의 위엄이 있다고 했는데, 사실은 단순히 사람 죽이기를 좋아하는 인물일지도 모른다는 생각이 들었을 뿐이에요."

그녀의 말이 여기까지 이어졌을 때, 누군가의 차가운 음성이 들려왔다.

"함부로 속단(速斷)하지 않는 게 좋을 거요, 소저."

두 사람은 흠칫 놀라 소리가 들려온 곳으로 고개를 돌렸다.

낙일방이 어느 사이엔가 그들에게서 멀지 않은 곳에 우뚝 선 채로 그들을 쏘아보고 있었다. 준수하기 그지없는 낙일방의 두 눈에서는 섬뜩한 광망이 번뜩이고 있어 심상치 않아 보였다.

'나이에 비해 무척이나 심후한 내공을 지니고 있구나.'

양중초는 낙일방에게서 흘러나오는 기세를 보고 내심 침음했다.

사실 강호에 낙일방에 대한 소문이 많이 퍼져 있기는 했으나 대부분이 그의 준수한 용모에 관한 것이었다. 그가 비록 초가보의 공봉이었던 신편 갈태독과 현음상인 냉구유를 이겼다고 해도 진

제175장 수상혈투(水上血鬪)

짜 자신의 실력으로 이겼다고 믿는 사람들은 별로 없었다.

그의 나이로 보아 갈태독이나 냉구유와의 현격한 내공 차이를 극복하기 힘들다고 생각했기 때문이었다. 양중초도 비슷한 생각을 하고 있었는데, 지금 본 낙일방의 내공은 그에 대한 소문이 틀리지 않았을 수도 있다는 것을 나타내고 있었다.

홍의 여인은 낙일방을 보자 검은자위가 많은 두 눈이 유난히 반짝거렸다.

"그게 무슨 의미지요?"

낙일방은 그녀의 앞까지 성큼성큼 다가와서 그녀의 두 눈을 똑바로 쳐다보았다. 얼마 전까지만 해도 그녀가 웃어 보이자 얼굴을 붉게 물들였던 것과는 대조적인 모습이었다. 그녀는 그의 강렬한 눈빛을 대하자 마치 거대한 두 개의 태양이 자신의 눈앞에서 이글거리고 있다는 느낌이 들었다.

낙일방은 그런 눈으로 그녀의 얼굴을 응시하며 나직하면서도 분명한 음성으로 입을 열었다.

"다른 사람에 대한 평가를 할 때는 좀 더 그 사람에 대해 알아보고 하시오. 고작 단면만 보고 함부로 그 사람에 대해 이러쿵저러쿵 말하지 말란 소리요."

홍의 여인은 그의 얼굴을 빤히 쳐다보더니 문득 고개를 끄덕였다.

"내가 조금 성급했던 것 같군요. 진 장문인에 대해 경솔하게 말한 점에 대해서는 사과하겠어요."

옆에서 이 말을 듣고 있던 양중초와 중년 미부는 어안이 벙벙한 표정이었다. 홍의 미녀가 평소에 얼마나 오만하고 자부심이 강한지 똑똑히 알고 있는 두 사람은 그녀가 낙일방의 말에 선뜻 자신의 잘못을 시인했다는 사실을 눈으로 보고도 믿을 수 없는 심정이었다.

낙일방은 홍의 미녀가 의외로 순순히 머리를 숙이자 굳었던 표정이 조금 풀어졌다.

"그렇다면 다행이오."

홍의 여인의 얼굴에 묘한 표정이 떠올랐다.

"하지만 낙 소협의 말씀에도 어폐가 있군요."

"그게 무슨 말이오?"

"사람에 대한 판단을 함부로 할 수 없다는 말에는 동의를 하지만, 그 사람과 평생을 함께 지내지 않는 한은 결국 그 사람의 언행(言行)이나 생활 습관 등 어느 한 부분을 보고 판단할 수밖에 없어요. 그렇다면 그 사람이 어떤 행동을 했는지에 따라 그에 대한 평가를 내린다는 것도 지극히 당연한 일 아닌가요?"

낙일방의 얼굴에 순간적으로 당혹스러운 표정이 떠올랐다.

"그…… 그건……."

"제가 진 장문인에 대해 알고 있는 건 지금 그분이 보여 주는 모습밖에는 없어요. 그리고 그 모습은 아무리 좋게 봐주어도 피비린내 나는 살인자, 그 이상도 이하도 아니군요."

홍의 여인의 딱 부러지는 듯한 말에 낙일방의 얼굴이 다시 굳어졌다. 이번에 낙일방은 쉽게 입을 열지 않고 홍의 여인을 한참 동안이나 응시하고 있었다.

제175장 수상혈투(水上血鬪) 239

단순히 화를 내는 것 같지는 않았다. 그렇다고 그녀의 미모에 혹해 있는 건 더더욱 아니었다. 다만 그는 무언가 나름대로의 생각에 빠져 있을 뿐이었다.

홍의 여인은 깊은 상념에 잠긴 낙일방의 얼굴을 홀린 듯 바라보았다. 이렇게 가까이서 보니 정말 잘생긴 얼굴이었다. 더구나 지금처럼 생각에 골몰해 있는 모습은 여인의 넋을 송두리째 빼앗을 만큼 매혹적인 것이었다.

다행히 낙일방은 이내 상념에서 깨어나 말문을 열기 시작했다.

"소저의 말씀은 잘 알겠소. 하지만 단 하나의 행동만으로 그 사람을 평가한다는 건 잘못된 것이라는 게 나의 솔직한 생각이오. 당분간이나마 우리가 함께 움직이기로 했으니 앞으로 본 파의 장문인을 좀 더 지켜보신다면 그분이 어떤 분인지를 알게 될 거요. 그 때 가서 소저의 판단이 어떤지를 말씀해 주시오."

홍의 여인은 아쉬움인지 안도인지 모를 한숨을 살짝 내쉬고는 고개를 끄덕였다.

"그렇게 하지요."

두 남녀의 대화가 끝이 날 즈음, 주변의 싸움도 대충 정리가 되었다. 그들이 탄 배의 앞을 가로막았던 화방들은 대여섯 척을 제외하고는 모두 파괴되어 버렸고, 뒤에서 화살을 날리며 쫓아오던 배들도 추격을 포기했는지 멀찌감치 물러나 있었다. 강물 속에서도 시체들이 속속 떠오르고 있는 것으로 보아 수중의 격전도 마무리되는 중임이 분명해 보였다.

"푸우……."

배에서 멀지 않은 강물 위에 한 사람이 거친 숨소리를 내며 솟아올랐다. 전흠이었다.

동중산은 배에 오르는 전흠을 황급히 끌어올렸다.

"전 사숙님, 수고 많으셨습니다."

전흠의 벌거벗은 상체에는 몇 군데의 크고 작은 상처가 나 있었으나, 다행히 치명적인 곳은 없었다. 전흠은 몹시 지쳤는지 숨을 헐떡이며 누워 있다가 힘겹게 자리에서 일어났다.

"그 망할 놈들이 물속에 많이도 숨어 있더군…… 당분간은 물속이라면 아주 지긋지긋하겠구나."

전흠은 벗은 상체를 가릴 생각도 하지 않고 자신의 몸을 이리저리 살펴보다가 등 뒤를 가리켰다.

"이쪽을 좀 봐 주게. 아까 등 뒤를 분수자(分水刺)에 찔렸는데 상처가 어느 정도인지 도무지 알 수 없더군."

동중산은 깜짝 놀라 전흠의 등을 살펴보고는 이내 안도의 한숨을 내쉬었다.

"천만다행입니다. 상처가 조금만 더 깊었으면 척추가 잘릴 뻔했습니다."

"그런가? 어쩐지 허리를 움직일 때마다 아프더라니……."

전흠은 대수롭지 않다는 듯 중얼거리더니 주위를 둘러보았다.

"장문인은?"

동중산은 고개를 들었다가 이내 반가운 음성으로 말했다.

"저쪽에 오고 계십니다."

전흠은 동중산이 보고 있는 곳으로 시선을 돌렸다. 멀리 떨어진 물 위에서 하나의 인영이 유연한 신법으로 달려오고 있었다. 강물 위에 잔뜩 떠올라 있는 배의 파편들을 밟고 미끄러지듯 움직이는 그의 모습은 경이롭다 못해 왠지 신비스러워 보였다.

전흠은 툴툴거렸다.

"제길…… 누구는 생쥐 꼴을 하고 물에 쫄딱 젖은 채 꼴이 말이 아닌데 누구는 멋있는 행세는 혼자 다 하는군."

진산월은 순식간에 수십 장을 지나 배 위로 내려서더니 전흠의 말을 들었는지 담담하게 웃었다.

"그렇게 아쉬우면 앞으로는 네가 강 위를 책임지도록 해라."

전흠은 여전히 퉁명스런 표정이었다.

"일없소. 명색이 그래도 장문인인데 물에 빠져 허덕거리는 꼴을 보느니 차라리 내가 좀 더 고생하는 게 낫지."

그는 진산월의 대답도 듣지 않고 배의 바닥에 벌렁 드러누워 버렸다.

"아무튼 오늘 내 할 일은 모두 끝난 것 같으니 난 잠이나 자야겠소. 특별한 일 없으면 깨우지 마시오."

그러더니 누가 말릴 사이도 없이 코를 골며 잠에 곯아떨어져 버렸다. 겉으로 말은 안 했으나 어지간히 피곤했던 모양이었다.

동중산은 전흠이 물에 들어가기 전에 벗어 놓았던 웃옷을 그에게 덮어 주었다.

"전 사숙께서 고초가 심하셨던 모양입니다."

"물에 떠오른 시신을 보니 물속에서 적어도 오십 명 이상을 상대한 것 같더구나. 워낙 성격이 강한 놈이라 내색은 안 했지만 죽을 위기도 여러 번 넘겼을 것이다."

그렇게 말하는 진산월 자신도 오늘 삼십여 척의 화방과 백 명이 넘는 고수들을 쓰러뜨린 상태였다. 그들 중에는 부상만 당하고 살아난 자들도 있겠지만, 적지 않은 수가 수중고혼(水中孤魂)이 되고 말았을 것이다.

진산월도 그 점을 생각하면 마음이 무거운 듯 표정이 그리 밝지 않았다. 오늘 크게 살계(殺戒)를 열기로 결심하긴 했지만, 당초 예상보다 너무 많은 사람을 죽였던 것이다.

"그자들은 생각보다 끈질겼다. 배 몇 척을 파괴하면 어려움을 알고 스스로 물러날 줄 알았는데, 끝까지 덤벼드는 바람에 어쩔 수 없이 과도한 살수를 쓰게 되었다. 나중에 물러날 때를 보니 진퇴(進退)가 분명하고 명령 전달이 잘 되어 있었다. 아마도 상당한 수련을 거친 동일한 문파의 인물들임이 확실할 것이다."

동중산이 외눈을 반짝이며 입을 열었다.

"이 정도 인원을 동원하려면 적어도 몇 개 문파가 연합을 하지 않으면 힘들 텐데, 장문인께선 이들이 같은 문파의 인물들이라고 보십니까?"

"그렇다. 여러 문파에서 끌어모았다면 오늘처럼 체계적이고 단합된 행동을 보이지는 못했을 것이다."

"섬서성에서는 이런 수준의 조직을 가진 방파가 그리 많지 않습니다. 거의 없다고 해야 옳을 것입니다. 저도 특별히 떠오르는 곳이 없군요."

그때 양중초가 끼어들었다.

"두 분 말씀 중에 죄송하오. 예전에는 확실히 이만한 인원을 가지고 있는 방파가 없었지만 지금은 한 곳이 있소."

동중산이 급히 물었다.

"그곳이 어디입니까?"

"흑갈방(黑蝎幇)이오."

동중산이 고개를 갸우뚱했다.

"흑갈방이라면 동관 쪽에서 암약(暗躍)하는 흑도 방파가 아닙니까?"

"그렇소."

"그들이 비록 그 일대에서는 제일 큰 흑도 방파라고 해도 운문세가에 비할 수는 없을 텐데요."

"그건 귀하가 사정을 몰라서 하는 소리요. 얼마 전까지만 해도 흑갈방은 확실히 강호의 흔한 흑도 방파 중 하나에 불과했었소. 하지만 지금은 사정이 달라졌소."

"달라지다니요?"

"작년부터 그들의 세력은 하루가 다르게 무섭게 성장하더니 올해 들어와서는 섬서성 중남부의 흑도 방파 스물일곱 곳을 모두 제압하여 명실상부한 섬서 제일의 흑도 방파가 되었소. 조만간에 그들이 강북 전체의 흑도를 석권하리라는 것이 모든 사람들의 생각이오."

동중산의 눈이 크게 뜨여졌다.

"그 정도입니까?"

양중초의 표정에 심각한 빛이 떠올랐다.

"솔직히 내가 이번에 본 보를 떠난 것도 단순한 여행만이 목적이 아니라 요즘 들어 무섭게 세(勢)를 확장하고 있는 흑갈방의 허실(虛實)을 알아보기 위한 것도 있소. 어쩌면 귀 파에 무너진 초가보의 빈자리를 그들이 채울지도 모르오."

그제야 동중산은 사태의 심각성을 인지하고 표정이 굳어졌다.

초가보는 지금 생각해도 두려움을 느낄 만큼 강력한 세력을 구축한 문파였다. 그들을 어떻게 이길 수 있었는지 동중산조차도 가끔은 신기한 생각이 들 정도였다. 그런데 양중초는 흑갈방이 그런 초가보에 비견될 만하다고 말하고 있는 것이다.

양중초는 강북 무림의 최고 세력 중 하나인 삼월보의 수뇌 인물이었다. 그러니 당연히 쓸데없는 허언을 할 리가 없었다.

"이자들이 흑갈방의 수하들인지는 모르겠으나 흑갈방의 역량이라면 이 정도 고수들을 충분히 동원하고도 남음이 있소."

"음……."

동중산의 입에서 무거운 침음성이 흘러나왔다.

새삼 강호란 곳이 얼마나 호락호락하지 않은지 실감이 되었던 것이다.

하루에도 수십 개의 방파들이 생겼다가 사라지는 곳이 강호였기에 그곳에서 살아남기 위한 각 문파들의 노력은 상상을 초월할 정도로 처절한 것이었다. 치열한 경쟁을 뚫고 살아남은 문파들조차도 언제 어느 때 허무하게 사라질지는 아무도 알지 못했다.

초가보 같은 문파가 만들어지기 위해서는 얼마나 많은 땀과 시간이 소요되었겠는가? 그런데 다시 또 초가보와 견줄 만한 거대

방파가 새롭게 등장한 것이니 강호에서는 정말 어떤 일이 벌어질지 누구도 예측할 수 없었다.

그때 낙일방이 눈을 빛내며 입을 열었다.

"그러고 보니 제가 종남산 아래에서 사 년 만에 정해 사형을 다시 만났을 때 흑갈방의 무리들이 습격을 해 온 적이 있었습니다. 지금 생각해 보니 그때의 무리들과 지금 무리들의 복장이 비슷한 것 같군요."

문득 생각이 떠오른 진산월은 배 옆을 떠다니는 흑의인들의 시체중 한 구를 허공섭물(虛空攝物)로 끌어당겼다. 흑의인의 시신을 자세히 살펴보니 과연 가슴에 붉은색 전갈 무늬가 새겨져 있었다. 전갈 문양이 워낙 작았고, 주위가 어두웠던지라 미처 알아보지 못했던 것이다.

막상 자신들을 공격했던 자들이 흑갈방의 수하들임을 확인하게 되자 오히려 동중산은 마음이 차분해졌다. 상대가 누구인지 몰랐을 때는 어떻게 대비해야 할지 결정할 수 없어 일방적으로 당할 수밖에 없었지만, 일단 상대의 정체를 알게 되었으니 이제 사정이 달라진 것이다.

"운문세가는 그래도 오래된 명문 세가인데 흑도 방파인 흑갈방과 연계가 되어 있다니 놀라운 일이 아닐 수 없습니다."

"이번 일에 개입한 것이 운문세가 전부인지 아니면 운자개뿐인지도 확실치 않으니 성급하게 생각할 필요는 없다. 일단 이곳을 벗어나서 좀 더 안전한 곳으로 가는 게 좋겠구나."

"알겠습니다."

진산월은 홀연 담담하면서도 힘 있는 음성으로 입을 열었다.

"운문세가가 그들과 결탁을 했든 하지 않았든 언젠가는 밝혀질 일이다. 아무리 그들의 세력이 강대하다고 해도 우리가 초지(初志)를 잃지만 않는다면 능히 그들을 당해 낼 수 있을 것이다."

진산월의 말에 동중산은 힘차게 고개를 끄덕였다.

"알겠습니다."

기나긴 밤이 끝나 가고 있었다. 이제 머지않아 새벽이 밝아 올 것이다. 그리고 평소처럼 동터 오르는 여명(黎明)은 세상의 모든 어둠을 말끔하게 거두어 갈 것이다.

제 176 장
신거살인(神車殺人)

제176장 신거살인(神車殺人)

강 위에서의 여행은 생각보다 힘든 것이었다.

좁은 선실에 하루 종일 갇혀 있어야 했고, 주변의 풍경 또한 처음에만 신기했을 뿐 비슷비슷한 경치 일색이어서 이내 단조로움을 느껴야 했다.

무엇보다 불편한 것은 생리적인 문제였다. 특히 배 안에는 여덟 명의 남자 외에 두 명의 여자가 같이 타고 있기 때문에 그 문제가 더욱 심각했다.

그들은 필요할 때마다 강변에 잠깐씩 머무르는 방법으로 그 문제를 해결했으나, 여러모로 불편함을 느낄 수밖에 없었다.

그래서 결국 삼문협까지 배로 이동하기로 했던 당초의 계획을 변경하여 중간에 배를 내리고 말았다. 위남에서 배로 이틀 정도 떨어진 곳인데, 자세한 지명은 아무도 모르고 있었다.

"아, 이제야 살 것 같구나."

며칠 동안 흔들리는 배 안에서만 활동해서인지 딱딱한 땅바닥에 발을 딛게 되자 모두들 표정이 한층 밝아졌다. 특히 배를 타 본 적이 별로 없었던 손풍은 그동안 고초가 심했던지 유난히 반색하는 모습이었다.

맹천익이 땅을 밟으며 어린아이처럼 좋아라 하는 손풍을 보고는 퉁명스럽게 쏘아붙였다.

"저 꼬마도 잘 참고 있는데 다 큰 놈이 창피하지도 않나?"

맹천익이 말한 꼬마란 다름 아닌 유소응이었다. 사실 배를 타 본 경험으로 말하자면, 유소응이 손풍보다 더욱 부족했다. 하지만 유소응은 힘들다는 내색 한 번 하지 않고 꿋꿋하게 잘 지내 왔는데, 손풍은 그동안 몇 번이나 투덜거렸던 것이다.

불과 이틀밖에 지나지 않았으나 좁은 선실에서 함께 북적거리며 지내 온 탓인지 진산월 일행과 양중초 일행은 빠른 속도로 친해졌다. 그중에서도 맹천익과 손풍의 관계는 남들이 이상하게 생각할 정도로 가까워졌다.

두 사람 모두 보통 성격이 아닌데다 처음에는 원수를 보는 것처럼 서로를 싫어해서 종종 험악한 광경을 자아냈으나, 어찌된 일인지 점점 붙어 있는 시간이 많아지더니 종내에는 서로 말을 터놓고 친구처럼 지내게 되었다.

물론 두 사람 모두 그런 소리를 들으면 펄쩍 뛰며 부인을 했으나, 두 사람 사이의 공기가 처음 만났을 때처럼 험악하지 않다는 것은 누구나가 인정하는 바였다.

지금도 맹천익이 욕을 섞어 가며 빈정거렸으나, 손풍은 심드렁한 표정으로 대꾸하고 있었다.

"그건 네놈이 몰라서 그런다. 원래 사람마다 잘 참는 게 따로 있다. 난 다른 건 몰라도 속이 불편하거나 뱃멀미 같은 걸 잘 참지 못하는 것뿐이다."

"그렇다면 너도 잘 참는 게 있단 말이냐?"

"당연하지. 어려서부터 참을성 많다고 소문이 자자했던 나다."

맹천익이 믿을 수 없다는 듯 눈을 부릅떴다.

"그런 말도 안 되는 거짓말을……."

"거짓말이라니. 아무리 밖에서 두들겨 맞고 들어와도 아프다는 소리 한 번 안 한 사람이 바로 이 몸이시다. 네놈 같은 엄살꾼과 비교가 되는 줄 아느냐?"

맹천익은 어이가 없어서 피식 웃고 말았다.

"얼씨구. 별게 다 자랑이구나."

"그뿐인 줄 아느냐? 네놈은 삼무(三無)라는 말을 들어 보았느냐?"

"그게 무엇이냐?"

"귓구멍을 파고 똑똑히 들어라. 아무리 술을 많이 마셔서 욕지기가 치밀어도 한 번도 토한 적이 없었으니 이를 무취무토(無醉無吐)라 하고, 아무리 배고파도 공짜 밥을 먹은 적이 없었으니 이를 무전무식(無錢無食)이라 한다."

맹천익의 눈이 유난히 반짝거렸다.

"그래, 대단하구나. 계속 말해 봐라."

맹천익이 부추기자 손풍은 신이 나서 떠들어 댔다.

"그리고 아무리 여자를 원해도 결코 강제로 취한 적이 없었으니 이게 바로 무욕무색(無慾無色)이라…… 그래서 사람들이 나를 삼무공자(三無公子)라고 부르기도 했지."

그때 누군가가 그의 뒤통수를 사정없이 때렸다.

팍!

"아이고!"

손풍은 눈앞에서 별이 번쩍이며 뒤통수가 깨지는 듯한 통증에 머리를 싸안고 주저앉았다. 그의 뒤에는 싸늘한 표정의 전흠이 무서운 눈으로 그를 쏘아보고 있었다.

"네놈이 이제 대놓고 본 파의 얼굴에 침을 뱉는구나. 그게 무슨 자랑이라고 큰 소리로 떠들어 댄단 말이냐?"

손풍은 어찌나 아픈지 눈물이 핑 돌았으나 머리통을 쓰다듬으면서도 감히 무어라고 대꾸하지 못했다. 전흠의 표정이 너무 험악해서 말 한마디 잘못했다가는 무슨 꼴을 당할지 몰랐던 것이다.

옆에서 그 광경을 보고 있던 맹천익이 배를 잡고 웃었다.

"하하…… 내가 보기엔 네놈은 버릇이 없고, 운도 없으며, 눈치까지 없으니 삼무공자가 맞기는 맞다."

맹천익은 전흠이 손풍의 바로 뒤에 다가와 있는 것을 알고는 일부러 그를 충동질했던 것이다. 그것도 모르고 가뜩이나 자신을 벼르고 있는 전흠의 코앞에서 무전무식이니 무욕무색이니 떠들어 댔으니 화를 자초한 셈이었다.

전흠은 기분 같아서는 늘씬하게 두들겨 주고 싶었으나 여러 사람들이 지켜보는지라 더 이상 손을 쓰지 않고 그대로 몸을 돌리고 말았다.

전흠이 멀어지자 그제야 손풍은 쭈그리고 앉아 있던 몸을 일으키더니 맹천익을 노려보았다.

"이놈 맹가야! 네가 정말 너무하는구나. 네놈이 이런 짓을 하고도 이 형님 손에서 무사하기를 바라느냐?"

맹천익은 코웃음을 쳤다.

"흥! 겨우 한 달 먼저 태어난 놈이 형님은 무슨 형님? 네놈 실력으로 내 털끝 하나 건드릴 수 있을 것 같으냐?"

공교롭게도 두 사람은 서로 동갑이었다. 말다툼을 하다가 나이를 비교하게 되었는데, 서로 같은 나이임을 알자 누가 먼저 태어났는지로 한참을 다퉜다. 두 사람 사이가 급속도로 가까워진 것은 그 뒤부터였다.

손풍은 여전히 화가 풀리지 않았는지 씨근덕거렸다.

"만약 사저가 이 자리에 있었다면 네놈은 이미 죽은 목숨이다. 사저가 여기 없는 걸 감사해야 할 거다."

"사저라니? 그게 누구냐?"

손풍의 얼굴이 갑자기 구겨졌다.

"그런 여자가 있다. 호랑이보다 더 무섭고 암고양이보다 더 앙칼진 여자가. 으이구…… 내 주변에는 어째 그런 괴물들만 있는지……."

맹천익은 손풍이 치를 떠는 여자가 누구인지 호기심이 동한 모습이었으나, 손풍은 그 말을 끝으로 입을 굳게 다물어 버렸다. 다시 떠올리기도 싫었던 것이다.

 '종남파에는 정말 대단한 인물들이 즐비한 모양이구나. 손풍 같은 녀석이 생각만 하는 것으로도 진저리를 치는 여자가 있다니······.'

 맹천익은 언제고 기회가 닿는다면 그 여자에 대해 자세히 알아두어야겠다고 마음먹었다. 왠지 그 여자에 대해 알아 두면 손풍을 두고두고 골려 먹을 수 있을 것 같은 생각이 들었던 것이다.

 강변을 벗어나서 얼마쯤 걸어가니 제법 잘 닦인 관도가 나왔다.

 열 사람은 말도 없이 터벅터벅 걸어서 관도를 이동했다. 봄날이었기에 길을 걷기에는 어려움이 없었으나, 한 시진쯤 걸어가니 모두 슬슬 지루함을 느끼게 되었다. 관도 주위의 풍경이란 게 특별한 것이 없어서 쉽게 싫증이 날 만했다.

 그때 갑자기 손풍이 소리쳤다.

 "앗? 마차다!"

 과연 멀리서 뿌연 먼지를 일으키며 달려오는 한 대의 마차가 있었다.

 마차 하나를 보고 호들갑을 떠는 손풍의 모습이 우스웠으나 아무도 웃지 않았다. 이곳에 고수 아닌 사람은 없었으므로 손풍이 소리치기도 전부터 모두들 그 마차를 발견했던 것이다.

 마차가 가까이 올수록 중인들의 표정이 무겁게 굳어졌다.

 마차는 무척이나 거대했다. 우선 앞에 매달려 있는 말이 모두 여덟 마리나 될 뿐 아니라, 그 말들이 하나같이 좀처럼 보기 힘든 한혈마(汗血馬)들이었다.

마차는 전체가 금색으로 번쩍거리고 있었고, 네 귀퉁이에 비상하는 천룡(天龍)의 모습이 양각되어 있어서 그야말로 호화의 극치를 이루고 있었다. 하나 그 호화로운 마차는 여기저기가 부서지고 핏자국이 묻어 있어 무언가 심상치 않은 일을 당했음을 어렵지 않게 짐작할 수 있었다.

여덟 필의 한혈마가 이끄는 금빛 마차는 천하에 오직 하나뿐이었다.

"운룡신거(雲龍神車)다!"

낙일방이 짤막한 탄성을 토해 냈다. 동중산이 재빨리 말을 이었다.

"그중에서도 대운룡(大雲龍)입니다."

운룡신거는 운문세가의 상징과도 같은 마차로, 특히 여덟 필의 한혈마가 이끄는 대운룡은 운문세가의 당대가주인 천룡신군(天龍神君) 운대방(雲大方)만이 탈 수 있는 것이었다.

중인들이 땅에 내려선 지 얼마 되지 않아 그들의 앞에 나타난 운룡신거. 그것은 단순한 우연이라고 하기에는 매우 공교로운 일이 아닐 수 없었다.

더구나 운문세가의 가주가 타고 있는 운룡신거의 처참한 몰골은 무엇을 나타내는 것일까?

"워워……."

동중산이 앞으로 달려가서 운룡신거를 멈춰 세웠다. 여덟 필이나 되는 한혈마들은 상당히 먼 길을 달려온 듯 온몸이 먼지로 자욱하게 뒤덮여 있었으나, 피처럼 붉다는 땀은 한 방울도 흘리지 않았다. 전속력으로 질주한 것이 아니라는 증거였다. 만약 여덟 마리의 한혈마가 전속력으로 달려왔다면 아무리 동중산이라 해도 멈추는 일이 쉽지 않았을 것이다.

가까이서 본 운룡신거는 엄청난 위압감을 자랑했다.

진산월과 낙일방은 사 년 전에도 석가장의 정문에서 운룡신거를 본 적이 있었다. 그때의 운룡신거는 운문세가의 소가주였던 운자추가 타고 있는 소운룡이었는데, 네 마리의 말이 이끄는 소운룡만으로도 그들의 뇌리에 강한 인상을 남겨 주었다.

그런데 지금 눈앞에서 여덟 마리나 되는 한혈마가 이끄는 거대한 대운룡을 보게 되자 그 엄청난 위용에 입이 다물어지지 않았다.

아쉬운 것은 그 귀하고 화려해 보이는 대운룡의 군데군데가 파손되어 있다는 것이었다. 특히 문짝 부근은 거의 너덜너덜해져 있었고, 문에 내려져 있어야 할 진주(眞珠)로 만든 주렴도 대부분이 어딘가로 사라져 버려서 밖에서도 마차 안이 훤히 들여다보였다.

마차 안을 들여다본 동중산이 짧은 경호성을 흘렸다.

"엇? 마차 안에 누군가가 쓰러져 있습니다."

중인들이 다가가서 보니 과연 마차 바닥에 금의(錦衣)를 입은 사람 하나가 피바다 속에 누워 있었다. 동중산은 마차 안으로 들어가서 금의인의 몸을 뒤집어 보았다.

금의인은 검은 수염을 가슴까지 기른 위맹한 모습이었으나, 이미 숨이 끊어졌는지 몸이 싸늘하게 식어 있었다. 금의인을 본 양중초의 입에서 신음성이 흘러나왔다.

"으음……."

동중산이 그를 돌아보며 물었다.

"이자가 누구인지 아십니까?"

"그가 바로 천룡신군 운대방이오."

중인들은 막상 예상은 하고 있었으나 시신이 마차의 주인이 운대방 본인임을 알고는 놀라움을 금치 못했다. 운문세가를 이끌고 있는 당대의 가주가 자신의 마차 안에서 싸늘한 시체로 변해 있으리라고 누가 상상이나 했겠는가?

"그의 사인(死因)은 무엇이오?"

양중초의 물음에 동중산이 재빠른 눈길로 운대방의 시신을 살펴보았다.

사인은 쉽게 발견할 수 있었다. 운대방의 왼쪽 가슴에 검은 구멍이 뻥 뚫려 있었던 것이다. 그 구멍은 정확히 심장까지 뚫려 있어 누구라도 그 상처가 운대방을 즉사하게 했음을 알 수 있었다.

양중초는 그 구멍을 보고는 고개를 갸웃거렸다.

"이게 무슨 상처지? 검이나 도로는 이런 흔적을 남길 수 없을 텐데……."

다른 사람들도 모두 어리둥절한 모습들이었다.

"창이나 판관필(判官筆)같이 끝이 날카로운 병기가 아닐까요?"

낙일방이 조심스럽게 물었으나 양중초는 고개를 저었다.

"그런 병기에 당했다면 흉터가 좀 더 매끄러웠을 걸세. 그런데 잘 보면 이 흉터들은 마치 무언가 뭉툭한 것이 억지로 뚫고 들어간 듯 표면이 몹시 거칠다네."

그때 묵묵히 운대방의 가슴에 난 구멍을 보고 있던 진산월이 짤막하게 말했다.

"그건 사람의 손가락에 의한 흉터요."

양중초의 눈이 번쩍 뜨였다.

"바로 그거요. 그것도 지공(指功)을 사용한 게 아니라 순전히 손가락의 힘만으로 뚫은 구멍이오."

양중초는 자신의 입으로 말해 놓고도 당혹해 하는 모습이었다.

운대방 같은 고수가 누군가의 손가락에 가슴이 뚫려 죽었다니 쉽게 이해가 되지 않았던 것이다. 게다가 운대방의 몸에 그 외에 별다른 상처가 없는 것으로 보아 변변한 반항조차 못했음이 분명했다.

동중산도 비슷한 생각을 했는지 의혹에 찬 음성으로 물었다.

"운대방 같은 고수를 손가락으로 찔러 죽일 수 있는 사람이 있을까요? 저는 견문이 부족해서인지 특별하게 떠오르는 인물이 없군요."

"나도 마찬가지요. 지공을 사용했다면 몇 명의 고수들이 있을 텐데, 지공이 아닌 순수한 손가락으로 사람의 가슴을 꿰뚫다니…… 대체 누가 그런 불필요한 일을 한단 말이오?"

손가락으로 직접 사람의 가슴을 찌르는 것보다 지공을 사용하는 편이 훨씬 더 효과적이고 위력이 있음은 불문가지(不問可知)였다. 그런데도 흉수는 지공을 쓰지도 않고 손가락으로 운대방의 심장에 직접 구멍을 뚫는 방법을 택했다.

아마도 운대방은 죽기 직전에 엄청난 고통과 치욕감을 동시에 느꼈을 것이다.

흉수가 그것을 의도했는지 아니면 자신만의 독특한 무공을 사용한 것인지는 알 수 없었지만, 그래도 한때는 한 지역의 패자(覇者)로 군림했던 절정 고수의 참혹한 죽음에 모두들 마음이 무거워졌다.

흉수가 누구인지는 짐작조차 되지 않았다.

바로 며칠 전, 운문세가의 이 공자가 포함된 무리들에게 쫓겼을 때만 해도 설마 운문세가의 당대가주의 시신을 보게 되리라고는 상상도 하지 못했었다.

운대방의 죽음이 그 일과 관련이 있는지 없는지도 알 수가 없었다. 관련이 있다고 하기에는 상당히 막연했고, 아니라고 하기에는 무언가 미심쩍은 것이 매우 많았다. 무엇보다도 자신들이 배에서 내린 지 얼마 되지도 않아 그의 시신을 발견하게 된 것이 단순한 우연인지 쉽게 판단되지 않았다.

운대방의 시신 처리도 문제였다.

그가 여느 사람이라면 그냥 묻고 떠나면 되었으나, 그래도 오랫동안 강호에 명성을 쌓아 온 명문 세가의 가주였다. 그런 그의 시신을 이름도 모르는 벌판에 묻을 수도 없고, 그렇다고 시신을 끌고 다니기에도 어려움이 있었다.

게다가 그들과 운문세가는 여러모로 불편한 관계가 아닌가?

아무리 생각해 봐도 뾰쪽한 방법이 없자 동중산은 진산월의 의

견을 물었다.

"어떻게 하시겠습니까?"

진산월 또한 난감하기는 마찬가지였다. 그렇다고 관도 위에서 한없이 머물고 있을 수는 없었던지라 그는 잠시 생각을 굴리고는 이내 결정을 내렸다.

"일단 가장 가까운 마을까지 시신을 운반한 후에 돈을 주고 시신을 맡긴다. 그 후에 인편으로 운문세가에 그 사실을 알리도록 하는 것이 좋을 것이다."

동중산도 그 이상 다른 방법은 없다고 생각했기에 순순히 고개를 끄덕였다.

"알겠습니다. 말들은 어떻게 할까요?"

여덟 마리의 한혈마는 좀처럼 만나기 힘든 명마(名馬)들이었다. 이대로 버려 두거나 남에게 맡긴다는 건 바보짓이나 마찬가지였다. 아마 마을 사람들에게 맡긴다면 엉뚱한 곳에 팔아 버리거나 잡아먹을 게 분명했다.

진산월은 생각할 것도 없다는 듯 잘라 말했다.

"우리가 타고 간다."

그 말에 모두들 표정이 밝아졌다. 많이 걸은 것은 아니었으나 끝도 없이 펼쳐진 관도를 걷는 일에 모두들 싫증이 나 있었던 것이다.

여덟 필의 한혈마 중 여섯 마리는 풀어서 진산월과 전흠, 낙일방 등 종남과 고수 세 명과 양중초, 중년 미부, 홍의 여인 등 삼월보 사람 세 명이 각각 한 마리씩 올라탔다. 유소응은 진산월의 등 뒤에 탔으며, 다른 사람들은 여전히 운룡신거를 이끄는 두 필의 말에 나누어 탔다.

모두 만족해 했으나, 손풍과 맹천익만이 불만에 가득 차 투덜 거렸다.

"왜 우리 둘이 말 한 마리에 같이 타고 가야 하는 거냐?"

"나도 싫다. 그런데 나보고 어쩌란 말이냐?"

운룡신거를 이끄는 두 필의 말 중 하나에 동중산이 올라타자 남는 말이 한 필밖에 없어서 두 사람은 울며 겨자 먹기로 같이 탈 수밖에 없었다. 손풍은 종남파의 막내 제자였고, 맹천익 또한 일행 중 큰소리 칠 수 있는 사람이 없는 상황이었다. 둘은 연신 옥신각신하며 목소리를 높여 불만을 토로했으나 아무도 귀를 기울이는 사람이 없었다.

결국 두 문제아는 팔자에도 없는 공동 마부가 되어 시신 한 구가 실린 마차를 끄는 신세가 되고 말았다.

* * *

마을을 발견한 것은 그로부터 두 시진 후였다.

상당히 먼 거리를 달려왔음에도 인가(人家)를 발견할 수 없어서 초조해 있던 참이라 모두들 반색을 했다.

그리 크지 않은 마을이었으나 중앙에 마침 작은 주루 하나가 있었다. 좀처럼 보기 힘든 거대한 마차와 열 명이나 되는 사람들이 우르르 들어오자 마을 주민들이 모두 눈을 크게 뜨고 쳐다보았다.

동중산이 운룡신거의 문을 가지고 다니던 피풍의로 가렸기 때문에 마을 주민들은 시체가 있으리라고는 상상도 못하고 운룡신거의 호화스러움에 신기해 하는 모습들이었다.

주루에서도 난리가 났다. 여덟 필이나 되는 커다란 말에서 사람들이 내려 주루 안으로 우르르 들어오자 주인과 주방장이 모두 나와서 수선을 피웠다. 한바탕의 소란이 가라앉고 주위가 조용해진 다음에야 중인들은 주루 안에 앉아서 여유를 찾을 수 있었다.

마을 주민들은 여전히 주루 밖에 있는 운룡신거 주위를 어른거리며 구경을 하고 있었고, 주루의 주인은 주방장을 도와 음식을 만드느라 주방에 들어가 있는 상태였다. 주루에는 탁자가 넷뿐이었는데, 일행이 앉으니 꽉 찬 느낌이 들었다.

운룡신거를 세우고 한혈마들을 묶어 두느라 손풍 등과 함께 제일 늦게 들어온 동중산이 진산월에게 다가와 보고를 했다.

"이곳은 향화촌(向火村)이라고 하며, 삼문협에서 이백여 리쯤 떨어져 있다고 합니다. 삼문협 근처까지는 큰 마을이 없다고 하니 별 수 없이 오늘 하루는 이곳에서 지내야 할 듯싶습니다."

"이백 리라면 내일 아침에 일찍 출발하면 오후쯤에는 도착할 수 있겠군. 그런데 마을이 이렇게 작은데, 잘 곳이 있을까?"

"그렇지 않아도 마을 촌장에게 조금 후에 이곳으로 오라고 말해 두었습니다. 촌장에게 말해 보면 하루쯤 묵을 곳이 있지 않겠습니까?"

"잘했다."

동중산과 진산월의 대화를 듣고 있던 양중초는 동중산을 보며 저런 부하 한 사람만 있으면 참으로 좋겠다는 생각을 했다. 자신이 알아서 필요한 일을 척척 해치우니 윗사람 입장에서는 더할 나위 없는 부하라고 할 수 있었다. 게다가 충성심이 강하고 머리 또한 비상하니 한 집단을 이끌고 있는 양중초로서는 탐이 나지 않을 수 없었다.

양중초는 오랫동안 문파를 이끈 경험으로 문파에서는 무공이 고강한 고수보다 일을 믿고 맡길 수 있는 사람이 더욱 필요하다는 것을 알고 있었다.

'종남파가 단시일 내에 옛날의 명성을 되찾게 된 것에는 신검무적의 무공뿐 아니라 저자의 역할도 컸을 것이다. 아직 젊은 사람들뿐인 종남파가 어째서 흔들리지 않고 자신의 위치를 찾아가고 있는지 이제야 알 것 같구나.'

일행이 식사를 절반쯤 마쳤을 때 촌노(村老) 한 사람이 엉거주춤한 모습으로 주루 안으로 들어왔다. 검게 그을린 얼굴에 잔주름이 가득한 촌노의 두 눈에는 불안한 빛이 잔뜩 어려 있었다.

동중산이 부드럽게 웃으며 촌노에게 다가갔다.

"어서 오십시오, 촌장 어른."

손풍은 동중산이 작은 마을의 일개 촌장에게 지나치게 공대를 한다고 생각했으나, 양중초는 내심 다시 한 번 감탄을 했다.

지금 촌장은 낯선 외지인들이 잔뜩 있는 주루에 오느라 바짝 긴장한 상태였다. 동중산이 손짓해 부르지 않고 직접 마중을 나가서 웃어 주는 것은 그런 촌장의 불안한 마음을 가라앉히는 효과가 있었다.

제176장 신거살인(神車殺人) 265

촌장은 여전히 딱딱한 표정이었으나, 조금 전보다는 한결 안정을 찾은 모습이었다.

"무슨 일로 나를 보자고 한 거요?"

동중산은 촌장에게 자리를 권했다.

"우선 이곳에 앉으십시오."

동중산은 비록 한쪽 눈에 검은 안대를 해서 첫인상이 썩 좋다고 할 수는 없었으나, 눈빛이 온화하고 태도나 예의가 발라서 촌장은 이내 그에 대한 두려움을 떨칠 수 있었다.

그때부터 동중산은 촌장과 이런저런 이야기를 나누었다. 한참 동안 촌장과 대화를 한 동중산은 촌장을 돌려보내고 진산월에게 다가왔다.

"촌장 말로는 이 마을에서 우리 인원이 모두 묶을 수 있는 집은 없다고 하는군요. 다만 촌장 집에서 조금 떨어진 곳에 비어 있는 집이 한 채 있는데, 촌장은 자기 집과 그 집으로 나누어서 묶으면 가능하지 않겠느냐고 합니다."

전흠이 눈살을 살짝 찌푸렸다.

"그럴 바에는 그냥 노숙(露宿)을 하는 게 더 낫지 않겠나?"

동중산이 한쪽 탁자에서 차를 마시고 있는 양중초 일행을 향해 슬쩍 눈짓을 했다.

"우리만 있으면 그래도 큰 상관이 없지만, 저쪽은 조금 힘들지 않겠습니까?"

전흠도 그 말에는 입을 다물 수밖에 없었다.

자신들이야 모두 남자들이니 노숙을 해도 문제될 게 별로 없지만, 양중초 일행은 여자가 두 명이나 끼어 있었다. 그렇다고 이제 와서 그들을 떼어 놓고 갈 수도 없었다. 도움이 필요할 때는 그들의 신세를 지고, 이제 와서 자기들이 조금 편하자고 헤어지자고 한다는 것은 욕먹기 딱 좋은 일이었다.

"그러면 사람을 어떻게 나누겠다는 건가?"

"마침 그들과 우리는 일행 수도 비슷합니다. 그러니 그들 네 사람을 촌장 집에서 묶게 하고 우리가 빈 집을 이용한다면 서로 간에 불편함을 최소화할 수 있을 겁니다."

듣고 있던 진산월이 고개를 끄덕였다.

"그게 좋을 것 같다."

"그럼 제가 양 대협께 말씀을 드리겠습니다."

"운룡신거와 운대방의 시신은 어떻게 처리하기로 했느냐?"

"내일 마차에서 말을 분리하여 마차의 본체만 마을의 후미진 곳에 남겨 두기로 했습니다. 마차에 시신이 한 구 있다고 했으니 그들이 마차를 훼손하거나 하지는 않을 겁니다."

"운문세가에 연락을 취할 방법은 알아보았느냐?"

"이곳에서는 달리 방법이 없고, 일단은 삼문협까지 가야 할 것 같습니다. 이곳이 워낙 외진 곳이어서 운문세가가 어떤 곳인지 촌장도 잘 모르고 있더군요."

"알았다."

동중산이 양중초에게 가서 사정을 설명하자 양중초도 수긍을 했다.

촌장의 집은 주루에서 삼백여 장쯤 떨어진 곳에 위치해 있었는데, 마을에서 가장 크기는 했으나, 방은 고작 세 개뿐이었다. 촌장의 식구들이 하나를 이용하고 다른 두 개를 일행들에게 내준 것이니 촌장 말마따나 네댓 명이 묶을 수 있을 정도였다.

다행히 촌장의 집에서 오십여 장 떨어진 언덕 아래쪽에 한 채의 모옥(茅屋)이 있었다. 모옥은 앞마당도 제법 넓었고, 방도 큼직한 것이 두 개나 되어 진산월 일행이 하룻밤을 지새우기에는 부족함이 없어 보였다.

사람이 살지 않은 지가 제법 오래된 듯했으나 진산월 일행이 식사를 하는 동안에 촌장이 사람들을 시켜 청소를 했는지 아주 지저분하지는 않았다. 대신 몸을 씻을 곳이 없어서 일행은 씻지도 못하고 방에 들어가야 했다.

진산월과 전흠, 낙일방이 조금 큰 방을, 나머지 세 사람이 작은 방을 쓰기로 했다. 내일 아침 일찍 출발을 하기로 계획했기 때문에 방에 들어가자 모두들 잠을 청했다. 사실 이런 외진 곳에서는 잠을 자는 것 외에 달리 할 일도 없었다.

그날 밤, 모두가 깊은 잠에 빠졌을 삼경 무렵에 어디선가 처절한 비명 소리가 들려왔다.

"크아악!"

그 비명 소리는 밤공기를 산산이 찢고 멀리까지 울려 퍼졌다.

제177장 심야격변(深夜激變)

 앞을 다투어 자리에서 일어나 방 밖으로 뛰어나온 중인들은 서로 얼굴을 마주 보았다.
 "촌장 집이 있는 방향에서 들려왔습니다."
 동중산이 딱딱하게 굳은 표정으로 말하자 진산월은 전흠과 낙일방을 돌아보았다.
 "중산과 내가 갔다 올 테니 너희들은 이곳에서 만약의 사태에 대비하고 있어라."
 이어 진산월은 그들의 대답도 듣지 않고 동중산과 함께 촌장 집으로 신형을 날렸다. 전흠은 멀어지는 두 사람의 뒷모습을 우두커니 바라보고 있다가 낙일방을 향해 물었다.
 "그런데 만약의 사태란 게 뭐야?"
 낙일방은 고개를 저었다.

"저도 모릅니다."

전흠의 얼굴이 찌푸려지며 아직도 잠이 덜 깬 표정으로 서 있는 손풍과 유소응을 노려보았다.

"결국 우리보고 저 녀석들을 지키고 있으란 말이잖아."

잠자다 말고 얼떨결에 따라 나왔던 손풍은 전흠의 날카로운 시선을 받자 정신이 번쩍 들었다. 다행히 그때 전흠이 냉랭하게 코웃음을 치며 다시 방으로 들어가 버렸다.

손풍은 내심 안도의 숨을 내쉬며 유소응과 함께 방으로 돌아가 모자란 잠을 마저 청했다. 하나 일단 잠이 깬 상태인지 좀처럼 잠이 오지 않았다. 손풍은 몇 번 뒤척거리다 자리에서 벌떡 일어났다.

"제기랄."

그는 투덜거리며 방문을 열고 밖으로 나갔다가 눈을 크게 떴다.

"어?"

한 사람이 방문 앞에 등을 보인 채 우뚝 서 있었다. 그 사람은 뜻밖에도 낙일방이었다. 낙일방은 뒤를 돌아보고는 손풍과 시선이 마주치자 빙긋 웃었다.

"더 자지 않고 왜 일어난 건가?"

손풍은 자신과 나이가 비슷하지만 항상 친절하고 부드럽게 대해 주는 낙일방이 그리 싫지 않았기에 자신도 멋쩍은 웃음을 흘렸다.

"잠이 오지 않는군요. 무슨 일이 벌어졌는지 불안하기도 하구요."

"장문인이 가셨으니 걱정할 필요 없네. 무슨 일이 생기면 내가 깨울 테니까 들어가서 자도록 하게. 며칠 동안 제대로 자지도 못했지 않나?"

손풍은 운자개를 때렸을 때 다친 손이 아무는 통증 때문에 깊은 잠을 자지 못한 게 사실이었다. 게다가 흔들리는 배에서는 더욱 잠을 잘 수가 없었다. 오늘 모처럼 간만에 깊은 잠에 빠졌는데 깨어나게 되었으니 자신이 생각해도 이렇게 재수가 없을 수 없었다.

"어차피 잠이 깨어 버려서 쉽게 다시 잠들 것 같지도 않습니다. 낙 사숙께선 안 주무십니까?"

낙일방은 담담한 표정이었다.

"장문 사형이 오시면……."

낙일방은 끝까지 말을 맺지 않았으나 손풍은 알아들었다.

'정말 장문인을 끔찍이도 따르는구나. 나도 이렇게 따라 주는 사람이 있으면 얼마나 좋을까?'

생각해 보니 자신은 특별히 마음을 터놓고 사귈 만한 친구도 별로 없었고, 믿고 따르는 선후배도 없었다. 그저 함께 술 마시고 뒷골목을 어울려 다니던 무리들만 있을 뿐이었다.

손풍은 머뭇거리다가 물었다.

"낙 사숙께선 장문인을 좋아하시죠?"

낙일방의 준수한 얼굴에 하얀 웃음이 떠올랐다.

"물론이지."

"왜 그렇게 장문인을 좋아하세요? 장문인이 무섭지 않으십니까?"

낙일방의 얼굴에 떠올라 있는 미소가 조금 더 짙어졌다.

"자네는 장문인이 무서운가?"

"장문인이 겉모습보다 좋은 사람이라는 건 알겠습니다. 하지만 왠지 가까이 다가가기에는 부담스럽더군요."

"지금은 그렇게 느낄 수도 있겠지. 하지만 예전의 장문인은 정말 선량하고 착한 사람이었어. 넉살도 좋았고, 항상 잘 웃었지."

손풍은 상상도 못했던 모습이라 눈을 크게 떴다.

"정말 그런 적이 있었습니까?"

낙일방은 여전히 웃고 있었지만, 두 눈에는 아련한 빛이 감돌고 있었다.

"그래. 그때의 장문인은 무골호인(無骨好人)이 따로 없었어. 오죽했으면 사람들이 나보살(懶菩薩)이라고 불렀을까?"

"정말 장문인의 별호가 나보살이었습니까?"

"그렇다니까. 그때의 장문인은 마음씨 좋은 큰형 같았지. 항상 믿음직하고 무슨 일이 있어도 나를 감싸 줄 것 같은 사람…… 반면에 나는 성질 급한 사고뭉치였지. 마치 지금의 자네처럼 말이야."

낙일방의 하얀 이가 싱긋 드러나는 모습이 어둠 속에서도 선명하게 보였다.

손풍은 어색하게 웃었다.

"제가 그렇게 사고뭉치입니까?"

"하하…… 정말 몰라서 묻는 건 아닐 테고…… 설마 자신의 그런 모습이 개성 있고 멋지다고 생각하는 건 아니겠지?"

손풍은 아무 대답도 하지 못했다. 낙일방은 눈을 조금 크게 뜨더니 이내 나직한 웃음소리를 냈다.

"하하…… 역시 그렇게 생각하고 있었군. 정말 예전의 나를 보는 것 같군. 나도 남자라면 잘못된 일을 참아서는 안 된다고 생각했었지. 용납할 수 없는 일을 보고도 참는다면 그건 남자로서 살아 있어도 살아 있는 게 아니라고 말이야."

손풍은 참지 못하고 크게 고개를 끄덕였다.

"그게 진짜 사나이 아닙니까?"

낙일방은 고개를 내저었다.

"나도 그런 줄만 알았지. 하지만 지금은 그렇지 않네."

"그럼 진짜 사나이는 어떻게 해야 하는 겁니까?"

"진정한 남자란 참을 때 참을 줄 알아야 하네. 자신이 원하는 것을 위해서 아무리 어렵고 억울한 일을 당해도 참고 견디어 마침내 뜻한 바를 이루어 내고야 마는 거야. 난 많은 실수와 후회 뒤에야 그 사실을 깨달았지."

"……!"

"그걸 가르쳐 준 사람이 바로 장문인이야. 장문인이야말로 참고 또 참았지. 왜 그렇게 바보같이 당하고만 있느냐고 남들이 물어도 그냥 웃기만 했어. 나는 그때 장문인의 심정을 알지 못했지만 지금은 알고 있지. 장문인이야말로 내가 지금까지 본 사람 중 가장 남자다운 사람이야. 그런 사람을 어떻게 좋아하지 않을 수 있겠나?"

손풍은 비록 낙일방의 말뜻을 모두 이해할 수는 없었으나 가슴

한구석에서는 무언가 미묘한 감정이 꿈틀거렸다.

그는 솔직히 얼굴에 흉터 자국이 있고 늘 냉정한 모습을 보이는 장문인이 항상 남에게 당하고 참기만 했다는 것이 쉽게 믿어지지 않았다. 모든 사람들이 흠모하고 두려워하는 장문인에게 그런 시절이 있다는 게 상상이 되지 않았다.

그리고 그런 장문인을 어찌 좋아하지 않을 수 있느냐는 낙일방의 말 또한 선뜻 공감할 수 없었다. 하나 그의 마음속에는 자신도 모르는 뜨거운 것이 울컥 치밀어 오르고 있었다.

장문인과 낙일방이 어떤 세월을 살아왔는지는 모르지만 자신이 모르는 파란만장한 사연이 있을 것이란 생각이 들었다. 지금의 자신이 보는 것은 이들의 현재 모습뿐이다. 이들의 과거 모습은 과연 어떠한 것이었을까?

잠시 두 사람 사이에 조용한 침묵이 감돌았다. 침묵의 끝은 낙일방의 차가워진 음성이었다.

"안에 들어가서 소응을 데리고 나오게."

손풍은 어리둥절하여 눈을 둥그렇게 떴다.

"예?"

낙일방의 얼굴은 조금 전과는 달리 차갑게 굳어 있었다.

"빨리 소응을 데리고 나오게."

손풍은 그 말에 실린 냉기에 놀라 황급히 방 안으로 뛰어들어 유소응을 깨웠다. 유소응과 함께 방 밖을 나오니 언제 일어났는지 전흠이 낙일방과 나란히 서 있었다.

두 사람의 얼굴에서는 팽팽한 긴장감이 느껴졌다. 손풍과 유소응도 어찌된 영문인지도 모르면서 덩달아 안색이 굳어졌다.

전흠이 낙일방과 시선을 교환하며 낮은 음성으로 말했다.

"확실히 심상치 않지?"

낙일방은 고개를 끄덕였다.

"장문 사형이 우리에게 연락도 못한 것으로 보아 일이 생각보다 심각한 것 같습니다."

전흠은 날카로운 눈으로 주위를 둘러보았다.

"모두 몇 놈이나 되는 것 같아?"

"제가 파악한 것은 일곱 명입니다."

"나도 그래. 그중 몇 놈은 정말 만만치 않겠는걸."

낙일방은 묵령갑을 낀 양손을 가볍게 주물렀다. 특별할 게 없는 동작이었는데도 왠지 강렬한 투기(鬪氣)가 느껴졌다. 전흠이 그 모습을 보고 희미하게 웃었다.

"실력이 무섭게 느는군. 이제 나 정도는 상대도 안 되겠는데?"

"그럴 리가요? 전 사형의 성라검법이 거의 절정에 달했다고 장문 사형께서 칭찬하시더군요."

전흠의 칼날같이 예리한 시선이 우두커니 서 있는 손풍과 유소응을 훑고 지나갔다.

"그나저나 저 두 녀석들은 어떻게 하지?"

"사형이 먼저 한 사람을 고르십시오."

전흠은 생각할 것도 없다는 듯 짤막하게 말했다.

"내가 소응을 맡지."

낙일방은 손풍을 돌아보더니 빙긋 웃었다.

"그럼 손풍은 제가 책임지겠습니다."

손풍은 자신이 이리저리 옮겨 다니는 물건 취급을 받는 것 같아 기분이 이상했으나, 그나마 낙일방이 자신을 책임진다는 말에 내심 다행이라고 생각했다. 전흠에게 끌려다닐 바에는 차라리 이곳에서 칼을 맞는 게 나을 것이다.

이제는 손풍과 유소응도 자신들이 있는 집 주위에 감도는 기이한 살기들을 알 수 있었다. 그 살기는 너무나 진득해서 주위의 공기가 갑자기 차가워진 것 같은 착각이 들 정도였다. 사람의 몸에서 이런 지독한 살기가 나올 수 있다는 게 믿어지지 않을 정도였다.

전흠은 유소응을 손짓해 불렀다.

"소응, 이리 와라."

유소응이 가까이 다가오자 전흠은 그의 눈을 가만히 들여다보았다.

유소응은 피하지 않고 그를 올려다보고 있었다. 언뜻 전흠의 차가운 얼굴에 엷은 미소 같은 것이 스치고 지나갔다.

"조금도 겁먹지 않았구나. 역시 넌 자랑스런 본 파의 제자다."

유소응은 아무 대답도 하지 않았다. 전흠은 그의 어깨에 가만히 손을 올려놓았다.

"넌 내가 지켜 줄 것이다. 하지만 최후의 순간에 스스로를 지키는 것은 결국 자기 자신뿐이다."

유소응은 다부진 표정으로 고개를 끄덕였다.

"알고 있습니다."

"병기를 가지고 있느냐?"

유소응은 품속에서 한 뼘쯤 되는 단도를 꺼내 들었다. 외할아버지인 부쿠 메르겐의 유품(遺品)이었다. 전흠은 유소응의 손에서 단도를 건네받아 단도집에서 뽑아 보았다. 그리고 푸르스름한 검날을 확인하고는 고개를 끄덕이며 단도를 다시 유소응의 손에 쥐어 주었다.

"그것이면 충분하다. 이제 장문인을 찾으러 가자."

전흠은 유소응의 작은 몸을 왼쪽 팔에 안은 채 어둠 속으로 성큼 걸음을 내딛었다. 유소응은 한 손에 단도를 들고 다른 손은 전흠의 허리춤을 꼭 끌어안고 있었다.

낙일방은 손풍에게 별다른 말을 하지 않았다. 단지 딱 한마디만 했을 뿐이다.

"내 뒤에서 떨어지지 말게."

그러고는 그의 대답도 듣지 않고 전흠을 따라 몸을 움직이는 것이다. 손풍은 얼떨떨한 표정으로 그의 뒷등을 바라보고 있다가 황급히 그를 따라 걸음을 옮겼다.

그들이 막 집의 대문을 벗어나려 할 때였다.

달도 없는 칠흑 같은 어둠 속에서 몇 개의 인영이 튀어나왔다. 그들은 아무 말도 없이 전흠과 낙일방 등을 향해 달려들었다.

그리고 무시무시한 격전이 벌어졌다.

파앗!

어둠 속에서 전흠의 목덜미를 향해 날아드는 것은 보기만 해도 모골이 송연해지는 시퍼런 도광(刀光)이었다. 그 도광이 날아드는 속도는 그야말로 살인적인 것이었다.

하나 전흠은 조금도 놀라거나 당황하지 않고 어느새 뽑아 든 장검으로 맹렬하게 맞서 갔다.

까깡!

검과 도가 허공에서 정면으로 격돌하며 시퍼런 불똥이 사방으로 튀었다. 그 덕분에 어둠 속에서 공격했던 인영의 모습이 희미하게 드러났다.

그는 거친 삼베옷을 입은 우람한 체구의 사내였다. 눈빛이 얼마나 살벌한지 짙은 어둠 속에서 번뜩이는 두 개의 눈이 마치 인광(燐光)을 보는 것 같았다.

삼베옷의 사내는 아무 말도 하지 않고 재차 도를 날렸다. 그의 도는 수비는 일체 없이 오직 상대를 쓰러뜨리기 위한 공격만 있는 수법이었다. 그만큼 날카롭고 매서워서 전흠은 처음부터 성라검법의 절초들을 펼쳐 그의 도에 맞서야만 했다.

삽시간에 그들은 십여 초를 주고받았다. 그 사이에 전흠은 왼쪽 어깨에 일도(一刀)를 맞았고, 대신 사내의 왼쪽 옆구리에 구멍 하나를 뚫어 놓았다.

그 일도는 악독하게도 전흠이 왼쪽 팔로 안고 있는 유소응을 노리고 날아든 것이라 전흠으로서도 무작정 피할 수가 없었다. 그랬다가는 유소응의 머리통이 그대로 잘려 버렸을 것이다.

하여 전흠은 사내의 칼을 왼쪽 어깨로 받고 동시에 사내의 옆구리를 검으로 찔러 버렸던 것이다.

똑같이 상처를 입었으나 누구도 뒤로 물러나지 않았다. 이런 싸움에서 조금이라도 약세를 보였다가는 치명적인 결과를 초래한다는 것을 두 사람 모두 지극히 잘 알고 있었다.

그들은 다시 맹렬하게 병기를 마주치기 시작했다.

전흠에 비하면 낙일방이 처한 상황은 훨씬 복잡했다.

낙일방을 향해 덤벼든 사람은 모두 두 명이었다. 그들은 모두 창을 사용했는데, 한 명의 창에는 붉은 홍실이, 다른 한 명의 창에는 푸른 창실이 매여 있었다. 그것을 본 낙일방은 그들의 정체를 어렵지 않게 알아차릴 수 있었다.

'청홍쌍귀(靑紅雙鬼) 연씨 형제(延氏兄弟)!'

청홍쌍귀 연씨 형제는 최근 들어 무서운 살명(殺名)을 날리는 유명한 살수들이었다.

그들이 강호에 모습을 드러낸 지는 불과 이 년 정도밖에 되지 않았으나, 벌써 수십 명의 고수들이 그들의 무시무시한 창법(槍法)에 피를 뿌리며 쓰러지고 말았다. 누구도 그들의 정확한 신분 내력을 알지 못했으나, 청실과 홍실이 묶인 창을 보게 되면 강호인들은 모두 안색이 변한 채 멀찍감치 피하기 일쑤였다.

낙일방의 왼쪽 관자놀이를 향해 날아드는 창은 청귀(靑鬼) 연일명(延一命)의 청살창(靑煞槍)이었고, 오른쪽 옆구리를 파고드는 것은 홍귀(紅鬼) 연일혼(延一魂)의 홍혈창(紅血槍)이었다.

낙일방의 뒤에는 손풍이 있었기 때문에 낙일방으로서는 피할 수도 없었다. 낙일방은 태산처럼 그 자리에 우뚝 버티고 선 채 두 주먹을 빠르게 양쪽으로 찔러 갔다.

꽈릉!

마치 뇌전(雷電)이 이는 것 같았다. 어둠 속이 순간적으로 훤하게 밝아지며 몇 가닥의 섬광이 허공을 가르며 지나갔다. 절정의 낙뢰신권이 펼쳐진 것이다.

청귀 연일명은 막 낙일방의 관자놀이를 찔러 가다가 한 가닥 섬광이 자신의 콧등을 향해 폭사해 오자 슬쩍 고개를 옆으로 젖혔다. 그러면서도 찔러 가는 기세를 늦추지 않았다. 하나 그는 이내 내뻗었던 창을 거두고 황급히 몸을 옆으로 이동해야만 했다.

섬광이 다가오는 속도가 예상보다 훨씬 빨라서 상대를 찌르기도 전에 먼저 격중당하게 생겼던 것이다. 그 섬광이 검은 장갑을 낀 상대의 주먹에서 뻗어 나온 권풍(拳風)임을 알아차린 것은 바로 그 직후였다.

홍귀 연일혼은 연일명보다는 조금 더 운이 좋았다.

그는 낙일방의 옆구리를 찔러 가고 있었기 때문에 낙일방이 날린 권풍이 얼굴 쪽으로 날아오자 피하는 대신 바닥으로 몸을 잔뜩 숙였다. 그 바람에 낙일방의 옆구리를 노리고 날아들던 홍혈창이 조금 아래로 내려와 낙일방의 오른쪽 다리를 찌르는 격이 되고 말았다. 당연히 연일혼은 창을 거두지 않고 계속 찔러 갔다.

막 낙일방의 오른쪽 허벅지가 홍혈창에 관통당하려는 찰나, 낙일방의 두 다리가 기이하게 움직이며 홍혈창이 그대로 허공으로 벗어나 버렸다.

낙일방은 절세의 어운보로 연일혼의 창을 피하자마자 그들에게 빠르게 다가서며 두 주먹을 질풍처럼 휘두르기 시작했다. 장창(長槍)을 사용하는 그들에게 가급적이면 거리를 주지 않으려는 것이다.

그의 의도는 어느 정도 적중해서 연일명과 연일혼은 장병기(長兵器)의 위력을 제대로 살리지 못하고 낙일방의 주먹에 조금씩 수세로 몰리기 시작했다.

청홍쌍귀는 자신들 두 사람이 동시에 덤비고도 아직 약관에 불과한 낙일방에게 뒤로 몰리자 분기탱천한 듯 표정이 딱딱하게 굳어졌다. 하나 시간이 흐를수록 일단 놓친 승기(勝機)는 좀처럼 돌아오지 않았다. 낙일방의 낙뢰신권은 변화가 다양하지는 않았으나 그 대신 빠르고 강력하기가 가히 가공스러울 정도여서 한 번 공격하면 질풍노도 같은 공세가 끊임없이 이어졌다.

그때 다시 한 사람이 낙일방의 우측에 있는 어둠 속에서 달려들었다.

그때 낙일방은 두 주먹을 활짝 내뻗어 연일명과 연일혼의 창에 정면으로 맞서 가고 있었기 때문에 느닷없는 공격에 앞가슴이 거의 무방비로 비어 버린 상태였다.

낙일방은 양쪽으로 내뻗었던 주먹을 회수할 겨를도 없이 어운보를 펼쳐 허공으로 몸을 솟구치며 두 발로 달려들던 상대를 걷어찼다.

파팡!

상대의 손바닥과 낙일방의 발이 정면으로 부딪혔다. 상대는 몸을 휘청이며 물러났으나, 낙일방 또한 중심을 잃고 허공에서 비틀거렸다. 그 순간 청홍쌍귀의 창이 무서운 기세로 낙일방의 몸을 향해 쏘아져 갔다.

"앗?"

뒤에서 지켜보고 있던 손풍은 낙일방의 몸이 산적(蒜炙)처럼 두 개의 장창에 꿰뚫리는 것만 같아 자신도 모르게 비명을 내질렀다.

절체절명의 순간, 낙일방이 굳게 쥐었던 주먹을 풀며 자신을 향해 날아오는 두 개의 창을 덥석 잡아 버렸다.

연일명과 연일혼은 그야말로 혼백(魂魄)이 나갈 듯 놀라 버렸다. 자신들의 장창을 맨손으로 잡는 자가 있으리라고는 상상도 해 본 적이 없었다. 단순히 스치기만 해도 강기를 종잇장처럼 찢어 버리는 자신들의 창날을 어찌 인간의 손으로 잡을 수 있단 말인가?

하나 낙일방은 두 개의 창을 양손으로 잡은 채 그들의 머리 위로 뛰어올라 발길질을 해 대고 있었다.

그들은 미처 몰랐으나 낙일방은 묵령갑을 끼고 있어서 아무리 신검보도(神劍寶刀)라 할지라도 손이 베이지 않았다. 단지 묵령갑 밖으로 노출되어 있는 열 개의 손가락이 모두 피범벅이 되는 것은 낙일방으로서도 어쩔 수가 없었다.

파파팍!

낙일방의 발길질은 금강퇴(金剛腿)라는 것으로, 강력하기가 이루 말할 수 없는 것이었다.

연일명과 연일혼은 안색이 변한 채 사력을 다해 피했으나, 연일명의 이마가 발에 스쳐 피투성이가 되어 버렸고, 연일혼 또한 뒤통수의 머리 피부가 한 치쯤 벗겨졌다. 낙일방은 그 여세를 몰아 양손으로 움켜잡은 창을 세차게 잡아당기며 두 사람의 가슴을 향해 뛰어들었다.

두 사람의 얼굴이 시커멓게 변했다. 권법의 고수에게 주먹이 닿을 만큼 가까운 거리를 허용했으니 치명적인 실수를 저지른 셈이었다.

하나 그때 조금 전에 달려들었던 인물이 다시 강력한 장공(掌功)을 날리며 접근해 왔다. 그와 함께 시퍼런 도끼 하나가 낙일방의 뒤통수를 향해 날아왔다.

네 번째 사람이 공세에 합류한 것이다.

제아무리 낙일방이 천하에 다시없는 고수라 해도 무서운 실력을 지닌 네 명의 합공을 받게 되자 일순간에 손발이 어지러워졌다. 낙일방은 양손과 발을 미친 듯이 움직여 그들에 맞서 갔으나 시간이 흐를수록 조금씩 뒤로 밀리기 시작했다.

전흠은 백여 초 만에 다시 삼베옷의 사내에게 이검을 격중시킬 수 있었다. 삼베옷의 사내는 왼쪽 팔뚝과 허벅지에 검을 맞아 거의 온몸이 피투성이나 마찬가지였다. 아마 이렇게 몇 초만 더 흘렀다면 전흠은 그를 쓰러뜨릴 수 있었을 것이다.

하나 그때 또 다른 자가 장내에 뛰어들었다. 그자의 손에는 붉은색의 극(戟)이 쥐여 있었다.

극도 붉고, 사람도 붉었다. 전신에 핏빛 홍의를 걸친 그 인물의 극을 휘두르는 솜씨는 그야말로 눈부실 정도로 빨라서 전흠은 순식간에 세 걸음이나 물러나야만 했다.

 덕분에 한숨을 돌린 삼베옷의 사내는 이를 갈아붙이며 전흠을 향해 덤벼들었다. 전흠은 간신히 두 사람의 공세를 막았으나 조금 전과는 달리 전혀 우세를 점할 수가 없었다.

 전흠은 미친 듯이 검을 휘두르는 와중에도 한 가지 불길한 생각을 떨쳐 버릴 수가 없었다.

 조금 전에 모옥을 찾아온 괴인들은 모두 일곱 명이었다.

 그중 두 명이 자신을 상대하고 있다면 다른 다섯 명이 모두 낙일방에게 덤벼들었다는 소리였다. 이들의 실력으로 보아 아무리 낙일방이 젊은 층의 고수들 중 권법의 일인자 소리를 듣는다 할지라도 세 명 이상 상대하는 것은 무리였다.

 어디서 이런 고수들이 나타났는지 의아한 일이 아닐 수 없었다.

 '대체 이들의 정체는 무엇이란 말인가?'

 그는 낙일방이 무사하기만을 빌고 또 빌며 한 명이라도 먼저 쓰러뜨리기 위해 모험을 하기로 결심했다.

 손풍은 안절부절못하며 어쩔 줄을 몰라 했다.

 처음 낙일방이 창을 든 두 명의 고수들을 상대할 때만 해도 상당히 유리하게 싸움을 이끌고 나갔는데, 그들이 불리할 때마다 한 명씩 더 나타나더니 종내에는 네 명의 고수들이 낙일방 한 사람을 합공하고 있는 것이다.

 정말 비겁한 놈들이라고 속으로 맹렬하게 욕을 했지만, 이런 상황에서는 아무짝에도 쓸모없는 일이었다.

낙일방의 무공은 정말 놀라웠다. 손풍과 비슷한 나이의 낙일방은 네 명의 고수들의 합공 속에서도 물러설 줄 모르고 당당하게 맞서 나갔다. 아마 상대가 세 명만 되었더라도 그들은 낙일방의 가공할 주먹을 감당하지 못했을 것이다.

하나 그들은 모두 네 명이었고, 아무리 고강한 무공을 지닌 낙일방이라 할지라도 조금씩 몰리고 있었다.

낙일방은 여전히 표정의 변화가 없는 얼굴로 주먹을 휘두르고 있었으나, 온몸은 이미 땀으로 흠뻑 젖어 있었고, 몸의 움직임은 거의 알아차릴 수 없을 만큼 조금씩 느려지고 있었다.

"이를 어쩌지?"

손풍은 혹시나 하여 전흠이 싸우고 있는 곳을 돌아보았으나, 전흠도 두 사람의 합공을 뚫고 나오지 못하고 애를 먹고 있었다. 오히려 손풍을 뒤에 두고 마음껏 실력 발휘를 하고 있는 낙일방에 비해 유소응을 안고 싸우는 전흠은 훨씬 불리한 상황이었다.

손풍이 불안에 휩싸여 있을 때, 어둠 속에서 다시 한 사람이 나타났다.

'이 나쁜 놈들! 한 사람에게 네놈이나 덤비는 것도 모자라 또 나타난단 말이냐? 대체 몇 놈이나 숨어 있는 거냐?'

손풍은 속으로 고래고래 고함을 질렀으나, 이내 얼굴이 핼쑥하게 굳어졌다.

의당 낙일방을 상대하기 위해 나타난 줄 알았던 다섯 번째 사나이가 징그러운 미소를 지으며 자신을 향해 다가오고 있었던 것이다.

*　*　*

　단숨에 오십여 장을 달려 촌장 집으로 온 진산월과 동중산을 맞이한 것은 두 구의 처참한 시신이었다.
　시신들은 모옥의 앞마당에 쓰러져 있었다.
　둘 모두 처음 보는 얼굴들이었다. 그중 한 명은 진한 갈삼을 입은 청년이었고, 다른 한 명은 머리를 박박 깎은 험악한 인상의 중년인이었다.
　그들은 모두 가슴이 갈라져 있었는데, 보아하니 누군가가 단일검에 이들을 쓰러뜨린 것이 분명했다.
　진산월이 시신들을 살펴보고 있을 때 촌장 집으로 뛰어 들어갔던 동중산이 다시 뛰쳐나왔다.
　"집 안에는 아무도 없습니다."
　그 말에 진산월은 자신도 모르게 눈을 찌푸렸다. 자신들이 비명 소리를 듣고 이곳으로 온 것은 얼마 되지 않은 짧은 순간이었다. 그런데 그동안에 양중초 일행이 감쪽같이 사라졌을 뿐 아니라 두 명을 쓰러뜨린 사람의 흔적조차 없어져 버린 것이다.
　"촌장과 그의 식구들은?"
　동중산의 얼굴에는 난처한 표정이 떠올랐다.
　"그들도 보이지 않습니다."
　진산월은 잠시 생각에 잠겼다가 바닥에 누워 있는 시신들을 가리켰다.

"이들 중 아는 사람이 있느냐?"

진산월의 물음에 시신들을 내려다보던 동중산이 고개를 저었다.

"제가 처음 보는 자들입니다."

"흠……."

"양 대협 일행이 이미 변(變)을 당했을까요?"

"양중초는 만만한 실력의 소유자가 아니니 속단할 수는 없다."

"하지만 그렇다면 그들이 한 사람도 남지 않고 모두 사라져 버릴 리가 없지 않습니까? 하다못해 우리에게 무슨 말이라도 남기는 것이 당연지사인데 아무런 기척도 없이 모습을 감추었다는 게 여러모로 미심쩍군요."

진산월도 무언가 이상하다고 생각하고 있었다.

이곳에서 자신들이 머물렀던 모옥까지는 불과 오십 장의 거리밖에 되지 않는다. 달려오기 힘들더라도 소리라도 크게 지른다면 쉽게 알아들을 수 있는 거리였다. 실제로 그들도 이곳에서 울린 비명 소리를 듣고 오지 않았던가?

그런데 아무 소리도 없이 사라졌으니 그들이 의구심을 느끼지 않을 수 없는 것이다. 더구나 촌장네 가족들은 무공도 모르는 일반인들인데 그들의 모습마저 보이지 않는다는 것이 더욱 의혹을 부채질했다.

그때 갑자기 주위를 살펴보던 동중산이 모옥의 입구 부근에서 진산월을 불렀다.

"이걸 보십시오."

진산월은 동중산이 가리킨 바닥을 살펴보았다. 그곳에는 거무스름한 핏자국이 나 있었다. 시신들은 앞마당에 쓰러져 있고 이곳은 대문을 지난 곳이니 시신들이 흘린 핏자국일 리는 없었다.

진산월은 핏자국을 만져 보았다.

"아직 굳지 않은 것을 보니 흘린 지 얼마 되지 않은 모양이다."

진산월은 눈을 빛낸 채 주변을 두리번거리다 한곳으로 몸을 움직였다. 그곳에서 다른 핏자국을 발견한 진산월은 동중산에게 지시를 내리고는 핏자국이 떨어진 방향을 따라 신형을 날렸다.

"너는 숙소로 돌아가서 나를 기다리고 있으라고 전해라."

그의 몸은 곧 어둠 속으로 사라졌다.

동중산은 지금의 상황이 아무래도 미심쩍은 듯 외눈을 찌푸린 채 생각에 잠겨 있었다. 그러다 숙소로 가기 위해 몸을 돌렸을 때 두 개의 인영이 자신의 뒤에 서 있는 것을 알아차렸다.

그 인영들을 보자 동중산의 외눈이 크게 뜨였다.

그들은 다름 아닌 조금 전만 해도 앞마당에 쓰러져 있던 시신들이 아닌가? 가슴이 쩍 갈라진 채 피를 흘리며 쓰러져 있던 시신들이 어떻게 제 발로 일어날 수 있단 말인가?

시신 중 머리를 박박 깎은 중년인이 동중산을 향해 징그러운 미소를 흘렸다.

"흐흐...... 놀랐느냐?"

"너...... 너희들은 죽은 게 아니었구나."

"물론 아니지."

대머리 중년인은 아직도 벌어져 있는 자신의 가슴을 손으로 쓰다듬었다. 그러자 벌어졌던 상처가 서서히 아물더니 이내 정상으로 돌아오는 것이 아닌가? 이 기경할 광경에 침착하기 그지없는 동중산조차도 가슴이 덜컥 내려앉음을 느꼈다.

"놀랄 것 없다. 구마회혼신공(九魔廻魂神功)을 익히면 목이 잘리지 않는 한 죽지 않는다. 이런 피육의 상처야 애들 장난일 뿐이지."

갈삼 청년의 가슴도 어느새 아물어서 겉으로 보아서는 전혀 상처의 흔적을 알아볼 수 없었다.

동중산은 묻지 않을 수 없었다.

"너희들은 누구냐?"

대머리 중년인은 자신의 가슴을 손가락으로 가리켰다.

"나는 철독응(鐵禿鷹) 호황(胡荒)이라고 하고, 저쪽은 혈비응(血飛鷹) 희표(希豹)라고 한다."

동중산은 그들의 이름을 들은 기억이 있으나 어디서 들었는지는 순간적으로 기억이 나지 않았다. 그때 스스로를 철독응 호황이라고 밝힌 대머리 중년인이 다시 음산하게 웃으며 입을 열었다.

"흐흐…… 신강(新疆)에서는 우리들을 철혈쌍응(鐵血雙鷹)이라고 부르기도 하지."

신강…… 그리고 철혈쌍응!

그제야 동중산은 그들의 이름을 어디서 들었는지 기억해 내고는 안색이 창백하게 변하고 말았다.

철혈쌍응은 서장의 절정 고수들인 십육사(十六邪)에 속해 있는 인물이었던 것이다.

　　　　　　＊　＊　＊

　한편, 핏자국을 쫓아 몸을 날린 진산월은 이내 막다른 길에 처하게 되었다. 핏자국이 근처에서 멀지 않은 숲 속으로 이어지더니 이내 끊겨 버린 것이다.
　진산월은 안력을 돋우어 주위를 자세히 살폈으나 더 이상의 핏자국은 없었다. 진산월은 이것이 일부러 자신을 유인하기 위한 것인지, 아니면 피를 흘리며 쫓기던 사람이 더 이상 피를 흘리지 않게 된 것인지를 판단할 수 없었다.
　진산월은 자신의 앞에 펼쳐져 있는 숲을 둘러보았으나 나무가 우거져 있는 평범한 숲일 뿐이고, 다른 이상한 점은 보이지 않았다.
　'이대로 돌아가야 하는가?'
　진산월은 추격할 실마리를 잃어버리자 가슴이 답답해졌다. 분명 양중초 일행에게 무언가 좋지 않은 일이 발생했을 텐데 아무런 단서도 찾을 수 없다는 것이 못내 아쉬웠던 것이다.
　양중초 일행은 애초에 자신들 때문에 이번 일에 휘말리게 되었다. 만에 하나 그들 신상에 무언가 좋지 않은 일이라도 발생한다면 진산월로서는 평생 마음의 빚을 지고 살아야 할 것이다.
　진산월이 잠시 그 자리에 선 채로 생각에 잠겨 있을 때였다.
　어디선가 음산한 웃음소리가 들려왔다.
　"으흐흐……."

그 웃음소리는 마치 유령의 호곡성(號哭聲) 같기도 했고, 여인의 흐느낌 같기도 했다. 또 어찌 들으면 바람에 나뭇가지가 스치는 소리 같기도 했다. 게다가 사방에서 들려오고 있어서 정확히 어디서 들리는 것인지 알 수가 없었다.

깊은 밤에 인적 없는 숲 속에서 이런 웃음소리를 듣는다면 누구라도 두려워하지 않을 수 없을 것이다. 하나 진산월은 오히려 표정이 담담해졌다.

그가 걱정하는 것은 실마리가 끊기는 것이지 새로운 실마리가 나오는 것이 아니었다. 지금 거의 끊겼던 단서가 새롭게 나타났는데 그가 두려워할 리가 없었다.

그의 속마음을 짐작이라도 하듯 흐느끼는 듯한 음향이 다시 들려왔다.

"흐흐…… 진산월…… 네 묏자리를 네 발로 찾아왔구나."

남자인지 여자인지 분간되지 않는 목소리는 도처에서 들려왔다. 진산월은 그것이 최상승의 내가 수법 중 하나인 육합전성임을 깨달았으나 여전히 아무 말도 하지 않고 가만히 서 있었다.

진산월이 반응이 없으니 호곡성의 주인은 오히려 당혹감을 느낀 모양이었다.

"진산월…… 죽을 때가 되니까 갑자기 말을 잃었느냐? 너는 양중초와 그의 마누라가 어떻게 되었는지 궁금하지도 않느냐?"

진산월은 처음으로 입을 열었다.

"그들은 살아 있소?"

"궁금하면 숲 안으로 들어와 보아라."

"야심한 밤에 숲을 산책하기에는 어울리지 않구려. 당신이 나오는 게 어떻겠소?"

"으흐흐…… 네가 들어오지 않는다면 그들은 원혼(冤魂)이 되어 구천(九泉)을 떠돌게 될 것이다."

"내가 숲으로 들어간다면 그들을 풀어 주겠소?"

호곡성이 더욱 커졌다.

"으흐흐흐……! 이미 죽은 자들을 어떻게 풀어 준단 말이냐?"

진산월의 얼굴이 거의 알아차리기 힘들 만큼 살짝 굳어졌다.

"그들이 모두 죽었단 말이오?"

"흐흐…… 죽은 것이나 마찬가지이지."

진산월의 눈꼬리가 꿈틀거렸다.

"말장난을 하기 위해 나를 이곳까지 유인한 거요?"

"흐흐…… 말장난이 아니다. 그들은 비록 아직 숨이 끊어지지 않았으나 천하의 누구라도 그들을 살릴 수가 없다. 그러니 죽은 것이나 마찬가지가 아니겠느냐?"

"마찬가지일지 몰라도 똑같은 건 아니지. 그들은 지금 어디에 있소?"

"알고 싶다면 숲으로 들어와라."

진산월은 호곡성의 주인이 왜 이토록 자신을 숲 속으로 유인하려고 하는지 의아한 생각이 들었으나, 그만큼 경각심이 일어나기도 했다.

"만약 내가 들어가지 않겠다면?"

순간 호곡성이 갑자기 뚝 그쳤다.

호곡성이 그친 장내는 짙은 어둠만이 자리하고 있을 뿐이었다. 갑자기 주위가 정적에 잠기자 무어라 형용하기 어려운 괴이한 분위기가 형성되었다.

잠시 후, 지금까지와는 전혀 다른 차가운 음성이 들려왔다.

"진산월! 당신은 임영옥이 죽는 꼴을 이대로 보고만 있을 셈이오?"

그 음성을 듣는 순간, 지금까지 그토록 냉정을 유지하던 진산월의 얼굴이 크게 변해 버렸다.

(군림천하 18권에서 계속)

환상이 숨쉬는 공간 파피루스 www.ipapyrus.co.kr

글을 좇는 사냥꾼 엽사!
『데몬 하트』 『소울 드라이브』 『마법무림』에 이은
그의 새로운 사냥이 시작된다!

엽사 판타지 장편소설
마계군주

"그 책을 가지면 무적이라도 된다는 겁니까?"
"무적? 그건 너무 쉬운데. 다른 건 안 될까?"
노력만큼은 가상하나, 재능이 없는 소년 제로
마계의 저승이 봉인된 마서(魔書) 그레이브와 만나다!

**마왕의 힘을 흡수하는 위대한 권능,
낙인의 군주**

지금 마계와 대륙의 주인이 바뀌리라
마계군주 제로의 이름으로!